Elogios para

EL MUNDO OCULTO

"Un excelente debut. La historia que cuenta Sarif conjuga el poder descriptivo de la novelista con el dominio del diálogo de la guionista".
—*The Times*

"Leí *El mundo oculto* de una sentada. Su estilo es tan fascinante, la historia de amor y traición es tan completa y tan fiel es la estampa del escenario físico, social y político...".
—*Johannesburg Star, Book of the Week*

"Este elegante y sobrio debut de Sarif evita la trifulca emocional a la vez que ofrece una perspectiva inusual de los comienzos del apartheid... una novela que hace honor a su título".
—*The Times, Play*

"En la tradición de Vikram Seth, Sarif arroja un guante literario que muy pocos escritores podrán recoger y corresponder de manera convincente".
—*Pride*

"Un libro verdaderamente maravilloso. La narrativa de Sarif es delicada y segura, y los personajes son reales y muy verosímiles".
—*Maggie O'Farrell, Escritora*

"Muy original... este es un libro escrito con mucho estilo. Sarif es virtualmente impecable".
—*India Weekly*

"Los personajes brillan en la belleza de la prosa diestra de Sarif, que nos mantiene la vista danzando con la narrativa por puro placer. Leí el libro en dos sentadas largas, sin poder soltarlo".
—*Dyverse*

"Si usted solo pudiera leer una novela en lo que queda del año, asegúrese de que sea esta. Sarif es una nueva escritora que merece ganar premios".
—*Waterstones*

SHAMIM SARIF

EL MUNDO OCULTO

Shamim Sarif es novelista, guionista y directora de cine. Ha escrito y dirigido las películas de tres de sus novelas: *The World Unseen, I Can't Think Straight* y más recientemente, *Despite the Falling Snow*. Vive en Londres con su esposa, la productora de cine Hanan Kattan, y sus dos hijos.

La novela *The World Unseen* (*El mundo oculto*) ganó el Premio Pendleton May a la Primera Novela en 2001 y el Premio Betty Trask en 2002. La película del mismo título recibió 23 premios internacionales.

EL MUNDO OCULTO

SHAMIM SARIF

Traducción de Patricia Schaefer Röder

Colección Galápago

Ediciones Scriba NYC

El mundo oculto, Shamim Sarif
Traducción © 2015 Patricia Schaefer Röder

Ediciones Scriba NYC
Colección Galápago — Novela
Narrativa

Publicado originalmente en inglés en el Reino Unido por
Enlightenment Press en 2011 bajo el título de *The World
Unseen*. © 2009 Shamim Sarif.

Arte de portada: *The World Unseen* © 2007 Enlightenment
Productions
Diseño de portada: Jorge Muñoz
Ediciones Scriba NYC, 2016

ISBN: 978-0-9845727-3-1

Scriba NYC
Soluciones Lingüísticas Integradas
26 Carr. 883, Suite 816
Guaynabo, Puerto Rico 00971
+1 787 2873728
www.scribanyc.com

Impresión: CreateSpace
Marzo 2016

Para Hanan, quien le ha dado pasión a mi vida, claridad a mis pensamientos y voz a mis palabras. Con inmensa gratitud e infinito amor.

PALABRAS DE LA TRADUCTORA

Quedé prendada de *El mundo oculto* desde la primera vez que entré en contacto con la obra. Su temática universal y actual, narrada de manera prístina, me convirtió en parte de la trama en cada escena, en cada mirada, en cada paisaje y en cada emoción descrita. Una a una, las imágenes se van sintiendo en la piel a medida que se vive la historia. La prosa íntima de Shamim Sarif tiene la contundencia de la verdad, la sutileza de una mirada furtiva y la belleza que nace de la elegancia sin pretensiones.

El mundo oculto es una novela importante que nos muestra la realidad de las minorías en la Sudáfrica de los años 50, contada desde el punto de vista femenino. Los temas que toca esta fascinante obra están vigentes alrededor del globo. La discriminación aceptada por pueblos y comunidades, organizada en un marco legal que la justifica confiriéndole validez, merma los derechos del ser humano, mellando su espíritu. En una sociedad en la que por ley el individuo carece de las libertades naturales, tarde o temprano se gestarán personas bravías que rompan con los cánones impuestos, buscando aquel mundo que saben posible, pero que aún la mayoría no ha descubierto: el mundo oculto.

El público hispanohablante del mundo entero merece tener la oportunidad de leer una novela tan destacada como esta. He aquí mi contribución.

Patricia Schaefer Röder

PRÓLOGO

El mundo oculto sumerge al lector en la Sudáfrica de los años 50, época del apartheid. Shamim Sarif crea una atmósfera envolvente, dentro de la cual observamos de cerca cada detalle de los espacios donde ocurren los hechos; percibimos físicamente a los personajes, saboreamos los alimentos que consumen, nos involucramos en sus sentimientos, vivimos su día a día. Todo esto lo logra a través de descripciones precisas y diálogos breves, que reflejan de manera profunda el mundo interno y externo de cada uno de los personajes en su momento de protagonismo.

En medio del vasto paisaje sudafricano de la novela destacan también la solidaridad, sensibilidad, acciones nobles y desinteresadas entre seres que son capaces de poner en riesgo su vida para proteger a otros que sufren tanto como ellos.

Shamim Sarif es inglesa de nacimiento. Sus padres, originarios de la India, vivieron en Sudáfrica y sufrieron el apartheid en la época en que se desarrolla la novela. Fiel a sus raíces, la autora presenta un momento vergonzoso de la historia de la humanidad que puede parecer superado. No obstante, se manifiesta a nuestro alrededor hoy, en el siglo 21, a través de leyes, cultos, prejuicios sociales y culturales, ideologías, actitudes y acciones injustificables y crueles.

Shamim Sarif estudió literatura inglesa en la Universidad de Londres y obtuvo un máster en inglés en la Universidad de Boston. Además de novelista, es guionista y directora de cine. Ha escrito y dirigido películas basadas en tres de sus novelas: *The World Unseen, I Can't Think Straight* y *Despite the Falling Snow.*

La novela *The World Unseen* (*El mundo oculto*) ganó el Premio Betty Trask en 2002 y el Premio Pendleton May a la Primera Novela en 2001. La película del mismo título recibió 23 premios internacionales.

Los lectores de habla hispana podemos disfrutar de cada detalle de *El mundo oculto* a través de la traducción de Patricia Schaefer Röder, quien cuidadosa de la estética y precisa en el significado de cada término y expresión, investigó la usanza respectiva en español para ese momento histórico específico, lo que le permitió una fiel recreación del ambiente de la novela.

Patricia Schaefer Röder es escritora y poeta nacida en Caracas, Venezuela. Además de traductora literaria, es bióloga graduada en su país, donde también se inició en la escritura. Vivió en Heidelberg, Alemania y en la ciudad de Nueva York, EEUU. Actualmente reside en Puerto Rico. Es autora de libros como *Yara y otras historias* y *Siglema 575: poesía minimalista*. Ha recibido premios internacionales por sus textos en prosa y poesía. Entre sus traducciones destaca la novela *El sendero encarnado* (*The Reddening Path*) de Amanda Hale, publicada en 2008 por Verdecielo Ediciones.

Siendo la escritura de Schaefer Röder intimista, profunda, concisa, detallista y sensual, podemos decir que es natural que su traducción de *El mundo oculto* haya resultado tan acertada. Según la traductora, la narrativa es un crisol donde se funden trazos de nuestra condición humana y fragmentos de nuestras creencias, temores y anhelos. Así, el resultado se manifiesta en esta traducción, que nos deleita y nos hace sentir comprometidos con la autora, la historia y los personajes.

Eucaris Piñero
Periodista – Venezuela

EL MUNDO OCULTO

1

Pretoria – Abril 1952

A pesar de estar tendida sobre el techo, con solo las pizarras baratas frente a los ojos, sabía que se trataba de un auto de la policía. Se sentía un descuido en el derrape de las llantas sobre el camino de tierra y en el modo en que tiraban del freno de mano mientras las ruedas aún giraban, dejando un ligero chirrido suspendido en el pesado aire. Dejó de martillar y atisbó por el borde del alero. Se habían estacionado tan cerca de la puerta del restaurante que rompieron uno de los maceteros que Jacob había plantado el día anterior.

—Bastardos —dijo entre dientes.

Dejó el letrero colgado a medio clavar y bajó por la escalera. Calculaba sus pasos, ganando así tiempo para pensar. Un año atrás hubiese entrado al café en segundos, corriendo en su entusiasmo por aprovechar y desafiar cualquier nuevo obstáculo que lanzaran en su camino. Pero muchos meses de luchas en contra de las reglas y regulaciones que no tenían ningún sentido para ella atemperaron su sed de confrontación, y así, ahora caminaba más despacio, frenando aquel impulso natural. Cuando miró hacia el vehículo de la policía, su frente mostró pequeñas líneas de concentración.

Uno de ellos, el conductor, seguía en el auto. Ella conocía a muchos de los policías locales, pero este no le era familiar y por un momento la cautivó su apariencia —un rostro cuadrado, apuesto, bordeado de suave cabello rubio— hasta que se topó con su mirada fría y azul, que solo mostraba arrogancia. Él la miró de arriba abajo, y resuelta, ella le sostuvo la mirada unos instantes.

—¿Nunca ha visto a una mujer con pantalones? — preguntó, en una voz tan baja que él no podía oír. Para su pesar, el hombre bajó la ventana.

—¿Qué?

No tuvo más remedio sino repetir lo que había dicho. Habló con claridad y en los labios de él se dibujó una mueca sutil.

—Nunca he visto a una chica india con pantalones, eso sí.

Amina se dio vuelta y entró, deteniéndose junto a la puerta. Notó que el lugar estaba ocupado a más de la mitad, pero aún podía oír las salchichas *boerewors* freírse atrás en la cocina. Nadie hablaba, nadie levantaba la mirada, pero cada par de ojos observaba con disimulo al policía parado junto al mostrador. Ella sabía que Jacob la podía ver, pero no le hizo ninguna seña. Siguió secando los vasos, moviendo la cabeza de vez en cuando. El oficial Stewart se apoyaba de manera amigable con un brazo sobre la madera pulida, mientras que con la otra mano tocaba pensativo su barba cuidada.

—Oye Jacob, no quiero perjudicarlos a ustedes dos, pero estas leyes están haciéndole la vida muy difícil a la policía.

—Tampoco son una fiesta para nosotros —dijo Amina detrás de él, mientras veía cómo Jacob sacudía con suavidad su cabeza canosa.

Stewart volteó y tocó su gorra.

—Amina. Tanto tiempo.

—Sí.

—Supongo que estás evitando meterte en líos, ¿ah?

Ella respondió con una sonrisa forzada a aquel intento de charla. Caminó detrás del mostrador, se inclinó hacia la nevera baja y sacó una botella de Coca-Cola, extendiéndola, haciendo lo que podía por el bien de Jacob.

—¿Puedo ofrecerle algo de beber, Oficial Stewart?

El policía negó con la cabeza y miró cómo la chica apuraba la mitad de la botella. Ella paró, sin aliento, y sonrió.

—¿Y qué hay de su compañero? ¿No quiere entrar?

—No, gracias. Prefiero que se quede en el auto. Es demasiado entusiasta, ¿ja? Un poco exaltado. Tiene un problema con estas cosas.

Él gesticulaba hacia el fondo del café, y como si ella no supiera a qué se refería, volteó en dirección al puesto donde sus trabajadores africanos se turnaban para comer a lo largo del día. Doris y Jim estaban sentados en ese momento, y vio a Doris levantar la barbilla desafiante, a pesar de que sus dedos temblaban ligeramente al sostener la taza de café. Amina le sonrió, alentándola, y giró hacia el policía.

—¿Qué clase de cosas serían esas, Oficial?

—Escucha, Amina. Tú sabes de lo que estoy hablando, y adoptar esa actitud no te va a ayudar, ¿ja? Tú y yo sabemos que es un delito que los negros coman en el mismo lugar que los blancos.

Ella puso la Coca-Cola sobre el mostrador y miró alrededor.

—Aquí no hay blancos. Aparte de usted, claro.

—Que los no negros, entonces. Esta es un área india. Y de color —agregó, asintiendo hacia Jacob—. Eso quiere decir que no haya negros.

17

—Ellos trabajan para mí.

—Me parece bien —respondió el policía, golpeando el mostrador con énfasis—. Pero no deberían comer con ustedes. Es ilegal.

—¿Dónde deberían comer? —preguntó Amina.

—¡No me importa! Pueden comer afuera. ¡O en la cocina, por el amor de Dios! O cuando lleguen a casa.

—¿Usted pasa sin comer doce horas seguidas, Oficial?

Jacob, nervioso, se pasó la mano por el corto cabello y miró a Amina ir hacia el gramófono. Deseó con desesperación poder intervenir e imponer la calma, sugerir algún arreglo. Pero eso hubiese sobrepasado los límites de su aparente función como encargado del café, y el oficial Stewart no tenía idea de que Jacob en realidad era el socio de Amina. Estaba prohibido que las personas de color y los indios fuesen copropietarios de negocios. Sin embargo, un abogado amable les había ayudado a redactar un poder secreto para Jacob. Ahora la sociedad estaba reconocida, pero cubierta con celo por quienes los rodeaban.

Amina estaba arrodillada de espaldas al policía, revisando una pequeña pila de discos. Stewart se ajustó la gorra con determinación y caminó hacia el fondo, deteniéndose frente a una mesa, mirando a sus ocupantes.

—Pases —dijo, extendiendo la mano. Doris y Jim miraron instintivamente a Amina.

—Usted sabe que tienen pases —contestó ella.

—Quiero verlos. Ahora.

Jim sacó el suyo del bolsillo trasero. La tapa estaba arrugada y desgastada por el uso, e incluso abierta, tenía una curva permanente de tanto sentársele encima. Stewart lo volteó en sus manos y bajó la mirada hacia el cocinero.

—Esto es un permiso de viaje.

—Sí Señor.

—¿Dónde está tu pase?

—No tengo pase, Señor. Soy de color.

Stewart estudió el permiso para confirmar aquella afirmación.

—¿Tú eres de color?

— Sí Señor.

—A mí me pareces un *kaffir* —comentó Stewart.

—Ellos dijeron que yo era de color. En la junta. Ellos me clasificaron.

Jacob había aparecido a un lado del policía sin darle a nadie la impresión de haberse movido siquiera, mucho menos con prisa.

—Su abuelo era blanco, Oficial. Un holandés. Como mi padre.

—Bueno —Stewart tiró el permiso de nuevo sobre la mesa y giró, mirando todo el café.

—Tú entiendes lo que trato de decir, Jacob, *¿ja?* No intento ser difícil. Estoy haciendo mi trabajo.

El estallido de un disparo electrizó el recinto, su estridente volumen congeló a todos por una fracción de segundo justo antes de esconderse. Arrodillada junto al gramófono, Amina pudo ver al oficial Stewart agachado detrás del mostrador y a Jacob doblado junto a él. Las ventanas seguían tamborileando, como si un tren hubiese atravesado el café. Con cautela, Stewart sacó su propia pistola, asomándola sobre el mostrador, mientras se levantaba despacio. Amina se puso de pie con él. Su compañero estaba parado junto a la puerta, dándole vueltas a una pistola en su dedo medio.

—¿Pero qué diablos crees que haces? —preguntó Stewart.

El hombre rubio sonrió.

—Mi trabajo —respondió—. *Ach*, ¿para qué estás 'hablando' con esta gente?

Detuvo la pistola a medio girar y disparó de nuevo al techo. Algo de yeso cayó, golpeteando el piso. En la sala sonaba un eco agudo.

—Esto es lo que ellos entienden —dijo. Sonrió de nuevo y miró a Amina—. Ustedes siguen sirviendo a los *kaffires* y nosotros los mataremos a todos. Tendrán que buscar personal nuevo —rio.

—Si usted continúa así —afirmó Amina—, no necesitaremos personal. Usted no es precisamente bueno para el negocio.

Su rostro se ensombreció, pero antes de que las primeras palabrotas pudiesen salir de su boca, Stewart lo empujó por la puerta hacia el auto.

Amina buscó a Doris, pero la mesa estaba vacía; todos sus empleados se habían replegado a la cocina o al trozo de tierra seca al que daba la puerta trasera. Aquellos clientes que estaban esperando por comidas para llevar ya se habían marchado. Otros dejaban dinero sobre las mesas. Incluso el sonido de las frituras en la cocina había cesado. Cuando miró de nuevo a la puerta para comprobar que los policías se habían ido, notó que el cristal de la fotografía enmarcada de su difunta abuela, que colgaba encima, estaba roto. Aquella mirada desafiante tan familiar en los ojos de Begum estaba distorsionada por una grieta. Eso fue lo que más le dolió.

"Nunca seas esclava de nadie. Yo lo fui toda mi vida y eso me destruyó". Aquellas fueron sus últimas palabras a Amina Harjan. Las había pronunciado de manera áspera, con una convicción desesperada, un soleado sábado por la mañana en Bombay, cuando la nieta se sentó junto a su lecho de enferma respirando el aroma de bayas machacadas de cardamomo que subía desde la fábrica de dulces que se encontraba abajo. Al caer la noche ya había fallecido. Su muerte dejó a la nieta flotando en un extraño pozo oscuro que disminuía la energía contenida en sus inquietas extremidades. Por primera vez en su vida, Amina sintió pasar las semanas sin hacer ningún intento de aprovechar aquella energía para transformarla en algo útil. Así que cuando su padre volvió a manifestar su viejo deseo de comenzar una nueva vida lejos de la India, apenas se dio cuenta de que ya se estaban haciendo los arreglos. El señor Harjan había mantenido un acuerdo silente con su suegra de nunca emigrar a Sudáfrica, ya que Begum había sido expulsada de ese país cuarenta años antes por ser una vergüenza para la sociedad, pero aquella promesa dejó de importar en cuanto murió.

Con pocos hombres que pudiesen cargar el pequeño y delicado cadáver de su abuela, el cuerpo se deslizó en la fosa con una prisa impropia, cayendo con un ruido sordo que hizo estremecer a quienes rodeaban la tumba. Enseguida le echaron tierra encima. Amina recordó haberse asombrado de lo rápido que Begum había desaparecido de la faz de la tierra. Ella fue la única mujer presente; las otras habían regresado a la casa después de los ritos funerarios, como era la costumbre. En contra de los deseos de su madre, insistió en acompañar a los hombres al entierro, logrando imponerse porque su padre no tuvo la energía para discutir con su temperamental hija, ni la voluntad de privarla de un último adiós a su abuela.

Amina tenía la mirada fija en el cristal roto del marco, buscando una respuesta en el rostro de Begum. Tuvo que esperar un momento largo antes de encontrarse con los ojos de Jacob, y cuando al fin lo miró con una sonrisa, él no sabía si el brillo en su mirada era de lágrimas contenidas o de enojo.

—¿Seguro que estás bien? —ella le preguntó.

—Oh, sí. Me estaré poniendo viejo, pero todavía puedo tirarme detrás de un mostrador si tengo que hacerlo.

Ella rio, como él sabía que haría. Y sin decir más, comenzaron a recoger.

Delhof – A las afueras de Pretoria

Miriam estaba de pie sin moverse, lejos de la nueva casa, con la mano en la frente, protegiéndose los ojos. La casa había sido antes una granja; era alargada y baja. Todo parecía bajo en este lugar; árboles, colinas, incluso las pocas edificaciones. Bajo y chato y sin color, como si fuese aplastado por el peso del cielo y su inmenso azul. El sol le golpeaba la mano con una fuerza caliente, roja, que la quemaba a través de la translúcida y venosa piel de su muñeca. Cuando cerró los ojos con fuerza por unos instantes, el calor aún resplandecía bajo sus párpados como carbones encendidos.

Abrió los ojos de pronto al llamado de la voz de su hijo. Se dio vuelta, y el niño y su hermana se tornaron nítidos, pequeños y huesudos, en el *stoep* de la casa, empequeñecidos por las cajas y los muebles apilados que los rodeaban. Ella miró frunciendo el ceño, como si intentara recordar quiénes eran y él la llamó una y otra vez. Su voz aguda la alcanzaba sobre las titilantes olas de calor que vibraban entre ellos.

—¿Qué pasa? ¿Qué quieren? —respondió. Hablaba gujerati, a pesar de que su esposo le había ordenado hablar con los niños solo en inglés o, cuando hubiese aprendido suficiente, en afrikáans. Pero estaba ensimismada, y gujerati era la lengua con la que ella se había criado, la que su propia madre usó para reprenderla.

El niño hizo silencio al oír el tono de la madre.

—Entren, ya voy —dijo. Y obedientes, corrieron a la casa.

Su cuerpo estaba inmóvil, como el de un animal amenazado, aguzando el oído para captar cualquier sonido. Al respirar aquel aire seco y caliente, sintió el olor a polvo quemado que sabía que formaría parte de todo lo que inhalara a partir de ese momento; ya podía sentir ese aroma descansando ligero sobre la piel. Solo los suaves pliegues de su vestido de algodón se movían un poco en el calor y unas lentas gotas de sudor rodaban sin parar por la frente hacia abajo, sobre el altiplano de los pómulos. Su mano subía y las eliminaba impaciente. No podía comprender el lugar al que su esposo la había traído. Sabía que Springs se encontraba a media hora, cuando el tiempo y los caminos estaban bien; y que era un pueblo bonito. Pero aquí no había nada; nada de nada. Un par de casas destartaladas quizás a media milla, pero se veían como si nadie hubiese vivido en ellas por años. Lejos en el horizonte había unas cuantas edificaciones —ella pensaba que debían ser de los agricultores que formarían la clientela de la tienda de su esposo— pero fuera de eso solo había una vía del ferrocarril y delante de ella una casa nueva, descansando fuerte y desnuda sobre la tierra herrumbrosa, parada sola en el vasto paisaje.

Tanta tierra. Nunca había visto tanta tierra, tan sola, vacía. ¿Qué iban a hacer en ella? ¿Cómo iban a vivir tan aislados luego de la apretada vida con el clan familiar en Pretoria, con aquellas paredes delgadas que separaban cuartos sofocantes, siempre desbordados de vecinos y familiares? Miriam no se había sentido triste al dejar la casa de su cuñado, ya que su esposa la había tratado casi como a una sirvienta. Y este nuevo negocio de Omar era otro comienzo: una tienda que proveería todo lo que los campesinos locales pudieran necesitar. Pero ella le temía a la callada soledad del campo y no sabía cómo manejarla con la única compañía de su taciturno esposo.

Levantó la mano de nuevo. Esta vez usó el dorso del brazo para secarse la frente y los ojos. Luego, abrazándose a sí misma, se dirigió de vuelta hacia su familia.

2

Springs – Noviembre 1952

La primera vez que la madre de su padre vio a Amina Harjan, casi se desmayó. La llegada de la anciana a Sudáfrica desde la India había causado un alboroto en el hogar de los Harjan que pareció conmocionar a todos, excepto a su única nieta. Es probable que también hubiera afectado a Amina, si no hubiese sido por el hecho de que simplemente no estaba allí, y nadie la podía encontrar. Se había ido a 'trabajar' por unos días, decía la nota garabateada, apenas legible que les había dejado a sus padres sobre la mesa de la cocina, y como su familia rara vez sabía de qué trataban o dónde realizaba los diversos trabajos esporádicos que hacía de tiempo en tiempo, nadie la podía encontrar. Esto, en general, no le causaba mucha preocupación a su padre, quien a diferencia de todos los hombres de su edad y origen, había dejado a su hija hacer lo que deseara desde que llegaron a Springs varios años atrás. La madre de Amina era una mujer sumisa, muy delgada, y su preocupación era muda, expresada solo por las líneas permanentes entre las cejas y en la pequeña frente. Era ella quien mejor comprendía las complicaciones a la rutina diaria que traería consigo la llegada inminente de su suegra. Así, se tomó la inusual molestia de dejar su cocina para ir a preguntar por su hija en el café en Pretoria, a una hora en auto de la casa de la familia en Springs. Jacob Williams le ofreció té a la señora Harjan, escuchándola con cortesía, pero le explicó que no había sabido nada de Amina en tres días porque estaba haciendo de taxista, llevando a dos personas en el largo viaje desde Johannesburgo a Ciudad del Cabo.

—Ella regresará pronto, Señora —dijo, tratándola con la deferencia que usaba la comunidad de color del Cabo. Sonrió para alentar a la madre—. Ella siempre regresa pronto. Siempre.

Aunque sí regresó pronto, no llegó a tiempo. Y así, quien recogió a la anciana fue su hijo solo. No hubo una bienvenida familiar, multitudinaria y efusiva como la que había imaginado durante su largo y tortuoso viaje. El señor Harjan era un hombre ajado, traslúcido, cuyo delgado cuerpo parecía casi descarnado dentro de sus anchas ropas de trabajo. Llegó al tren con un ligero retraso y encontró a su madre al final de la plataforma, inmóvil, contemplando con desagrado la polvorienta estación llena de africanos arremolinados. La saludó sin mucho entusiasmo, como si la hubiese visto el día anterior, y luego de acomodarla en su ruidoso auto, manejó hacia la casa sin expresión alguna, sin percatarse de la gran incomodidad de su madre, como si hubiese recogido un paquete cualquiera. La enumeración repetida de los achaques de ella pasaba sobre su cabeza como una nube de moscas; molestaba, pero no tenía ninguna importancia real.

Durante ese primer día, la anciana afirmó su lugar en la casa, borrando cualquier trazo que pudiese quedar de las personalidades de su hijo y nuera, e imponiendo la suya con firmeza. Con mucha ceremonia se sentó en el sillón de su hijo que estaba en el pequeño salón y comenzó a recibir a todos los familiares y vecinos —con gentileza, pero no sin asegurarse de que entendieran el honor que les concedía al recibirlos—. Su preocupación por la ausencia de su nieta había sido considerable, pero las indagaciones de su paradero recibieron respuestas tan vagas por parte de los padres, que se había conformado con darles un corto sermón y dejarlo así. Dos días después, Amina llegó.

La anciana oyó un motor apagarse de manera abrupta por la puerta del frente. Desde su sillón cerca de la ventana retiró el visillo gris que colgaba lánguido junto al cristal y miró afuera. No podía distinguir mucho, pero algo la hizo fijarse en la chica que bajó de un salto desde la pequeña camioneta de reparto parada afuera. Vio a la madre saliendo con prisa por la puerta trasera de la casa y susurrando algo a la hija con mucha urgencia, a la vez que señalaba la vivienda. Podía ver a Amina asentir y sonreír. Luego descargó algo que asemejaba sacos de harina para dárselos a Rosemary, la empleada, quien salió sonriendo a saludarla. Amina le dio entonces dos vestidos a la señora Harjan, quien los colgó rápidamente sobre su brazo. La anciana frunció el ceño; ¿para qué necesitaba *ella* vestidos nuevos? Se reclinó de nuevo en su sillón, consternada, con el entrecejo y el rostro fruncidos, mientras Amina se acercaba a la casa a grandes zancadas, cruzando la puerta mosquitera. Entró, y su abuela vio que traía puestos los que parecían ser pantalones de trabajo viejos de su padre, tirantes y una camisa sin cuello. También llevaba un sombrero de ala ancha, levantado sobre la frente para mantener en su lugar la mayor parte de los rizos largos y negros que de otra manera tendían a caer sobre su rostro. Parecía uno de los granjeros bóeres que venían a la estación de su padre a ponerles gasolina a sus camiones.

—Que Dios nos perdone —susurró para sí misma la anciana. La chica nunca había parecido recatada ni sumisa cuando estaba en la India, pero esto era otra cosa. El horror le endureció el rostro. Al entrar Amina en la sala, alta y sonriente, se detuvo consternada ante la expresión de su abuela. Siguió la mirada de la anciana y comprendió de inmediato, por supuesto, que la ofensa estaba en sus ropas, su actitud, su manera de comportarse. Amina había pasado los últimos seis años en este lugar viviendo como quería y sus padres parecían comprenderla, o al menos aceptaban el deseo de libertad de su única hija. Los señores Harjan se habían desgastado a lo largo de los años; cualquier esfuerzo por contener a Amina no daba resultado, ni siquiera cuando era niña. De pequeña, en la India, su madre la perdía por lo menos una o dos veces al día. La buscaban por toda la casa, por el pequeño jardín, interrogaban a la criada y la niñera, y en algún momento la encontraban explorando un lugar nuevo, sonriendo y saludando con su cabecita rizada a las mujeres, aliviadas, que la rodeaban. Solo una criada, una chica joven y vivaracha de diecinueve años, que brillaba con la misma energía que la pequeña, podía con ella. Pero solo se quedó con los Harjan por un año, antes de fugarse con un criado vecino. Después de eso, nadie pudo controlar a Amina. No era una niña mala; la mentira y la trampa le eran ajenas, pero su energía y curiosidad eran insaciables, y sus tranquilos padres parecían apagarse poco a poco ante la mente inquisidora y la actividad irrefrenable de su hija.

"Debiste haber nacido varón", le había dicho más de una vez su madre cansada. Este comentario le dolía y la desconcertaba, haciéndola reflexionar mucho, como siempre. Le gustaba hacer deporte con los varones en la escuela, era buena estudiante —cuando el tema captaba su atención— y quería trabajar en un comercio cuando creciera. ¿Por qué estos atributos eran solo para los varones? Para ella, terminar la escuela para casarse no tenía sentido, ni tampoco le parecía atractivo, y a pesar de ser algo tan arraigado en la conciencia de todos los que la rodeaban, seguía resultándole incomprensible. A veces sentía que vivía en un universo distinto, respirando una atmósfera diferente de la del resto de la gente, y a medida que crecía, encontró su refugio en el trabajo y los libros. Hacía cualquier tipo de trabajo que pudiera encontrar, aunque solo dentro de la casa de sus padres, ya que no había posibilidad de que hiciera trabajos manuales en otro lado. Entonces, cuando la casa y el jardín estaban en perfectas condiciones, ella leía. Libros viejos de poesía, novelas y biografías se sucedían unos a otros bailando entre la conciencia y la imaginación. Y con cada uno aumentaba su conocimiento del mundo, su variedad y su amplitud.

Al fin dejó la escuela a los dieciséis años, porque su padre había decidido emigrar. Durante mucho tiempo escuchó historias de otras familias sobre las grandes oportunidades en Sudáfrica, pero incluso odiando su trabajo de contador, el señor Harjan no se atrevía a mencionar la idea de mudarse allá, no mientras su suegra viviese. Sabía muy bien que ella llevaba las cicatrices del tiempo que había vivido allí; en los huesos deformes, magullados, de su cuerpo y en los recuerdos del maltrato brutal que llevaba en la mente. Amina había aprendido mucho de Begum; la mayor parte eran conocimientos o consejos que pocas mujeres de la edad de su abuela se habían atrevido incluso a aprender ellas mismas, mucho menos impartirlos a una niña impresionable. Su abuela materna le hablaba del orgullo, la independencia y el valor. Esas eran las cosas que debía cultivar, le había dicho a su nieta; no una actitud servil hacia las tradiciones y los deberes basados en la sumisión ciega, el dolor y el miedo.

Amina sabía que los consejos de Begum eran buenos porque apelaban a su sentido natural de integridad y justicia. Pero aquella admiración aún era abstracta, ya que nunca había vivido los horrores de los que hablaba la abuela. Así, pocos meses después de su muerte, cuando el padre decidió que debían mudarse a Sudáfrica, Amina no sintió ninguna emoción particular con la idea, pero tampoco estaba infeliz. El sufrimiento que había soportado su abuela era algo que ella respetaba, pero Amina sabía que no podía odiar a todo un país en el nombre de otra persona, ni siquiera en el de Begum. A los diecisiete años, el futuro lejano no estaba más allá que a seis meses y todo lo que sabía era que en seis meses estaría a mitad de viaje por el océano hacia África con sus padres.

La mañana que llegaron a puerto, Amina había sido casi la única en cubierta al amanecer. Vio surgir la costa de la nada, saliendo del océano, limpia y brillante como los límites de un mapa, y sonrió al verla. Podía ver poco, excepto el borde dorado de las playas, que parecían no tener fin. De inmediato se sintió en casa; libre, capaz de respirar. Su confianza innata se había juntado con esa empatía inminente por el país al que ahora se acercaban, dándole una fuerza de voluntad que nadie podría contener. Muy pronto, sus padres se dieron por vencidos. Los intentos someros y desganados que habían hecho en la India para hacer que su hija se ajustase a las convenciones aceptadas decayeron por completo en Sudáfrica. La familia fue directo de Durban a Pretoria, pero no se quedó entre su propia gente en el Bazar Asiático. En lugar de esto, los Harjan escogieron una casa y un negocio —un garaje y estación de gasolina— a las afueras de Pretoria, en Springs, donde el padre se deshizo en gran parte de las presiones del conformismo. La madre quedó sumida en una vida más dura de la que había estado acostumbrada en la India. Debía administrar con cuidado el dinero semanal para los gastos de la casa y no tenía criadas; solo Rosemary, la empleada doméstica de diario, que no siempre trabajaba como debía. Y Amina, en lugar de ayudar a la madre en la cocina, casi siempre terminaba trabajando con el padre en el garaje. La señora Harjan no podía hacer otra cosa sino ver con preocupación cómo su hija bombeaba gasolina, limpiaba parabrisas y poco a poco hacía su propia vida en ese lugar nuevo. Ese país intacto y muchas veces salvaje le venía a Amina como hecho a la medida. Y era esa soltura y confianza en sí misma, que había aumentado durante varios años, lo que tanto molestaba a la abuela que ahora se sentaba frente a ella. Amina carecía de todo atributo esperado de docilidad y retraimiento; y a pesar de que su abuela no entendía nada de esto y pensaba que eran los pantalones y tirantes lo que la horrorizaban, en realidad eran la actitud y el comportamiento de su nieta lo que más la ofendían.

Sin embargo, la anciana no se desmayó. De hecho, se recuperó muy rápido, pensando en los principales puntos del sermón que les daría a su hijo y su nuera (que sin duda era la culpable). Pero justo en ese momento, antes de poder decirle nada a Amina, la chica se soltó. Ella ya estaba bastante acostumbrada a esa clase de reacciones, en especial por parte de los ancianos, y sus métodos para tratar con ellos se habían suavizado de manera gradual desde la ira y la defensa propia, hasta llegar a la retirada cortés que llevaba a cabo ahora.

De inmediato, Amina dio un paso atrás, se quitó el sombrero y saludó a su abuela con unas cuantas palabras de bienvenida formales y correctas en gujerati. Entonces se puso de nuevo el sombrero y antes de que la anciana pudiese siquiera responder, la puerta mosquitera se cerraba tras ella.

—Que Dios nos perdone —suspiró otra vez la abuela, como si exorcisara un espectro horrible. Se levantó vacilante y se movió tan rápido como pudo hacia la cortina de la puerta. Para el momento en que la corrió hacia un lado y miró a través del vidrio brumoso, su nieta ya no estaba. Todo lo que quedaba de ella eran las huellas de las llantas y un remolino de polvo que flotó por un momento en el aire y luego fue cayendo despacio hacia la tierra.

Delhof

Durante ese primer año en el campo, cuando estaba acostada en la cama por la noche, Miriam sentía su cabeza estallar por tanta quietud. El silencio era inmenso y parecía caer desde el cielo, rozando el aire como algo frío y contundente. Sobre todo ahora, en el invierno. No había insectos ni grillos que rasparan siquiera el muro del silencio. Así, cerraba los ojos con fuerza, obligándose a escuchar la respiración de Omar; aquel sueño profundo y feroz del hombre acostado a su lado. La aspereza en su aliento, la cabeza deslizándose sobre la almohada; en esas largas noches agradecía aquellos sonidos como un mendigo la limosna.

A las cinco o cinco y media se levantaba de la cama. Muchas veces ya estaba despierta antes de las primeras luces o del insistente canto del gallo en la granja vecina. En la India siempre se levantó temprano, pero el hábito de hacerlo antes del amanecer lo había adquirido después de casarse e irse a vivir con su familia política en Pretoria. A pesar de que la gran seguridad en sí mismo que mostraba Omar significaba que por lo general se encargaba de su familia, su hermano Sadru era mayor, y así, su esposa Farah tenía precedencia sobre Miriam en la sutil jerarquía de las mujeres de la casa. La hermana de Omar hubiese estado por encima de las dos, pero era débil de mente y estaba enferma. Farah la controlaba con facilidad a punta de cachetadas y golpes. A Miriam le disgustaba la actitud bravucona de Farah y su pereza, pero no tuvo más remedio sino aceptarlas y compensar los defectos de su *bhabhi*, la esposa del cuñado mayor, trabajando aún más duro en la cocina. Cada mañana se levantaba a las cinco para comenzar a preparar la masa para los *rotlis*, el pan casero del desayuno. Sacudiendo la cabeza, Miriam apartó los recuerdos y salió de la cama.

No tenía que esforzarse en ser silenciosa; ella era de movimientos suaves por naturaleza. De todas formas, era hora de que su esposo se levantara. Él lo sabía y poco a poco aceptaba los movimientos ligeros de su esposa por el cuarto, saliendo hacia el baño frío y de nuevo por el pasillo, cuando la escucharía detenerse en la puerta de la habitación de los niños antes de bajar las escaleras. En la penumbra de las primeras horas de la mañana en la cocina, Miriam podía ver a Robert, el muchacho que Omar había contratado para que ayudara en la tienda, poniéndole carbón al fuego que ardería todo el día en la estufa. Robert llevaba una sonrisa en el rostro y el saco de combustible en los brazos. Lo extraían cerca, en Witbank, y era abundante y barato. Miriam le deseó "Buenos días" en voz baja, no sin cohibirse un poco. Estaba acostumbrada a tener ayuda en la casa de su madre cuando era niña; pero de algún modo, esto era distinto. La actitud de Omar hacia los africanos siempre era un tanto paternalista y muchas veces dura. Para Miriam, ser severa y dar órdenes no era algo natural, pero él le había dicho que debía ser firme con ellos, y ella sentía que debía tratar.

La puerta trasera se abrió y el vigilante nocturno entró. Se dieron cuenta rápido de que allí en el campo, igual que en algunas partes de Pretoria, era necesario tener un vigilante por la noche.

"Los *kaffires*", había dicho Omar. "Se robarían todo".

Así, cada noche, justo cuando la tienda cerraba, llegaba John; alto, corpulento, con su cabello muy corto y casi blanco. Miriam podía verlo acercándose a la tienda veinte minutos antes de llegar; aparecía en el horizonte desde algún lugar desconocido donde ella sabía que vivían juntos todos los africanos. John ayudaba a Omar a meter de nuevo a la tienda las mesas donde presentaban la mercancía, y sus brazos largos y delgados, aunque mucho más viejos que los de su esposo, aseguraban los candados. Asentía hacia Miriam con deferencia, pero siempre fue constante en rechazar de manera cortés sus tímidos intentos de ofrecerle algo de beber o comer, hasta que ella entendió que no debía preguntar más. Entonces se sentaba a pasar la noche en su silla, al borde del *stoep*, delante de un viejo tambor de lata corrugada en el que ardían varios carbones para impedir que se congelara. Si se quedaba despierta hasta tarde, cosiendo sentada delante de la estufa de la cocina, Miriam veía a John caminando delante de la ventana y veía los carbones al rojo vivo, silbando y crujiendo de vez en cuando, sobre todo al soplar el viento. A intervalos durante la noche, John desenvolvía un paquete de tela y sacaba un poco de *mealies*, el maíz molido que ella entendió era el alimento principal en Sudáfrica, igual que el arroz lo era en casa. Lo calentaba un poco antes de comérselo.

—¿Cómo estás, John?

—Estoy bien, Señora. Bien —con el aire de un tío interesado, observó cómo Robert cargaba la estufa y cuando se sintió satisfecho de ver que el chico hacía su trabajo correctamente, se dio vuelta para abrir la puerta trasera—. La veo esta noche, Señora —dijo, y Miriam levantó la mano para decirle adiós.

Robert revolvió el carbón unos momentos más antes de cerrar la pesada puerta negra.

—¿Traigo la harina, Señora?

Volteó a mirarlo. Tenía quince años, cojeaba un poco a consecuencia de un accidente que tuvo cuando era niño. Al preguntarle sobre eso, no pudo entender gran parte de su inglés, que tenía un acento distinto al suyo, y perdió los detalles. Era un poco más bajo que ella y tenía los dientes muy blancos y brillantes. Miriam asintió, y por el rabillo del ojo lo vio agacharse hacia el saco para medir dos tazas, maravillándose una vez más ante sus apretados y minúsculos rizos y el color de su piel, profundo como el

33

café, en un tono tan diferente del de John, que era como tinta negra. Ella nunca había visto a una persona negra en los primeros veinte años de su vida.

"No debes ser amistosa con ellos", le había dicho su esposo. "Si ellos piensan que eres indulgente, se van a aprovechar. Haz que trabajen. Para eso es que están aquí". Ella escuchó. Tenía cien preguntas acerca de 'ellos' que no se atrevió a hacer a su nuevo esposo, así que solo asintió con la cabeza. Arriba podía oír el crujido ocasional de alguna tabla del suelo. Sabía que Omar se había levantado y que sus pasos pesados y desconsiderados despertarían a los niños.

Al menos era mejor de lo que había sido en Pretoria. Allá no había tranquilidad temprano en la mañana ni nunca. Como mínimo, su *bhabhi* estaba con ella, y el ruido de las conversaciones de las vecinas y el llanto de sus hijos penetraban las delgadas paredes y subían desde las calles. Además, tenía que bañar y darle de comer a Jehan, la hermana de Omar, cuya cháchara frenética y su risa siempre parecían comenzar antes de que ninguno de ellos se hubiese despertado por completo.

Agradecida, tomó la harina que le dio Robert. En la puerta del frente, el muchacho encontraba la leche que dejaba allí cada mañana el señor Morris, el campesino de color cuya granja era la más cercana. Esperaba en la penumbra de las primeras horas de la mañana, espumosa y aún tibia. Robert cargaba el gran recipiente con pasos cortos y rápidos, forcejeando con su peso. La leche olía fresca, no agria como las botellas viejas que habían compartido en Pretoria. Una de las últimas tareas de Miriam cada noche después de cocinar, servir, recoger la cena y limpiar la cocina, después de llevar a los niños a la cama y después de planchar las camisas de Omar, era hacer que Jehan bebiera un vaso de leche. Su cuñado se lo había pedido, pensando a su manera atolondrada y bienintencionada, que calmaría un poco la mente de su hermana antes de dormir, en vista de que su propia esposa rara vez se molestaba en cumplir sus deseos. Pero Farah solo le daba los restos a Jehan y Miriam había aprendido a no protestar, o si no, le daría también la leche vieja a sus hijos cuando ella se descuidara. El olor de aquella leche en la habitación viciada y oscura de Jehan le provocaba náuseas a Miriam. En esos momentos, mareada por la falta de sueño y el hambre, recordaba lo que su madre le había dicho cuando Miriam no se decidía a aceptar la propuesta de matrimonio de Omar.

"Sus padres están muertos", le indicó. "Eso te hará más fácil la vida, porque ninguna madre está contenta con la chica que escoge su hijo. Ve con él a Sudáfrica y da gracias porque nunca tendrás una suegra que te haga trabajar como esclava".

Quizá no tendría suegra, pero Farah se había esmerado en hacerle la vida miserable. Al menos ahora John y Robert le sonreían. Miriam miraba calentarse la leche y recordó la vez en Pretoria cuando nadie le sonrió en diez días.

Pretoria – Septiembre 1951

Ella sabía que ya eran diez días porque los había estado contando. La última persona que le sonrió había sido el *halal*, el matarife de carnes permitidas por la ley islámica, cuando fue a su tienda el jueves anterior. Había regresado después, esperando que el carnicero rompiera la tendencia de los días que llevaba contando, pero el hombre había estado ocupado desmembrando y troceando un cordero fresco, y casi ni la saludó.

Farah sonreía de vez en cuando, pero nunca parecía hacerlo con verdadero agrado. Siempre tenía ese inevitable sentido de superioridad o un gesto en el rostro que

35

insinuaba una especie de triunfo, lo que hacía que Miriam descontara cualquier expresión de su *bhabhi* que pareciera una sonrisa.

—¿Qué haces con esa carne? No quedará nada.

La voz de Farah rompió su ensueño y trajo de vuelta la atención de Miriam al cordero en cubos apilados frente a ella. Con pinchazos y cortes hábiles, eliminaba lo que quedara de grasa, tendones y nervios.

—A mi esposo le gusta la carne limpia —respondió Miriam. La habían regañado la semana anterior por dejar demasiada grasa en los trozos de cordero del curry.

—¡A mi esposo le gusta limpia! —la imitó Farah—. Pues a *mi* esposo le gusta comer toda la carne por la que ha pagado, no que se la corten toda para que no quede nada.

Miriam puso el cuchillo sobre la mesa y la carne en un tazón grande para lavarla antes de añadirla a las cebollas que ya se doraban en la estufa.

—No te preocupes —dijo en voz baja—. Habrá suficiente para ellos.

—Sí, ¿pero y nosotras? —preguntó su *bhabhi*.

Miriam lavó la carne. Sabía que Farah nunca se quedaba sin su porción, y que si faltaba, sería ella quien quedara corta.

—Quizás —dijo en voz baja— deberíamos comprar más carne y más harina para los *rotlis*...

—No tenemos dinero para más nada —dijo Farah—. Es increíble que yo logre poner suficiente comida sobre la mesa con lo que ellos me dan.

Miriam comenzó a pelar y picar los tomates medio podridos que Sadru había traído de los mercados, que estaban demasiado blandos y solo podían usarse para cocinar. Sabía que Farah mentía y que tomaba parte del dinero semanal de la casa para comprar ropa y chucherías para ella y sus hijos, pero no había manera de que ella protestara. Omar se había negado a darle a su esposa su parte del dinero, ya que era Farah quien llevaba la casa, le dijo, y no quería ocasionar problemas.

Más tarde, esa noche, mientras los hombres cenaban juntos sentados a la mesa, Miriam preparó una masa elástica e hizo con ella bolas, que después aplanaba para formar círculos perfectos. Luego los levantaba con cuidado, pasándolos de una palma a la otra y los ponía sobre la sartén de hierro caliente. Con paciencia esperaba que se hicieran, cambiando la pierna en que se apoyaba para intentar calmar el dolor detrás de sus rodillas. Estaba en pie desde las cinco y media de la mañana. Solo las pocas veces que fue al baño le habían dado un momento para sentarse. Volteó los *rotlis* de vez en cuando con las puntas de los dedos que hacía mucho tiempo se habían acostumbrado al calor de las llamas de la estufa. Apenas aparecían las manchas marrones extendiéndose por la superficie, sacaba el pan de la sartén, poniéndolo sobre un plato y frotándolo con mantequilla. Cuando había dos o tres listos, se los llevaría, aún calientes, a los hombres y a Farah, que para entonces ya los acompañaba.

—Ven a comer —le dijo Omar.

Miriam asintió con suavidad, pero antes de que pudiera sentarse, Jehan comenzó a llamar desde su habitación. Gritaba con fuerza, lanzando delirante un largo torrente de palabras. Los hombres miraron, pero Farah siguió comiendo.

—¿Le diste de comer? —preguntó Omar. Miriam asintió y fue a ver qué alucinaciones o sueños habían molestado a la hermana mayor de su esposo.

Esta vez, Jehan se tranquilizó con facilidad. Miriam se quedó con ella por diez minutos, acariciándole la frente y murmurando respuestas vagas a sus sinsentidos. Cuando regresó a la cocina, Farah ya había metido los platos sucios en el fregadero para lavarlos. Las bandejas estaban vacías, por lo que Miriam tomó el caldero, limpió lo que quedaba de salsa con un *rotli* frío y se lo comió. De nuevo, nadie le había sonreído. No lo había hecho Omar cuando llegó a casa después del trabajo; ni siquiera Sadru, que debajo de su tosca apariencia tenía una veta amable y quien a menudo era el más considerado hacia ella. Se hizo presión en la parte baja de la espalda, que le dolía. Había cargado demasiado a su hijo ese día, pero el niño le temía a la hija de Farah, que era más grande y fuerte. Le aterraba que Sam y Alisha crecieran con los niños malcriados de su cuñada, pero no tenía alternativa. Al mismo tiempo, otras mujeres y la misma Farah le habían comentado sobre varias formas de evitar los embarazos, al menos por un tiempo. Las exigencias de Omar hacia ella habían aminorado a medida que ambos estaban cada vez más y más exhaustos, pero de todas maneras venía practicando aquellos consejos desde el nacimiento de su segundo hijo.

Al día siguiente, la atmósfera sofocante de aquel baño sin ventanas le volvió a dar náuseas a Miriam mientras se movía por el piso con un cepillo de fregar; sus rodillas resbalando sobre las frías baldosas. Trabajaba rápido. Ya estaba cerca de la puerta, cuando se abrió de imprevisto, casi golpeándola en la cara. Levantó la vista. Farah tenía los ojos muy abiertos y las palmas juntas cuando le habló.

—¡Dijeron que podíamos ir! ¡Al Café Bazar! ¡A almorzar!

—¿Las dos? —preguntó Miriam, casi sin poder creer en tan buena fortuna.

—Todas —respondió Farah, poniendo los ojos en blanco—. Me hicieron prometer que llevaríamos a esa lunática. Quieren regalarle una salida —dio la vuelta, deteniéndose para ver a Miriam una vez más—. ¡Apresúrate! Alístala. Me quiero cambiar de ropa.

Mientras Miriam vestía a Jehan, le cantó una melodía; una canción hindi de una película que había sido popular diez años atrás en Bombay. Sonrió al terminar y Jehan también rio, sintiendo una ligereza de espíritu que no se había percibido en la casa por meses. Era la primera vez desde que llegó a Sudáfrica que Miriam comería algo que no hubiera tenido que ayudar a preparar, o incluso preparar ella misma. Saldría sin tener que comprar víveres ni oír los chismes de las mujeres que eran amigas y vecinas de Farah. Y al fin vería por sí misma a Amina Harjan, el tema de tantos chismes.

Miriam sabía de ella, por supuesto. Todos sabían. A pesar de su inconformidad, seguía siendo india, seguía siendo una chica muy joven y soltera, y su aparente libertad ilimitada e indiferencia hacia las convenciones preocupaba mucho a todos en el Bazar Asiático. Su manera de vestir, el hecho de que acababa de abrir su propio negocio ('con un hombre de color'), incluso la fotografía de Begum que colgaba orgullosa en el café; todo esto tan solo alimentaba el interés de quienes la rodeaban. La gente estaba consternada, horrorizada y escandalizada, pero muchos comenzaron a frecuentar su café porque les gustaba la comida, les gustaba la atmósfera y les gustaban los precios.

Ese día, la actitud general de Miriam hacia Amina fue de curiosidad, con una sensación subyacente de desaprobación, puesto que las amigas de Farah venían a la casa por lo menos dos veces por semana a chismear. Traían con ellas cajas de mangos verdes de piel gruesa para prepararlos como encurtidos, o la cantidad de cabezas de ajo que se usarían en una semana para pelarlas. Y mientras trabajaban, hablaban. Observando su propio montón de dientes de ajo pelados, Miriam solo veía los rápidos destellos de diez o doce cuchillos en el aire a su alrededor a medida que cortaban y picaban, y oía cómo se esmeraban en culpar a la difunta abuela de Amina por los pecados de su nieta.

"Ella encaminó a la chica mal desde el principio. Le enseñó a ser demasiado orgullosa y creída. ¿Adónde te lleva eso?".

"Pero Begum tuvo una vida dura...".

"Si te metes con los negros, te tocará una vida dura...".

"Ni siquiera sintió vergüenza. Imagínate. No le dio vergüenza. Y esta chica es exactamente igual. ¡Pobre de su madre!".

Miriam terminó de vestir a Jehan y juntas esperaron a que apareciera Farah. Su *bhabhi*, quien no podía con la emoción de ir a comer fuera, se había vestido como si fuese a una boda, con una túnica *shalwaar kameez* de un rosa muy subido, mientras Miriam llevaba un conjunto sencillo de falda y blusa estampadas. Al principio, Farah no podía persuadir a Jehan para que saliera de su habitación; chachareaba sin parar mientras Farah gritaba y suplicaba, hasta darle una cachetada para parar el torrente de incoherencias. Al sentir el golpe de la mano en su rostro, Jehan de pronto hizo silencio. Luego rio, mucho y fuerte, como si compartiera un chiste privado con su atacante. Hacía tiempo que esa risa inesperada dejó de sorprender a Miriam; pero su naturaleza extraña, la manera en que se desataba sin motivo ni aviso, todavía le producía escalofríos. La oyó por primera vez la noche que Omar y ella llegaron a Sudáfrica. Había entrado a la casa de su nuevo cuñado, nerviosa y tímida, unos pasos detrás de su esposo, con la cabeza gacha y el corazón desbocado, y se encontró en medio de una pelea a gritos.

Junto a la mesa, sentados en el piso, en silencio, dos niños pequeños veían con miedo cómo sus padres, la nueva familia política de Miriam, se gritaban entre sí. Más bien, el hermano de Omar gritaba y Farah lo atacaba de manera venenosa con un comentario sarcástico de vez en cuando. Omar se dio vuelta y vio por un instante a Miriam con los ojos llenos de vergüenza. Entonces le gritó a su hermano que se callara, que él estaba allí y que qué clase de comportamiento era ese. El salón quedó en silencio y su nueva cuñada había volteado de inmediato a verla, al tiempo que sonreía con un gesto malicioso y triunfal dirigido a su acallado esposo. Él se indignó tanto, que le gritó de nuevo, "¿Tú crees que esto es gracioso? ¿Ahora te ríes de mí?". Miriam presenció horrorizada con la vista en el suelo cómo seguía gritando, con la voz temblorosa, que nadie nunca se reiría de él, que él no lo permitiría, que no había nada gracioso, nada de qué reírse, que si lo había entendido. Y fue entonces que Miriam la escuchó por primera vez, aquella risa larga, baja, maníaca y rara, saliendo de algún cuarto trasero, justo en medio del discurso colérico de Sadru.

Fue la primera vez que supo de Jehan, la hermana mayor de Omar, cuyo retraso mental se había juntado con una especie de locura tras un episodio de sífilis algunos años antes. Farah susurró la palabra 'sífilis' con un gesto elocuente, pero la palabra y todo lo relacionado con ella era extraño para Miriam, quien pensó que tal vez se trataba de una extraña enfermedad africana, aunque no sabía cómo se contraía, y rezaba a solas pidiendo no contagiarse nunca.

Llevando a Jehan entre las dos, Miriam y Farah dejaron a los niños con una vecina y caminaron varias cuadras hacia el café, bajo las flores violetas de los codesos y más allá de las suaves hileras de casas, desde cuyas ventanas algunas personas las saludaban con las manos mientras pasaban. Jehan saludó de vuelta con mucho aspaviento de sus brazos, chachareando todo el tiempo, y Farah se adelantó unos pasos, ansiosa e irritada.

Cuando entraron al café, estaban muy cohibidas. Sin embargo, pocas personas parecieron mostrar algún interés en su llegada. Jacob Williams esperó por unos momentos detrás del mostrador, mientras las tres mujeres se ubicaban en una de las mesas que había a lo largo de las paredes. Entonces, caminó despacio hacia ellas. Tenía una pierna un tanto tiesa por la artritis que poco a poco invadía su cuerpo. Asintiendo con cortesía, puso tres menús sobre la mesa.

—Hoy tenemos cordero guisado y *koeksisters* frescos —dijo.

Jehan aplaudió en señal de aprobación.

—*Koeksisters, koeksisters, koeksisters* —repitió.

—¡Shhh! —la calló Farah.

—¿Qué son los *koeksisters*? —tartamudeó Miriam, medio a Jacob, medio a su *bhabhi*.

—Toma, pruébalo —dijo una voz junto a ella.

Miriam levantó la mirada para ver delante de sí un largo tenedor que atravesaba una pequeña rosquilla frita, dorada y espolvoreada con coco. Amina Harjan lo sostenía por el otro extremo.

—Prueba a ver si te gusta —sugirió de nuevo.

Con timidez, Miriam tomó el *koeksister* del tenedor. Partiéndolo en dos, le pasó un trozo a Jehan y se llevó el otro a la boca. La rosquilla tibia y dulce sabía a levadura, deshaciéndose sobre su lengua.

—¿Te gusta? —preguntó Amina, sonriendo.

—Es delicioso —respondió Miriam.

—Queremos unos —dijo Farah.

—¡*KOEKSISTERS*! —gritó Jehan, y Miriam se ruborizó.

Parecía que todos en el café habían volteado a mirar hacia su mesa. En el silencio repentino, Jehan volvió a gritar; esta vez una palabra ininteligible, y desde la mesa detrás de ellas alguien soltó una risotada. Un sonido desdeñoso, burlón. Amina miró alrededor y se quedó de pie mirando a los ocupantes de aquella mesa por un largo momento. Cuando al fin le preguntó a Miriam y Farah qué otra cosa deseaban comer, seguía mirando y volteó solo para asentir brevemente hacia Jacob, que asintió de vuelta.

Para el momento en que Amina regresó a la cocina con la nueva orden, él había llevado la cuenta a la mesa y tomado parte del dinero de aquellos clientes, que ya se retiraban. El hecho de que aún no hubieran terminado sus almuerzos parecía ser irrelevante, y Miriam se maravilló frente al poder que esta chica, más joven incluso que ella, parecía ejercer sobre quienes la rodeaban.

Las tres mujeres esperaban su comida sentadas, sin hablar. Sobre el murmullo de los demás comensales, podían oír la voz de Amina, la del cocinero y el crepitar del aceite caliente desde la cocina, así como también los saltos y las rayas de un disco colocado en el viejo gramófono detrás del mostrador. Las cuerdas comenzaron tensas, luego ondulantes y después se ordenaron para formar los primeros compases de *Night and Day*. Esta no era una canción que Miriam conociera de antes. A menudo oía el radio en la cocina de la casa; se sabía de memoria muchas de las melodías de Cole Porter y otros artistas americanos, aunque a veces no supiera sus nombres. Miriam divisó la carátula del disco levantada sobre el mostrador. Era difícil ver los detalles desde donde estaba sentada, pero veía el contorno del rostro de un hombre. Mientras la miraba con detenimiento, alguien levantó la carátula. De pronto se dio cuenta de que venía hacia ella bajo el brazo de Jacob Williams. Este se detuvo junto a la mesa y puso un cuenco con cordero guisado, una bandeja con calabaza horneada y un plato de pan amarillo con granos de maíz. Entonces sacó la carátula del disco de debajo del brazo y se la ofreció a Miriam.

—Amina dice que usted podría estar interesada en ver esto, Señora —dijo, y Miriam le agradeció, tomándola. Farah les clavó la mirada y levantó, dubitativa, una ceja.

—¿Por qué trajo esto? —preguntó Farah, poniendo un trozo de pan delante de Jehan, que lo comió hambrienta.

Miriam se encogió de hombros.

—No sé. Quizás vieron que lo estaba mirando.

—Quizás le gustas —dijo, sin ganas de ser amable y con una risa que Miriam no entendió. Ella ignoró a Farah y bajó la mirada para ver la carátula del disco. Era, como había pensado, un retrato de Cole Porter. Miriam escuchó el disco sonar. *"In the roaring traffic's boom, in the silence of my lonely room, I think of you, night and day..."*. Incluso aquel nombre, Cole Porter, parecía investido de glamour con un gran sentido de elegancia. La foto era a blanco y negro, con mucho grano. Pero allí estaba: sentado, el cabello alisado hacia atrás con Brylcreem, inclinado hacia su piano, mirando la cámara con las cejas levantadas y una expresión un tanto burlona en el rostro.

Cuando Miriam alzó la vista, Farah seguía mirándola. Pero por una vez, no le importó. Los diez días que estuvo contando, esperando alguna señal de preocupación, agrado o amabilidad, al fin habían terminado con la sonrisa que le regaló Amina Harjan.

3

Delhof – Noviembre 1952

El último del mes era el día de pago para los muchos africanos que trabajaban en las granjas cercanas, y el día en que los capataces, o a veces los propios dueños, llevaban a los trabajadores a la tienda. Estos traían el poco y desgastado efectivo que cobraban, para comprar provisiones secas y ropa que pudieran necesitar el mes siguiente. Comenzaban a llegar temprano, por lo general justo después de que Sam y Alisha se habían ido a Springs en el transporte escolar. Era el día de mayor movimiento en la tienda. Como siempre, todos estaban preparados desde muy temprano en la mañana. Había mucha fruta, suficientes sacos de *mealies* y los mostradores de madera oscura lucían despejados. Omar estaba de pie verificando las existencias, haciendo la ocasional raya a lápiz en el bloc de notas que acompañaba a la caja registradora. Levantó la vista buscando a su esposa. El sol se reflejaba en los cristales de las ventanas, haciendo que entrecerrara los ojos para verla afuera, tendiendo la ropa que debía secarse. Todo lo que prendía de la cuerda era blanco.

Omar podía ver los pequeños chalecos de Sam y sus propias camisas resplandecientes, casi azules bajo la implacable luz del sol. Cerró los ojos por el brillo, y por un momento la tienda dejó de existir. Él no estaba allí, en la estepa africana; no era el padre de dos niños pequeños. No era un comerciante que trabajaba duro, ni estaba casado con una mujer con la que casi no hablaba. En su mente, se había transportado. Estaba de visita en Bombay; joven, entusiasta, recién llegado de Sudáfrica, agasajado por sus tíos. Como si estuviese mirando un documental, se veía a sí mismo parado en el pequeño balcón de la casa de su tío, fumando un puro delgado, oyendo a una chica desconocida charlar en el balcón de arriba. Su curiosidad era tanta, que tuvo que asomarse y mirar. Esa fue la primera vez que vio a su futura esposa. En ese momento, igual que ahora, ella colgaba la ropa recién lavada; una franja blanca y brillante que ondulaba sobre las paredes encaladas y el cielo desteñido por el sol. Sus ojos se inundaron de siluetas rojas por un instante y cuando se le pasó, tuvo que entrecerrarlos para verla. Ella también tenía puesto algo blanco, como si fuese parte de la conspiración de luz que brillaba frente a él. Era atractiva, y aunque había visto chicas más bonitas, con una belleza más convencional, esta era alta, ágil y risueña. Y a él le gustó.

—¿Hago té? —preguntó Miriam, cuya voz se perdía en el espacio grande y silencioso de la tienda.

Omar levantó la vista y asintió, y ella se dirigió a la cocina. Frente a la estufa, se detuvo de manera abrupta, asiéndose al borde frío, y esperó a que se le pasara un mareo repentino. Cerró los ojos por unos momentos y miró por la ventana buscando los primeros camiones. Todavía no había señales de ellos, pero vio a Robert caminar despacio hacia la tienda desde el depósito, cargando una enorme calabaza en cada brazo. En la puerta trasera se inclinó muy despacio doblando las rodillas; sus piernas huesudas casi le fallaron cuando bajó los vegetales, pero logró ponerlos con suavidad sobre el suelo. Antes había dejado caer una y Omar le había gritado que no fuese tan torpe y que quién creía él que compraría una calabaza magullada. Robert no pudo pensar en nadie que lo hiciera y por lo tanto había aceptado su amonestación de buena gana. Ahora cargaba las calabazas con el mayor de los cuidados, sosteniéndolas en sus nervudos brazos con la misma delicadeza que tendría si fuesen bebés mofletudos. Su jefe le gritaba con frecuencia, y aunque a menudo había ocasiones en las que él estaba seguro de no haber hecho aquello de lo que se le acusaba, soportaba los gritos en silencio y se disculpaba cuando era necesario. Nunca se le había ocurrido que podía defenderse; eso no venía al caso.

De cualquier manera, no había gritos que pudieran hacerlo sentir mal de trabajar para ellos. A pesar de que el sueldo era bajo, su patrona lo trataba bien; a menudo lo enviaba a casa con la comida que sobraba o con algo de material que su madre podía usar para hacer ropa. Además, le confiaba a los niños. Y él sabía de niños; él mismo era el segundo de siete hermanos vivos. El hermano mayor de Robert estaba en Johannesburgo, trabajando en las minas. La familia celebró cuando su hermano se fue a la ciudad, ya que necesitaban un ingreso y los trabajos estaban en Johannesburgo. Pero su hermano vivía en condiciones duras y trabajaba en otras aún peores. Robert fue a visitarlo una vez y tuvo que compartir una pequeña camita con su hermano en un edificio de concreto que albergaba a más de cien hombres. Las camas estaban tan juntas que, durante la mayor parte de la noche, Robert sintió sobre la cara el aliento crudo del hombre en la litera contigua. Su hermano estaba más delgado de lo que jamás estuvo en casa, y su rostro estaba ajado y arrugado por el polvo. Tosía casi todo el tiempo que estaba despierto. Las minas eran oscuras y estrechas; el aire era malo —decía su hermano— y las horas muy largas. Robert se fue a los tres días, triste por tener que dejar a su hermano allí, pero al mismo tiempo aliviado al comprobar que si así era la vida en la ciudad, él estaba feliz de quedarse en el campo.

La tetera comenzó a silbar. Miriam puso en la olla dos cucharadas colmadas de hojas de té secas y molidas, y le llevó una taza a su esposo.

—Gracias —dijo, sin levantar la mirada.

Cada quien se ocupó de sus cosas durante un corto rato, y aunque ninguno habló, Miriam cantaba con suavidad para sí misma una melodía que había comenzado como una canción normal, pero que luego improvisaba, haciéndola más larga y dulce. Omar la miró sin mover la cabeza, o ella lo vería y dejaría de cantar, suponiendo que le molestaba. Su canto era otra cosa que recordaba de aquel balcón en Bombay. Se molestó un poco. No era un hombre propenso a los sentimentalismos ni a la nostalgia, pero hoy estos recuerdos insistían en volver a su mente. El segundo día, salió al balcón a fumar y ella estaba de nuevo arriba, cantando en voz baja, sin percatarse de que abajo alguien la escuchaba con atención. Entonces, en un arranque repentino, y con el suave tono de aquella voz aún en la cabeza, entró de nuevo al apartamento y preguntó quién era esa chica.

Su tía levantó los ojos de la tela que cosía.

—¿Cuál chica?

—La que vive arriba de nosotros. La que canta y cuelga la ropa.

Su tía sacudió la cabeza.

—Es una chica muy bella, pero no es para ti.

Él esperó, impaciente, a que ella se explicase.

—Su familia es muy humilde —añadió al fin.

—La humildad es buena.

—Muy pobres —recalcó.

Omar agitó el delgado puro en un gesto de desestimación.

—¿Son ellos de nuestra gente?

—Sí.

—Entonces la quiero a ella.

Cuando al fin oyeron el ruido del primer camión que se acercaba, se miraron el uno al otro. Miriam se movió, atravesando la tienda con la práctica que le daba la rutina, para abrir la puerta y mantenerla así con un saco de harina pequeño.

El camión de reparto lo manejaba el señor Wessels, el capataz de la granja Van Wingen, llevándolo despacio por el camino hacia la tienda. La parte trasera del camión estaba baja debido al peso de los trabajadores. Había quizás veinte o treinta hombres apiñados y colgados de ambos lados, formando pliegues como banderas. Sus cuerpos se meneaban como un fluido con los movimientos bruscos del camión. Cuando se detuvo, saltaron con ligereza generando un lento desbordamiento de cuerpos, la mayoría vestidos con camisas y pantalones raídos. El señor Wessels ya estaba en la tienda dándole la mano a Omar, levantando el sombrero para saludar a 'la Doña' y diciéndoles que había 'un calor del infierno allí afuera', antes de entregar su propia lista de provisiones a ser empacadas. Miriam se puso a trabajar en ella mientras el capataz salía hacia el porche haciendo señas para que los empleados pasaran.

Entraron como una marea; moviéndose despacio, llenando cada esquina, mientras Robert los miraba con una mezcla de bienvenida y advertencia en el rostro. Omar le había dicho que tuviera mucho cuidado de que nadie robara nada y él se tomaba esta responsabilidad muy en serio. Los hombres pululaban por la tienda, escogiendo los artículos y acercándose al mostrador para marcar sus compras en la enorme caja registradora metálica. Unos cuantos compraron solo bebidas frías y se sentaron afuera en los escalones, hablando y viendo cómo el polvo del camión se posaba alrededor de ellos.

A veces, Omar hablaba con el señor Wessels durante el tiempo que estaba allí, pero rara vez con alguno de los africanos, excepto cuando tenía que dar un precio o aclarar algo, aunque pocos trabajadores le preguntaban nada; tendían a mirar a Miriam para pedirle ayuda. Uno preguntó por el precio de una tela para hacer un vestido para su hija. Cuando ella le dijo, él sacudió la cabeza y respondió que era demasiado, que si podía bajar el precio. Ella lo rebajó en dos centavos como sabía que podía, pero él le mostró el poco dinero del salario que cabía en una sola de sus ásperas manos, y le preguntó cómo podía pagar tanto. Ella contempló el dinero y no pudo responderle. Miró a Omar como preguntando si pudiera bajar el precio aún más, pero él le respondió negando con la cabeza al tiempo que marcaba algo en la caja registradora. Volteó hacia el hombre sin poder hacer nada, pero él también entendió la respuesta de su esposo y ya se había ido.

Robert ayudaba a despachar detrás del mostrador y de vez en cuando charlaba con los trabajadores, saludando a uno o dos y riendo. Al verlo, Miriam de pronto sintió una mirada clavada en ella y sus ojos se movieron hacia el frente de la tienda, donde uno de los trabajadores estaba parado aparte, bebiendo de una botella de Coca-Cola, observándola. La veía de abajo hacia arriba, despacio, y ella sintió erizarse los vellos de la nuca.

"No confíes en los *kaffires*", le dijo una vez su *bhabhi*. "Ellos solo quieren una cosa de sus propias mujeres, de las blancas y de las indias también. Eso quieren. Y son fuertes", agregó. "Si te atacan, no hay nada que puedas hacer. Y entonces está la sífilis. Y sabe Dios qué más".

Fue en ese momento que Miriam se imaginó lo que había ocasionado la enfermedad de su cuñada. Pero cuando preguntó por Jehan, Farah solo rio y dijo que Omar y Sadru preferían pensar que Jehan había sido violada.

"Tu cuñada tenía un 'novio'", le dijo Farah, riendo. "Casi tan retrasado como ella, por Dios, pero la amaba".

"¿Por qué no se casaron?", quiso saber Miriam.

"Porque era un *kaffir*", le respondió Farah impaciente. "Estuvo merodeando durante semanas, hasta que los hombres de la familia lo atraparon y casi lo matan a golpes. Al final tuvo que alejarse".

Cuando volvió a mirar, el trabajador africano había desaparecido, reemplazado en su mente por una visión brutal de patadas y golpes; imágenes crudas que con tanta frecuencia tenía después de oír el cuento poco serio de Farah. Afuera, el señor Wessels les gritaba a todos que regresaran al camión. Hablaba en inglés, ya que el afrikáans era el idioma de los blancos. Omar también lo hablaba; lo había aprendido en la escuela, pero los africanos por lo general solo sabían lo suficiente para entender a sus patrones y, si hacían trabajos domésticos, a sus patronas blancas. El señor Wessels se movió entre los hombres agarrando una vara que nunca usaba, sino solo para apoyarse o darle vueltas, como un accesorio, de la misma manera en que otros hombres ocupan sus manos con un cigarrillo. Hizo entrar a los trabajadores de nuevo al camión como si fuesen aves enormes y uno por uno, se acomodaron en la parte trasera; los últimos pocos colgados sobre los bordes estrechos, manteniéndose alertas, ejerciendo todo su equilibrio.

Se sintieron aliviados cuando el último camión se había ido y apenas era la una de la tarde. Este día de pago había caído un miércoles y eso significaba que recibirían la visita de los hijos de su casero. George y David Kaplan paraban en la tienda con frecuencia cuando iban 'de camino' a algún lugar, para comprar una cajetilla de cigarrillos o algo pequeño. Pero además, siempre pasaban el último miércoles del mes, por la tarde, en una visita social que hacía más fácil el cobro del dinero del alquiler mientras hablaban de política y del tiempo, y a menudo traían a sus esposas.

Las dos señoras Kaplan ejercían sobre Miriam una fascinación que ella no podía explicarse. Le parecía que siempre entraban en la tienda flotando, trayendo consigo el lento susurro de un vestido de *chiffon*, los suaves pasteles de sus zapatos de salón, de taco bajo, el resplandor de los cabellos rubios y el persistente aroma a perfume francés caro. Sus voces eran altas y reían llenas de alegría al saludar a Miriam, como si ella fuese lo único que deseaban ver al entrar en la tienda. Mientras sus esposos hablaban de negocios con Omar sentados a la mesa del cuarto del fondo, las mujeres se quedaban en la tienda con Miriam, tomando té y charlando.

Llegaron a las dos de la tarde; la hora usual en que Robert ya había ayudado a Miriam a preparar la bandeja de té con un paño nuevo, bordado por ella misma, y tres tazas con sus platillos de la mejor vajilla. La leche se vertía en una jarrita de porcelana que una vez perteneció a la madre de Omar, el azúcar blanco sustituía al moreno que se usaba de diario, y luego se preparaba otra bandeja igual sobre un mantel blanco en la mesa del cuarto del fondo para los hombres, a quienes Robert les servía té, mientras la propia Miriam se ocupaba de atender a las esposas. En la cocina, Robert vigilaba los bizcochos que crecían suaves en el horno grande.

El auto se acercaba con calma, solo se oía el lento crujir del polvo y las piedras bajo las sólidas llantas. Llevaba un paso delicado, muy lejos de los estruendos y chirridos de los camiones de los agricultores. Miriam sorbía soda de un vaso, intentando recuperarse rápido de los mareos y las náuseas que había sentido a lo largo del día. Se asomó a ver el auto largo, negro y reluciente. No tenía idea de la marca, aunque Omar se la dijo una vez al ver el auto alejarse, pero ella la había olvidado. Era bello, aunque le recordaba un mundo que casi no podía comprender. Miriam solo podía imaginar cómo sería estar sentada cómoda en aquella caja brillante, hundiéndose en los asientos de piel, oyendo música bailable en el pequeño radio empotrado en el tablero de madera.

Los hombres salieron con presteza, aliviados de estirar las piernas. Miraban sonrientes, contentos, poniéndose chaquetas hechas a la medida antes de abrir las puertas traseras para las mujeres. El chofer se quedó dentro, con la camisa arremangada y las ventanas abajo. A su debido tiempo recibiría su propio tarro de té y un trozo de pastel de manos de Robert. Las mujeres bajaron, primero las piernas enfundadas en medias, seguidas del movimiento de los vestidos estampados con florecillas. De pronto, Miriam se sintió nerviosa, parada con su esposo al final de los escalones del porche. Omar se había puesto una corbata para la ocasión, porque los hermanos Kaplan siempre usaban una. Saludaron y caminaron hacia las escaleras del porche, seguidos por sus esposas; bien vestidos, perfumados y glamorosos, como cuatro actores en un musical de Hollywood.

Todos se dieron las manos e intercambiaron comentarios sobre el tiempo, la travesía, la tienda. Por costumbre, los hombres se dirigían hacia el cuarto del fondo y Miriam veía cómo su esposo los llevaba. Omar era alto, más alto que los otros dos, y su ropa, aunque no era hecha a la medida como la de ellos, se veía elegante. Sintió una chispa de orgullo. Orgullo de que Omar supiera mantener su puesto entre ellos. Luego les prestó toda su atención a las damas, que parloteaban sin parar en una conversación ligera y espumosa como una malteada.

—¿Y los niños? —preguntó Martha Kaplan, mientras se sentaba—. ¿Cómo están tus preciosos hijos? Tienen los ojos tan bellos y están tan bien educados.

—Están bien, los dos están bien. Dando más trabajo cada día.

—¿Cuántos años tienen ahora?

—Sam tiene cinco y Alisha casi cuatro.

Martha Kaplan la miró contenta.

—¿Así que ella está aquí? —preguntó buscándola, pero Miriam sacudió la cabeza.

—Ella va con Sam a Springs. La escuela también tiene un grupo de juegos educativos para niños pequeños. Es bueno para ella. Creo que necesita ver y hacer cosas distintas cada día. Es tan inquieta y curiosa.

—¡Oh, yo sé; ni me lo digas! —dijo Joyce, siempre la más dramática de las dos.

Martha Kaplan miró a su cuñada, divertida.

—Joyce, tú sabes que adoras a tus hijos —miró a Miriam—. No puede esperar para entretenerse con ellos. Creo que se levanta más temprano que yo. Yo, en cambio, estoy más que contenta de dejar que Jennifer los vista y les de el desayuno; siempre hay tanta prisa antes de la escuela. La mayoría de los días no estoy lista para que me vean antes del mediodía.

Continuaron la charla por un rato. Miriam vio con verdadero interés las fotografías de sus hijos, que sacaron de sus carteras. Tenían, entre las dos, tres niños y una niña. Los niños estaban juntos; casuales, rubios y seguros, sonriendo a la cámara. La niña, hermosa y con el cabello más oscuro, posaba en su uniforme escolar.

—David Junior es la imagen de su padre, creo —dijo Martha—. Sé que solo tiene diez años, pero a veces tiene un aire de adulto. Esta mañana bajó y me pidió que bailara con él...

—Están tomando lecciones —agregó Joyce.

—...Y me recordó exactamente —continuó Martha— la primera vez que David me pidió bailar con él una noche en una fiesta. Fue cuando me propuso matrimonio —sacudió la cabeza—. Qué días aquellos. ¡Romance, cartas de amor, emoción! Se siente como otra vida.

Miriam sonrió y se ocupó de servirles más té. Romance, cartas de amor, emoción. Ella no conocía nada de eso. La propuesta de matrimonio de Omar le había llegado a través de su madre y su abuelo. Miriam no tuvo que tomar una decisión, ya que ellos habían aceptado en su nombre. Perpleja y preocupada, siguió a su familia hacia la sala de estar de la casa del tío de Omar. Mientras entraba, recatada y cubierta, percibió los tenues restos del humo de su puro, y de pronto pensó que se había percatado de ese olor hacía varias semanas, subiendo como largos rizos desde el balcón de abajo. Durante todo ese tiempo no lo había captado como un aroma único y nuevo. Más bien, solo lo había notado de forma imprecisa, recibiéndolo como un integrante más de la mezcla de aromas familiares de especies, sudor y calor. Lo había aspirado en su cuerpo, aceptando, sin darse cuenta, la insidiosa invasión del humo que subía enroscado. La mirada permaneció en el suelo, como se esperaba de ella, durante la corta entrevista en que comenzaron los arreglos de la boda. Pero mientras veía el diseño que había dejado la escoba en el piso recién barrido, trató de consolarse con la idea de que, debido a la intrusión del humo de su puro, ella en realidad conocía a este hombre más tiempo de lo que se había percatado. Y que este extraño; alto y guapo, cuyos ojos aún no había visto, ya era, por lo tanto, de alguna manera parte de ella.

—De todas formas, el romance siempre es lo primero que se pierde —suspiró Martha. Le dio las fotografías de los niños a Miriam, que sonrió con admiración, aunque lo que pensaba ahora era que Sam nunca podría estar en la misma escuela o ni siquiera en la misma parte de un parque público con estos niños rubios. Se preguntó si su hijo habría visto alguna vez un niño rubio

Shamim Sarif

y decidió que seguro que sí, en Springs, por el pueblo; pero no estaba segura.

—¿Estás bien, querida? —preguntó Joyce Kaplan. Miriam la miró y le sonrió.

—¿Desea más té? —preguntó Miriam, levantando la tetera.

Las náuseas eran cortas, pero se volvían más y más frecuentes a medida que transcurría la tarde. Comenzaba a transpirar un poco con el esfuerzo de agasajar a las damas. Sintió que las mujeres habían estado sentadas allí por una eternidad, y de manera furtiva respiraba hondo, intentando calmar su estómago. Cuando estaba casi segura de que no podía resistir más, oyó las voces de los hombres volverse más nítidas; una risa fuerte y algunas bromas entre los hermanos Kaplan al salir del otro cuarto con Omar.

—Vengan, queridas, tenemos que irnos. Ya hemos molestado bastante a esta buena gente —dijo George Kaplan, extendiendo su brazo hacia las damas. Ellas pusieron las tazas sobre la bandeja con cuidado, tomaron las carteras, alisaron sus vestidos; todos esos pequeños movimientos obligatorios antes de una despedida.

—Querida, tu pastel... —le comentó George a Miriam— fuera de este mundo, como siempre.

—Estaba muy bueno, gracias —añadió David, poniéndose el sombrero.

Ella sonrió, aceptando el cumplido, y esperó a que las parejas caminaran hacia la puerta, charlando despreocupadas, terminando poco a poco la visita, renuentes a irse y entrar al calor del auto. Sintió su estómago revolverse una vez más, y la sensación hizo que frunciera los labios. Con qué lentitud entraban los Kaplan en su hermoso vehículo, con qué lentitud encendía el chofer el suave motor. Estaba parada allí, luchando contra la bilis que subía desde su estómago, y saludó con la mano mientras se iban; pero en cuanto levantaron suficientes nubes de polvo en el

56

camino, se dio vuelta y corrió hacia el excusado exterior, entrando de golpe y tendiendo su cabeza encima de la taza. Vomitó con violencia, pero tenía poco en el estómago y no escupió más que algo de saliva. Esperó, apoyando la mano contra la pared para sostenerse. Omar llamaba a la puerta con vacilación.

—¿Estás bien?

—Bien —dijo, con la voz temblorosa.

Esperó hasta escucharlo irse, pero de todas formas, Omar se quedó cerca de la puerta. Había hecho lo mismo en el viaje a Sudáfrica. Su luna de miel. Los mareos de Miriam duraron seis días sin tregua, antes de que un doctor gentil, de la misma área de Bombay que ella, le ofreciera unas pastillas. Estas pararon los mareos de inmediato, pero le producían un deseo incontenible de dormir y pronto le tomó pavor a ese sueño, porque estaba lleno de pesadillas y furiosas alucinaciones.

Miriam apenas vio a su esposo durante el viaje. Fue entonces que sintió por primera vez cómo la atrapaba la soledad. Saber que se alejaba de su madre, su hogar y su país para vivir con este desconocido solo acentuaba sus náuseas. Omar carecía del instinto protector que hubiera podido tranquilizarla. Después de sentarse con ella, incómodo, durante los primeros días, comenzó a alejarse, y su ausencia fue un respiro para Miriam. La dicha que experimentó al ver tierra después de aquel océano interminable era, en su mayor parte, de alivio —el paisaje estaba obscurecido por nubes bajas y la muchedumbre que se arremolinaba en la cubierta, esperando desembarcar— pero también estaba matizada de emoción. Puesto que, a pesar de todo, era joven y se daba cuenta de las posibilidades que tenía frente a ella. Era una nueva vida en un nuevo país. Sentía que era un borrón y cuenta nueva; que hasta ese momento su vida había sido un bloque cerrado, específico, y que ahora podría comenzar de nuevo, una vida diferente en un lugar distinto.

Él tocó una vez más.

—¿Estás bien?

—Estoy bien. Regresa, que vienen los niños.

Podía oír cómo se acercaba el autobús escolar a la tienda. Se quedó de pie, temblando sobre la taza del inodoro por uno o dos minutos más, y pasó su débil mano sobre el estómago. Al enderezarse, se sintió mejor. Miró su abdomen ligeramente hinchado. Mantuvo la mano allí por un momento y regresó a la casa para lavarse.

Cuando iba de vuelta, vio a sus hijos que acababan de bajar del transporte. Las piernas los llevaban corriendo como pequeñas plantas rodantes por las escaleras del porche, entrando a la tienda. Sabía que la buscarían y que estarían desconcertados al ser recibidos solo por su padre. Un instante después, oyó cómo se rompía algo de cristal y entró rápido en la tienda.

Era solo una lámpara de kerosene apagada que los niños habían tumbado en su apuro. Estaba en el suelo junto a la puerta, con el vidrio hecho trizas.

—¿Están bien? —les preguntó Miriam, pero ellos no la escucharon porque estaban parados con las cabezas gachas, oyendo cómo Omar les gritaba. Les preguntaba si pensaban que las lámparas de kerosene crecían en los árboles, si sabían cuánto costaban, por qué siempre corrían por todas partes y que si no veían por dónde andaban. Miriam escuchaba en silencio, como ellos. Cuando Omar terminó, ella vio que estaban a punto de llorar y les hizo una seña para que subieran. Luego buscó la escoba y la pala detrás del mostrador, y comenzó a barrer los vidrios rotos. Omar caminaba molesto, mirándola.

—Robert puede hacer eso —dijo él.

Ella siguió barriendo.

—¿Qué pasó? —preguntó Omar en un tono brusco.

Ella levantó la mirada de lo que hacía, tomando los fragmentos grandes con los dedos.

—Afuera —señaló hacia el excusado—. ¿Te sientes mal?

—Sí.

Omar hizo una pausa.

—¿Qué es? ¿Algo que comiste?

Ella se levantó, sosteniendo el recogedor lleno. No quería contarle del bebé ahora. Sabía que estaba irritado consigo mismo por perder la calma con los niños, pero ella también estaba cansada. El día había sido largo, aún tenía que preparar la cena y todavía se sentía mal. Tiró los vidrios en un pedazo de periódico abierto, que dobló y sostuvo por un momento en la mano.

—No es nada —dijo, y tiró los vidrios envueltos en el cubo de la basura.

Robert había aparecido, y con un gesto, le pidió la escoba. Ella señaló donde había caído la lámpara para que él pudiera terminar de barrer, mientras Omar estaba de pie detrás del mostrador, molesto e impaciente. Deseaba con desesperación hacer o decir algo que hiciera que ella dejara de ser tan fría con él, pero se dio cuenta de que no podía moverse, sino solo para sacar los libros de caja de debajo del mostrador. Y no podía hablar, excepto para preguntar cuándo estaría lista la cena.

—Pronto —respondió, dándose la vuelta hacia la cocina—. Estará lista pronto.

Él asintió y se dirigió al cuarto del fondo para comenzar a hacer el balance de sus libros, girando la cabeza justo en el momento en que la delgada figura de su esposa desaparecía en la cocina.

4

Springs – Diciembre 1952

La abuela de Amina le echó el primer y único vistazo a su nieta un jueves por la tarde, y para el momento en que despertó el viernes por la mañana, le resultó evidente que había sido traída desde la India a ese lugar horrible por un designio divino, con el solo propósito de ver a su nieta casada como Dios manda. Ese jueves, la apariencia de Amina le había transmitido la peor impresión posible a la anciana. Su ropa práctica y desgastada no solo era irremediablemente masculina; también la delataba como alguien que se gana la vida trabajando —en qué, todavía no sabía, aunque muy pronto se ocuparía de averiguarlo. Y como si su ropa no fuese suficiente para ofenderla, la seguridad con que entró en la casa era indecorosa. Su actitud en general parecía admitir que era distinta de los demás, pero al mismo tiempo reflejaba que de alguna manera se sentía muy cómoda consigo misma. Algo andaba muy mal. La anciana reprendió a su hijo esa misma noche durante la cena, pero las respuestas que obtenía eran vagas y carecían de la preocupación y la urgencia que ella sentía tan justificadas.

—¿Qué es lo que hace durante el día? —preguntó la

abuela cambiando la táctica, ya que el regaño no parecía tener ningún efecto.

—Trabaja —respondió el señor Harjan sin ganas, repitiendo el movimiento de la cuchara de su plato a la boca.

—Sé que trabaja —replicó, cortante e irritada—. Eso se ve por la ropa que usa. ¿Qué clase de chica anda por allí en pantalones todo el día? ¿Acaso no tiene ningún *shalwaar kameez*?

—Sí —dijo la señora Harjan con timidez—. Están arriba, pero nunca los usa.

La anciana oyó la respuesta, pero no se lo demostró a la madre de Amina. Siguió mirando a su hijo, que continuaba comiendo con una expresión imperturbable en su rostro ajado.

—¿Dónde está? ¿Por qué no está en casa? ¿Dónde pasa las noches?

El señor Harjan suspiró.

—Trabaja en Pretoria. Es demasiado lejos para ir y venir todos los días, así que tiene un cuarto allá —comentó el padre.

La abuela de Amina se llevó la mano al pecho en un gesto dramático para aminorar el susto.

—¿Por lo menos vive con una familia buena? —preguntó la anciana.

Por primera vez esa noche, el señor Harjan miró a su esposa, que asintió con mucha suavidad, ruborizándose cuando la vieja viró hacia ella de pronto, tratando de entender lo que sucedía entre los dos.

—Sí —mintió el señor Harjan, bajando la vista de nuevo hacia su plato—. Está con una familia buena —dijo, pensando en el cuarto detrás del café, donde Amina se quedaba casi todas las noches. Él mismo solo lo vio una vez, y el entusiasmo de su hija fue tan contagioso, y sus razones tan lógicas, que no se le había ocurrido prohibirle que se fuera de su casa siendo soltera, hasta que supo de la desaprobación de otros miembros de la comunidad.

Varios 'amigos' vinieron a Springs en una especie de movilización organizada, a decirles que sería un escándalo inaudito, incluso para lo que acostumbraba Amina, si a su hija se le ocurría comenzar un negocio con un hombre de color. El señor Harjan había evitado la mayoría de esas visitas amistosas de su comunidad fingiendo trabajar mucho en su gasolinera, a pesar de que solo cuatro o cinco clientes paraban allí al día. No era su costumbre ni su gusto escuchar chismes o instrucciones de gente extraña a él, a pesar de que tuvieran el mismo color de piel, la misma religión o las mismas tradiciones.

Para ese momento, Amina ya estaba acostumbrada a vivir fuera de casa. Y muy en el fondo, su padre no tenía la fuerza, ni la voluntad y ni siquiera el deseo de oponerse a ella. Pensó en el café —que ella decía iba bien— y en Jacob Williams; un buen hombre, que a él le agradaba.

Volvió a tomar conciencia de la voz de su madre insistiendo a la izquierda y la miró. Vio su boca redonda funcionando a toda máquina, haciendo sonidos que él ni siquiera escuchaba. Se preguntó cómo su padre, un hombre afable, tranquilo, que murió a los cincuenta y tres años de una enfermedad del hígado, pudo lidiar todo el tiempo con el timbre de su voz, quejándose y chismeando día tras día. Intentó recordar el sonido de la risa de su madre, cuándo la había escuchado reír, pero no pudo.

Era obvio que esa chica, su única nieta, estaba desenfrenada en ese país salvaje, le dijo la anciana, mirando de vez en cuando a la madre de Amina en claras indirectas, y que era su responsabilidad hacer algo. Él asintió cansado y esperó que ella no recordara preguntar de nuevo qué hacía su hija para ganarse la vida. Ya era bastante malo que la nieta trabajara, pero enterarse de que la chica tenía su propio negocio con un hombre de color y que sus otros trabajos esporádicos eran casi todos manuales, hubiese sido demasiado para la anciana.

—Tenemos que comenzar ahora —dijo, decidida—. Ella tiene que casarse.

La abuela había jugado con la idea de la boda de su única nieta desde el día en que nació Amina. Poco a poco, sus fantasías se volvieron más detalladas; ella tenía el papel principal, aceptando las felicitaciones, los buenos deseos y la adulación general de la familia y todas sus amigas por el maravilloso partido que encontró para su nieta, venciendo la desventaja de la escandalosa historia familiar de su nuera. A lo largo de los años, esos sueños le proporcionaron una manera cómoda de pasar las tardes largas y calurosas en su casa en Bombay. Pero ahora, el matrimonio se había convertido en una necesidad primordial, ya que liberaría a Amina del mal. Y debía ser pronto, si querían traerla de vuelta a una vida decente. Estaba claro que se había descompuesto por completo desde que se fue de la India. Además, veintidós o veintitrés años de soltería eran más que suficientes para una chica. De hecho, ya era mucho tiempo; pero Amina aún se veía joven y la abuela decidió que podía pasar por alguien que estuviese comenzando sus veintes.

—Ella tiene que casarse —repitió.

Su hijo y su nuera la miraron con los rostros pálidos.

—Tiene que hacerlo. Y pronto.

La señora Harjan murmuró algo acerca de que pudiera ser bueno; que quizás Amina debía sentar cabeza. Estaba cansada de oír la voz de su suegra y comenzaba a sentirse debilitada por las constantes olas de razones que chapaleaban en su cabeza.

—Me alegra que hayas entrado en razón —asintió la anciana, dirigiéndose a la señora Harjan—. ¿Ves? —dijo, volviéndose ahora hacia su hijo—. Nosotras las mujeres entendemos de estas cosas. Deberías dejárnoslas a nosotras.

—Lo he hecho. He dejado que mi hija decida sus cosas —fue su primera frase fuerte y se le salió casi sin querer, bajo el peso de un dolor de cabeza que le parecía venir del eco ensordecedor de tantas palabras de su madre que se le quedaban atrapadas en la mente.

La anciana pareció no darse cuenta de la ironía que él acababa de señalar.

—Eso es distinto —respondió su madre, como si la diferencia fuese tan obvia que ni hacía falta explicarla.

No estaba en su hijo preguntar por qué era distinto, ni hacerle frente a su madre por más de los dos segundos que le había tomado pronunciar aquella frase, así que solo observó y escuchó cómo la anciana les contaba su plan para Amina. El chico que tenía en vistas era el hijo de la familia Ali. El padre había sido amigo de su esposo en la India, antes de emigrar a Sudáfrica quince años atrás.

—Ellos están en Pretoria y la madre vino a verme la semana pasada. Los invitaremos a cenar —afirmó la anciana.

La idea de invitar gente a cenar pareció trastocar tanto al hijo como a la nuera. La señora Harjan no sabía cómo manejar una cena con invitados. Había pasado tanto tiempo desde la última vez que invitaron a alguien. ¿Qué cocinar, qué ponerse, de qué hablar? Al señor Harjan ni siquiera le gustaba pensar en tener extraños en su casa, sobre todo gente que viniera de manera expresa a evaluarlos a él y a su esposa como posibles consuegros, y a su hija como una eventual esposa. Este último pensamiento lo sobresaltó, haciéndolo hablar.

—Amina no vendrá.

Su madre lo miró como si hubiese sugerido que el mundo dejaría de girar.

—Eso no depende de Amina —le explicó, impaciente—. Ella es tu hija y mi nieta. Su obligación es estar donde nosotros le digamos. Ella vendrá —agregó, y se reclinó hacia atrás con un aire de satisfacción, juntando las gruesas manos sobre el regazo. La señora Harjan se levantó a recoger la mesa. La empleada, Rosemary, recibió la vajilla sucia con un silencio poco entusiasta y comenzó a lavarla en el fregadero.

El señor Harjan no discutió más el tema de su hija. Sabía que Amina no asistiría a una cena organizada para presentarle a un chico apropiado que pudiera convertirse en su esposo. También sabía que ella no parecía tener apuro en casarse, y si de verdad era honesto consigo mismo, esa postura de la hija le venía muy bien a él. El señor Harjan era un hombre de rutinas, a quien le disgustaban el ruido y los problemas, y la gente que no fuera su familia inmediata. Esa era una de las razones principales por las que se había mudado a Springs en lugar de quedarse en Pretoria. Allí no había familia extendida, ni tampoco una comunidad servicial de amigos y vecinos siempre listos para pasar por casa con la más mínima excusa. Había otras familias indias, pero estaban muy esparcidas y no vivían unas encima de las otras. Le desagradaba cualquier persona que lo hiciera sentir incómodo; y no estaba cómodo con nadie más, excepto su esposa. El matrimonio de Amina con quienquiera, por apropiado que fuese, significaría un torrente sin fin de visitas del yerno y su familia. De seguro también tendrían varios hijos, que harían desmadres por toda su casa. No; le desagradaba la idea del matrimonio de su hija mucho más de lo que le molestaba la desaprobación de su comunidad. Por su parte, Amina desde hacía mucho tiempo agradecía los hábitos introvertidos y el odio al cambio que manifestaba su padre; todo eso le permitía llegar a la anhelada libertad que, de otra manera, nunca hubiese tenido.

Unas semanas después, Amina se sorprendió al recibir en el café una llamada telefónica de su madre. De inmediato supuso que se trataba de una emergencia. En la casa de sus padres, el teléfono negro descansaba sobre una mesa como un pequeño dios, rechoncho y bajo, cuyo funcionamiento era incomprensible y al que solo interrumpían en raras ocasiones. Amina oyó atenta a su madre cuando le pidió venir a cenar a la casa el siguiente domingo.

—¿Qué pasa el domingo? —dijo, desconcertada.

Hubo un silencio al otro extremo.

—¿Mamá?

—No pasa nada, Amina.

Amina sostenía el auricular un tanto alejado de la oreja, porque su madre tenía el hábito de gritar. La señora Harjan nunca tuvo un teléfono en la India, y tenía la certeza de que las palabras que pronunciaba debían viajar muy lejos por los cables para llegar a su hija.

—¿Estás segura? —preguntó Amina, porque incluso hablando en voz alta, la señora Harjan no sonaba muy convincente.

—Tu abuela quiere verte. No has pasado tiempo con ella; tú sabes —añadió en tono de reproche.

Amina suspiró. Tenía pocas ganas de ver a su abuela, pero se sentía culpable.

—Muy bien, allí estaré. Quizás llegue un poco más temprano para ayudarte.

—Bien —gritó su madre, aliviada. Hizo una pausa—. Tendremos invitados. Tú sabes, es idea de tu abuela.

—Muy bien. ¿Qué debo llevar?

—Nada, nada. Siempre me traes muchas cosas. Ya tu padre se está preguntando de dónde viene toda la harina para hacer *chapati*.

Amina sonrió frente al auricular.

—¿Entonces te veo el domingo?

—Sí. ¿Amina?

—¿Mamá?

Hubo un silencio y luego un ruido en la línea.

—Nada —dijo la señora Harjan al fin—. Nos vemos el domingo.

Amina llegó a la cena con media hora de retraso, que no era precisamente la manera como debía comenzar la noche. Su abuela había pasado toda la semana alimentando la imagen de su nieta, vestida con cuidado y recato con un *shalwaar kameez*, quizás en un hermoso lavanda o rosa pastel, ayudando a su madre en la cocina antes de salir a recibir a los invitados y conocer al chico. Esta visión se fue filtrando gota a gota en la cabeza de la madre de Amina; así que, el sábado por la tarde, la señora Harjan pasó dos horas con la anciana, escogiendo conjuntos adecuados para que Amina usara uno en la cena. El padre llegó del trabajo y durante unos instantes presenció un plácido silencio entre las dos mujeres. Antes de bajar a leer el periódico, las miró como si estuvieran locas.

Cuando por fin llegó Amina, los invitados ya sorbían bebidas frías en el salón. La abuela estaba demasiado molesta con la chica para siquiera mirar cuando oyeron el estruendo de las ruedas y el portazo de la puerta exterior. Escucharon a alguien tarareando un fragmento de una pieza de jazz en el pasillo. La señora Harjan sonrió con timidez a sus invitados y corrió afuera.

Amina la saludó con una sonrisa y se disculpó por llegar tarde. Estaba vestida con ropa de trabajo, y su cabello se veía más enmarañado y rizado que de costumbre. Siguió la mirada de la madre y se tocó la cabeza.

—Me atrapó la tormenta esta tarde —dijo con culpa.

La señora Harjan no contestó, pero abrió los ojos con pánico.

—Solo tengo que darme un baño rápido, Mamá. Siento haber llegado tarde —dijo, pero no recibió respuesta;

su madre parecía haber quedado muda por la consternación—. Mejor regresa —asintió Amina, haciendo señas hacia el salón, donde podía oír la voz de la abuela dando su opinión sobre algo.

La señora Harjan suspiró en silencio y se marchó.

Cuando Amina salió del baño, se sorprendió al ver a su madre parada en el descansillo.

—¡Mamá! Me asustaste —exclamó, pasando al lado de la madre, en dirección hacia su propio cuarto, sin siquiera notar el conjunto rosa pálido que la señora Harjan sostenía en las manos.

—Amina —dijo, siguiéndola.

Esta vez, Amina vio el conjunto, pero no parecía encontrar ninguna relación entre aquella tela rosa, larga y suelta, y su propio cuerpo desnudo. Poco a poco fue cayendo en cuenta y se alejó con una sonrisa incrédula.

—No, no. No voy a ponerme eso.

—Por favor —suplicó la señora Harjan—. Hazlo para agradar a tu abuela.

—No.

—Es vieja, Amina.

Amina no podía ver la relación entre la edad de su abuela y su propio estilo de vestirse, pero tomó el conjunto de las manos de su madre y lo miró.

—Por favor —dijo de nuevo la señora Harjan, notando algo de indecisión de parte de su hija.

A Amina no le gustaba usar esa ropa; más que nada, porque no se sentía cómoda. Pero al ver los ojos implorantes de su madre, decidió que podría soportar la incomodidad por una noche. Para consolarse, pensó con alivio en su propia cama de su propio cuarto detrás de su café, donde estaría en unas cuantas horas, cuando terminara la cena, y sonrió.

—Está bien. Me lo voy a poner. Baja, que ya voy.

68

Cuando Amina entró en la sala, su abuela se llevó una grata sorpresa al ver el *shalwaar kameez*. Ella era una chica alta, atractiva, que se veía bien con cualquier cosa que se pusiera. La anciana miró de manera significativa y con cierto orgullo a los padres del chico, que también parecían satisfechos y no poco sorprendidos por la apariencia de Amina. El señor Harjan solo vio aliviado que su hija al fin había aparecido y, sin mayor ceremonia, le dijo a su esposa que comenzara a servir la cena. Esta instrucción le proporcionó a Amina, que no había dicho nada desde que entró, un escape perfecto de todos los ojos en esa sala. Siguió a su madre hacia la cocina, donde le ayudó en silencio a servir diversos curris desde las ollas humeantes a las fuentes.

—Te ves linda —comentó la señora Harjan mientras le daba un plato servido a Amina. Estaba nerviosa porque conocía los silencios de su hija y les temía.

Amina asintió, pero no hablaba, puesto que estaba digiriendo la información que había obtenido de aquel vistazo que dio en el salón. Había entrado y saludado a la abuela, y había visto su agrado por la ropa que llevaba; eso no le sorprendió. La mirada triunfante que la abuela le había dado a los invitados tampoco se le escapó, y cuando vio al hijo, un chico más o menos de su edad, a quien ella recordaba con imprecisión de alguna reunión de la comunidad unos cuantos años atrás, sentado tieso con su mejor traje y corbata, observándola como si fuese una figura de porcelana a ser evaluada, se percató de que le habían puesto una trampa para conocer a un chico apropiado para casarse.

—Amina... —comenzó a decir la madre, pero Amina ya se había ido al salón con dos fuentes que colocó sobre la mesa ya puesta. Estaba enojada con su abuela, que sin duda había tenido la idea; con sus padres, por dejarla asistir a esa cena sin haberle advertido nada; y consigo misma, por no haberse dado cuenta antes de que pudiese suceder algo así. Se detuvo junto a la mesa, escuchando la voz de la abuela en la otra sala, haciéndole una serie de preguntas al chico. El muchacho respondía con firmeza, con una voz profunda y autoritaria. Amina no era una persona que disfrutara la ira, ni tampoco la guardaba por mucho tiempo. Siempre tuvo la capacidad de ver una serie de alternativas para cualquier situación en que estuviera; una cualidad que hacía que nada le resultase demasiado ofensivo por demasiado tiempo. Ahora, escuchando parada junto a la mesa, sabía que no habría ningún cambio fundamental en su vida a menos que ella así lo quisiera; su independencia financiera y su seguridad en sí misma lo habían comprobado, así que pensó que no tenía motivo para estar enojada. Todavía le molestaba la confabulación de su madre, pero al mirar la mesa notó que, a pesar del esmero con que la había puesto, la señora Harjan invirtió los tenedores y cuchillos, colocándolos a los lados equivocados de los platos. Amina sonrió para sí y se movió alrededor de la mesa, cambiando de nuevo los cubiertos, antes de regresar a la cocina para traer más comida.

Para el final del plato principal, el chico solo había mirado a Amina con disimulo, pero gracias a la mirada abierta de ella, se fue sintiendo más audaz y se relajó lo suficiente para atreverse a dirigirle algunas palabras. Al comienzo de la comida, había hecho el intento de quitarse la chaqueta, pero se detuvo, sintiéndose obligado a dejársela puesta. Amina notó su indecisión y asintió brevemente, con empatía y concediéndole permiso. Él la miró, sorprendido, para entonces quitarse la chaqueta y colgarla del respaldar de su silla.

Se veía mejor sin aquella chaqueta que le quedaba mal. Tenía una camisa limpia, planchada, que mostraba sus hombros anchos y fornidos. Amina decidió que no era mal parecido. Tenía un mentón fuerte y una frente amplia. Sin embargo, no parecía ser muy inteligente, y cuando lograba hablar, concordaba con sus padres en todos los temas. Estas observaciones le servían a Amina para matar el tiempo, en vista de que no se esperaba que ella hablase, a menos que alguien le dirigiera la palabra. Y le hablaban muy poco, ya que su abuela se dio cuenta pronto de que mientras menos se dijera sobre la vida diaria de Amina, mejor. La anciana no podía dirigir la atención hacia los logros de Amina en cuanto a la cocina, la limpieza ni las labores de aguja, en vista de que no parecía tener ninguno. Su 'trabajo' —y aquí la abuela recordó que aún no sabía cómo la nieta se ganaba la vida, y se hizo una nota mental para preguntarle a su hijo después— no era un tema que debiera tratarse delante de futuros suegros. Era indecoroso y en cualquier caso, irrelevante, ya que después de casarse, no andaría trabajando por allí. Pensó que sería prudente señalarlo, a su propia manera intrincada, al chico y sus padres.

—Creo que, en estos días, las chicas jóvenes están igual de contentas de quedarse en casa que cuando yo me casé. No sé por qué la gente dice que son demasiado modernas. Puede ser que salgan y quieran ver las cosas por sí mismas durante un tiempo, pero creo que al final, nuestras chicas siempre prefieren quedarse en casa.

Amina tosió, al tiempo que los padres invitados miraban con sorpresa. La madre del chico se inclinó hacia delante para estudiar a Amina como si de pronto hubiese captado su interés.

—¿Entonces Amina ya no trabaja? —le preguntó a la señora Harjan.

Cautivada, Amina dirigió la mirada desde la visita hacia su madre, como siguiendo el diálogo de una obra de teatro mediocre. La señora Harjan tartamudeó algo inaudible, encogiéndose en la silla hasta que su suegra se volvió a hacer cargo.

—Claro, a veces trabaja —dijo la abuela con soltura—. Pero está con una familia muy buena.

Todos los comensales miraron confundidos.

—¿Una familia? —preguntó el chico—. ¿Pero y el caf...?

—¿Por qué nadie come? —interrumpió el señor Harjan desde la punta de la mesa. En realidad no se había fijado si alguien comía o no, pero no podía soportar una escena con su madre, delante de esa gente, sobre el trabajo de Amina. Le lanzó una mirada de advertencia a su hija, pero por una vez, ella no parecía estar de humor para defenderse. El señor Harjan respiró aliviado y sin embargo se encontró molesto, casi sin poder reconocer a su hija en aquella mujer joven encogida en el asiento, con la resignación escrita en el rostro.

—Amina —dijo con severidad—. Sírvele más arroz a tu tío.

Amina se incorporó de inmediato y sostuvo la fuente con cuidado para que los invitados se sirvieran. El señor Harjan siguió hablando en voz alta, dominando la conversación con detalles de su garaje y preguntándoles a ellos sobre su negocio —una tienda de ropa— hasta que al fin, el tema de su hija parecía haber quedado atrás.

Mientras tanto, la mente de Amina deambulaba lejos. Contuvo un bostezo y de pronto se dio cuenta de que alguien había hecho una pregunta que aún estaba en el aire, sin respuesta. Levantó la vista para darse cuenta de que todos la miraban. Observó los rostros de los comensales y luego fijó la vista en el chico.

—¿Me preguntaste algo? —dijo ella.

El rostro del muchacho mostró una ligera expresión de pánico.

—No —respondió, vacilante—. Bueno... mi madre preguntaba cuántos hijos quisieras tener.

Amina lo miró sin comprender.

—Quiero decir... ¿quieres tener una familia grande? —preguntó el chico, sonrojado pero decidido a terminar su intento de conversación.

—No lo sé. No he pensado mucho en eso, pero quizás sería lindo tener dos o tres hijos. Claro, si es que voy a tener hijos. Pero pienso que eso es algo que debe decidirse con el esposo, ¿no crees?

—Sí, supongo que es así —dijo el chico, sonriendo—. ¿Quieres tener solo varones? —indagó, contento de poder hablar con ella al fin.

—¿Por qué supones que quisiera varones? —le preguntó Amina.

El chico abrió los ojos con sorpresa y, avergonzado, bajó la vista hacia su plato. La anciana intervino con rapidez.

—¡Pero qué tontería! —dijo la abuela—. Todo el mundo quiere tener primero un varón. Todos.

Amina miró a su madre, que nunca parió un varón, y vio como se encogía de nuevo en su silla.

—Yo no soy todos —le dijo Amina a su abuela con clara voz—. No soy todo el mundo y me dejaría sin cuidado tener un niño o una niña, mientras estuviese sano y fuese feliz. Todo lo demás no importa.

Esto causó un soplo de desaprobación por parte de la señora Ali, quien intercambió miradas con su esposo.

—Creo que tiene razón —opinó el chico, rompiendo el silencio sin que nadie le preguntara.

—Creo que es hora de irnos —dijo de pronto su padre—. Tengo que trabajar muy temprano mañana.

—Pero aún no han probado los dulces —intervino la señora Harjan desesperada, levantándose de la mesa. Amina se paró con ella y ayudó a sacar los platos.

En la cocina, la señora Harjan le preguntó lastimeramente a su hija qué era lo que pensaba que hacía, y comenzó a suplicarle que se comportara y no los avergonzara.

—Mamá...

—Por favor, Amina.

—Mamá, solo intento explicarte. ¿No lo ves? —asió el brazo de la madre y la giró hacia ella—. ¿En verdad crees que yo me casaría con este chico? —preguntó despacio, tomando a la madre por el hombro y buscando en sus ojos alguna señal de comprensión, pero cuando al fin la madre levantó la vista, todo lo que Amina pudo ver era una inmensa amargura.

—Mi madre te arruinó —dijo la señora Harjan, en un susurro que era casi como un bufido.

Amina dio un paso atrás, frente a la rara mirada llena de odio de su madre.

—Ella arruinó mi vida con lo que hizo —continuó la señora Harjan—. Yo crecí como una marginada que nadie quería...

—Mi padre te quiso...

—Tuve suerte —le espetó, como si esa suerte no fuese algo que le causara dicha—. Y ahora ella te está arruinando a ti, incluso desde el más allá, y está arruinándome de nuevo. ¿Cómo puedo mirar a la cara a esas personas? Todo lo que decía sobre ser valiente, inteligente y de ocuparte de ti misma. Ella te convirtió en lo que eres, y tú eres...

—A mí me gusta lo que soy.

Pronunció esta frase con una convicción tal, que la señora Harjan no pudo decir nada. Amina la había interrumpido por instinto, porque no quería escuchar la evaluación que su madre haría de ella. La observó por un momento; tenía el rostro fruncido de pena y desconcierto. Se sentía herida por las palabras de su madre y consternada por el profundo resentimiento que acababa de demostrar hacia Begum.

—¿En verdad crees que yo me casaría con este chico? —repitió Amina. Pero esta vez, su tono no pedía comprensión y, a sus propios oídos, su voz sonó dura.

Pero la señora Harjan había vuelto a colapsar en sí misma bajo la mirada franca de su hija. Sostenía una bandeja de dulces indios decorados con colores intensos, y sus ojos se encontraron con los de Amina solo por un segundo antes de volver a bajar la vista.

—Tu abuela piensa que debes casarte con quien ella elija.

Amina cerró los ojos por un momento, tomó la bandeja y regresó al salón.

5

Delhof – Abril 1953

Omar esperaba en silencio en la cocina, al pie de las escaleras. Hacía un gran esfuerzo por percibir cualquier sonido proveniente de la habitación que estaba encima. Ya habían pasado dos horas desde la última vez que oyó algo de las mujeres que se adueñaron de la parte de arriba de su casa. Aguantaba la respiración mientras escuchaba atento. De pronto, casi al unísono, alguien arrastró una silla sobre las tablas del suelo de arriba y sonó el chasquido de la manilla de una puerta. Omar se alejó con prisa, cruzando la cocina, hacia la tienda.

Cuando la señora Benjamin apareció en la entrada, lo encontró enfrascado en sus libros de caja, con un lápiz en la mano y el rostro fruncido de concentración, como si estuviese en medio de algún cálculo muy difícil.

—Hola, Don Esposo —lo llamó con su acento cantarino.

Omar alzó la vista con una calculada expresión de sorpresa y esperó a escuchar lo que ella tuviera que decir. La señora Benjamin era una mujer vieja, de color, robusta; una partera reconocida en esa parte del país. Era también la tía del señor Morris, el agricultor vecino más cercano, quien proveía los huevos y la leche que Omar vendía en la tienda. Así que cuando Miriam, a los seis meses de su tercer embarazo, le preguntó al ama de llaves del señor Morris por una buena comadrona, la señora Benjamin apareció en su puerta y le aseguró que cuando llegara el momento, ella estaría allí para ayudarla. Al amanecer, Omar fue a la casa del señor Morris para preguntar por ella, porque Miriam había estado despierta y con algo de dolor durante gran parte de la noche. La señora Benjamin llegó una hora después con una sonrisa y una cesta que contenía lo que a Omar le parecieron diversos aceites y medicinas caseras. Farah vino a la casa justo después, con una olla de arroz *biryani* y una expresión aburrida, para interpretar el papel de la cuñada solícita.

—¿Cómo se encuentra el futuro padre? —preguntó risueña la señora Benjamin.

—Bien —dijo Omar, frunciendo un tanto el entrecejo. La familiaridad jocosa de la señora Benjamin lo desconcertaba.

—¿Por qué no sube y saluda a su Doña? —sugirió.

—¿Ella está bien? —preguntó Omar, desconfiado.

—Está en perfectas condiciones. Pero debería saludarla. Darle ánimo. Dígale a su cuñada que baje y haremos té para todos.

Omar asintió, agradecido en secreto por las instrucciones detalladas que acababa de recibir. Cerró el libro de caja y se dio cuenta de que había estado abierto al revés. Siguió a la partera a la cocina, donde ya ella llenaba la tetera. Antes de llegar a las escaleras, la vieja lo llamó de nuevo.

—Tome —le ordenó.

Cuando Omar viró, todo lo que pudo ver fue su espalda ancha, porque la cabeza atisbaba en el refrigerador.

La señora Benjamin se enderezó y le tendió una botella de Coca-Cola.

—Llévele esto a su Doña —dijo—. El azúcar le dará energía.

Asintió de nuevo y tomó la bebida, sintiendo en sus palmas sudorosas las frías gotas de agua que cubrían la botella. Subió las escaleras despacio. No deseaba ir a la habitación de su esposa; en parte porque quería evitar a Farah, pero más que nada porque no sabía qué decirle a Miriam cuando ella sentía dolor.

Omar tocó a la puerta y esperó. La hoja de madera se abrió para dejar ver la expresión sardónica de su cuñada. De inmediato se sintió irritado y entró en el cuarto con determinación, deteniéndose en la cama, junto a su esposa. Miriam estaba muy bien cubierta esperando su visita, y solo sonrió cuando él le preguntó cómo estaba.

—Siéntate —sugirió Farah, con la mano en el respaldar de la silla. Omar la ignoró, quedándose de pie. Miriam se veía pálida; tenía el cabello húmedo de sudor y los ojos negros de ojeras. La miró, indefensa y distante, y su vista se desvió hacia la ventana.

—La señora Benjamin está haciendo té —dijo al fin. Miró a Farah, recordando las instrucciones que había recibido—. Dijo que deberías ir a ayudarla —añadió.

—Oh, ¿eso dijo?

—Sí.

—¿Qué tan difícil es hacer té? —gruñó Farah, a la vez que caminaba de mala gana hacia la puerta. No la cerró por completo tras ella, y ni Omar ni Miriam dijeron nada hasta que la oyeron bajar y escucharon su voz chillona haciendo eco con las palabras de la señora Benjamin, abajo en la cocina.

Algo aliviado, Omar recordó la botella de Coca-Cola que aún tenía en la mano. Se la ofreció a su esposa.

—Toma. La señora Benjamin dice que te dará energía.

—Gracias. ¿Me la puedes abrir?

Omar tomó la botella y le quitó la tapa, y Miriam se incorporó en la cama para tomar un trago. De pronto se estremeció de dolor.

—¿La llamo? —preguntó Omar, alarmado.

—No, no. Está bien.

Ambos esperaron en silencio por un rato.

—La señora Benjamin piensa que será un varón — le contó Miriam.

—Muy bien. ¿Cómo sabe ella?

—Por la forma de mi barriga.

Omar sonrió un poco y sacudió la cabeza por las tonterías de las mujeres, y Miriam rio.

—Quieres un varón, ¿no es cierto? —le preguntó ella.

—Sí, pero... Voy a esperar. No creo en esas cosas... Son cuentos de viejas.

—Siéntate —le ofreció Miriam; pues cuando Omar era amable, a ella le gustaba hablar con él. Pero Omar vaciló y dio un paso atrás.

—Tengo que regresar a la tienda —dijo.

Ella asintió, desilusionada. Omar abrió la puerta justo a tiempo para dejar pasar a la señora Benjamin, que siempre cantarina, anunciaba su llegada en el descansillo.

—¡Permiso, permiso! —gritaba. Tenía la respiración pesada por el esfuerzo de subir las escaleras. Con gran alivio, le dio a Omar la bandeja del té. Él la puso sobre la mesita y se excusó. La señora Benjamin vio con tristeza que el Don Esposo se fuese tan pronto, pero parecía estar decidido. Omar cerró la puerta tras de sí y desapareció por las escaleras.

—Es extraño, tu maridito —le dijo la señora Benjamin a su paciente. Tomó la tetera y revolvió el líquido humeante—. No tiene mucho tiempo para charlar, ¿ah?

—No —respondió Miriam—. Él no tiene mucho tiempo para charlar.

La sola idea de ver a su esposo charlando casi le trajo una sonrisa a los labios. Pero en realidad, Miriam estaba deprimida y desilusionada de que no se quedara un rato con ella. La tienda era lo único en que pensaba.

—Qué pena, pero no importa —dijo la señora Benjamin con buen humor—. Es un hombre ocupado, y como tiene que atender un negocio y todo eso, tiene muchas cosas en la cabeza. De todas maneras, los hombres son así.

Miriam asintió y luego jadeó de dolor. La señora Benjamin echó un vistazo debajo de las sábanas, miró su reloj y le apretó la mano.

—Pronto pasará. Mientras tanto, bebe un poco de té.

Omar fue directo hacia la entrada que llevaba a la tienda, para ver si había clientes.

—No hay nadie aquí —le informó Farah desde la cocina—. Yo no sé quiénes crees que van a venir en tropel a comprar víveres a esta hora del día —a través de la ventana, miró el paisaje vacío en la lejanía—. O a cualquier hora —añadió con desagrado.

Farah se volvió para ofrecerle té, pero su tono lo había sacado de quicio, haciendo que se fuera a la tienda a entretenerse para no verla en la cocina de Miriam. Sin embargo, unos minutos después, ella lo siguió detrás del mostrador, donde estaba parado. Omar la miró, sorprendido. Ella puso una taza con té grisáceo al lado de él y le tocó la camisa.

—Te falta un botón —dijo ella, y lo vio a la cara. Su dedo descansaba sobre el hilo que se desprendía de la camisa. Miró alrededor—. ¿Dónde está el chico?

—¿Robert?

—Por supuesto.

Él casi mintió para decirle que estaba trabajando afuera y pudiera entrar en cualquier momento, pero ella parecía haberlo inmovilizado con aquel toque descarado de su dedo.

—Se fue a visitar a su familia. Hasta mañana.

Este dedo, ese toque de su camisa era una libertad que su propia hermana no se hubiese tomado, y Omar se dio cuenta de que no podía moverse. Estuvieron frente a frente, quietos por un largo momento, como adversarios mudos. Pero ella no quitó la mano, solo la deslizó hacia abajo sobre el delgado material.

—Debería ir a ver a los demás —dijo ella, observando sus ojos con cuidado. Él miró hacia abajo y esperó, mientras el dedo de ella se detenía en cada botón. A medida que paraba, el toque se volvía cada vez más firme y atrevido. Omar cerró los ojos y trató de pensar en su esposa, pero en su mente, Miriam aparecía ahora como una extraña; alguien cuyos rasgos podía evocar en un instante, pero cuyos pensamientos eran un misterio para él. Nunca supo cómo hablarle; cómo sostener una conversación con ella o con cualquier otra mujer. No era parte de su naturaleza ser un buen oyente, incluso de otros hombres, ni tampoco había sido criado para considerar a una mujer como una verdadera compañera de ninguna clase.

La mano de Farah ya estaba en su cinturón. La respiración de él se tornó pesada. Omar se apartaba del olor de aquel perfume que ella había usado en demasiada cantidad esa mañana.

—¿Qué estás haciendo? —preguntó Omar, con mal humor.

Ella emitió un ligero sonido burlón.

—¿Ha pasado tanto tiempo ya, que no te acuerdas?

Él se apartó un poco, desentumecido por su sarcasmo, que era un recordatorio crispante de todo lo que le disgustaba de ella. Pero Farah se volvió a acercar a él, al tiempo que movía las manos hacia abajo.

—Supongo que ella no deja que la toques cuando está encinta, ¿o sí? —preguntó Farah.

Omar no dijo nada.

—Es difícil cuando se tiene un vientre tan grande —continuó, tomando su mano, llevándola hasta su cintura y reclinándose sobre él. Omar cerró los ojos para no mirarla. No podía ver nada, solo podía sentir la llenura de sus pechos presionados contra él.

—¿Ha sido mucho tiempo? —preguntó otra vez. De nuevo, él no respondió, asombrado por su atrevimiento. Ya no estaba enojado, pero tenía la boca seca y se sentía mareado. Frunció el ceño y la acercó hacia sí con la mano que atrapaba su talle, halándola en forma tosca hacia el cuarto del fondo.

Para el momento en que los niños llegaron de la escuela, Farah ya no estaba. Después de un rato, Omar no soportó verla y la hizo irse; pero incluso así, no parecía tener escape. Su perfume empalagoso se había quedado con él; sobre su ropa, sobre su piel. Subió para tratar de quitarse todo lo que pudiera de aquel olor. No pensó en lo que había hecho, ni tampoco en la cita que concertaron para el martes siguiente, cuando iría a trabajar a Pretoria. No pensó en su hermano, que pasaba toda la semana lejos de casa, siendo comerciante de frutas en Johannesburgo. Fue el recuerdo de su propia esposa lo que le llegó a la mente, ya que podía oírla bregando con el parto. Pensó que para Miriam sería un alivio si él se llevaba sus necesidades sexuales a otro lado porque, aunque ella nunca protestaba, rara vez parecía recibir sus acercamientos con agrado, o quedar satisfecha, y Omar notaba que, casi siempre, él era demasiado rápido para ella. No sabía qué hacer para complacerla y ese no era un tema que pudieran discutir jamás. Sin embargo, su cuñada parecía estar encantada con él, y Omar se sentía bien de que alguien lo deseara, incluso Farah. Con agua tibia, se enjuagó lo que le quedaba del jabón de carbón y regresó a la tienda.

Se le había olvidado que los niños regresarían de la escuela. Los vio subir corriendo, en carrera, las escaleras del *stoep* para entrar en la tienda. Pararon en seco en la entrada; los grandes ojos castaños oscuros escudriñaron el recinto, buscando a su madre. Cuando se dieron cuenta de que su inspección era infructuosa, las miradas regresaron a Omar, y él también los miró y se preguntó para sus adentros qué haría con ellos hasta que se fueran a dormir. Los niños parecían renuentes a entrar en ese lugar donde solo los esperaba ese hombre que les era familiar, pero desconocido.

—¿Ustedes viven aquí? —preguntó Omar, después de unos instantes.

Sam y Alisha se miraron como si estuviesen conferenciando.

—Sí —dijo Alisha al fin, ya que aunque ella era la menor, también era la más audaz de los dos. Los niños rieron.

—Entonces deberían entrar —replicó Omar, como si fuesen invitados que habían venido a tomar el té.

Se dio vuelta, dirigiéndose a la cocina, y los niños lo siguieron. Miró alrededor, intentando recordar si comían algo cuando llegaban a casa, o qué era lo que hacían. Mientras caminaba por la cocina, mirando el pan del desayuno y abriendo la olla con comida que Farah había traído, se le ocurrió algo. Se volvió hacia los niños, que observaban sus movimientos con cierto interés.

—Deberes —afirmó, con un ligero aire triunfal—. Eso es lo que hacen cuando llegan a casa, ¿cierto?

Sam asintió.

—Bien —dijo Omar, más para sí mismo que para ellos, y recogió los platos que se habían quedado en la mesa desde el desayuno, poniéndolos en el fregadero, donde Robert los lavaría al día siguiente. Le disgustaba el desorden; lo desorientaba. Envolvió el pan en papel de cera y enderezó el banco. Luego señaló este y los niños se sentaron, sacando a regañadientes los libros de sus bultos escolares. Una vez sentados, Alisha habló.

—Yo no tengo deberes.

—¿Por qué no?

—Solo tengo cuatro años —informó—. Los deberes son para los niños de la escuela grande.

—Oh.

Alisha contempló a su padre. La niña sentía algo de pena por la confusión de Omar.

—Puedo pintar algo —sugirió—. Con mis lápices de colores.

Omar la miró, contento.

—Bien —respondió, esperando que los niños se organizaran a un extremo de la mesa de la cocina.

—¿Dónde está Mami? —preguntó su hijo.

Omar lo miró fijamente. No había previsto esa pregunta obvia y no estaba seguro de cómo responder.

—Está arriba —dijo, un instante antes de que oyeran a Miriam gritar de dolor. Los niños lo miraron con miedo. Sam empezó a llorar. Omar lo vio sin saber qué hacer.

—¿Por qué lloras? —al fin le preguntó a su hijo.

Él le respondió con un sollozo continuo. Omar vio cómo la boca de su hija comenzaba a temblar.

—Está bien —dijo, desesperado—. Tu madre está bien. Está teniendo el bebé, eso es todo.

El llanto paró, sustituido por un gran asombro ante ese acontecimiento inesperado.

—¿Por qué el bebé está lastimando a Mami? —preguntó Alisha.

Omar suspiró y se sentó a la mesa. Se pasó las manos entre los cabellos e hizo un esfuerzo por pensar.

—No la está lastimando —respondió, hablando con firmeza por encima de los ruidos que venían de arriba—. Es solo que tener el bebé es un poco difícil. No tardará mucho. Ya verán.

Sam miró de cerca a su padre.

—¿Mami se sintió así cuando me tuvo a mí?

Omar asintió y los ojos del niño se volvieron a llenar de lágrimas.

—¡No! —dijo, dando marcha atrás lo más rápido que pudo—. Quiero decir, fue difícil para tu madre, pero a ella no le importó, porque te tuvo a ti y después a Alisha.

—¿De qué tamaño era yo, Papi?

Por un momento, la palabra 'Papi' pareció sorprender a Omar. No la había oído en largo tiempo. Pasó mucho desde la última vez que habló con cualquiera de sus hijos, excepto para darles alguna orden. Miró a Alisha; tenía el cabello corto, enormes ojos oscuros y una nariz diminuta. Era la hija de su esposa, pensó; el parecido era sorprendente. Separó las manos aproximadamente un pie.

—Tú eras más o menos así de grande. Tenías los dedos de los pies más pequeñitos del mundo.

Esto hizo reír a los niños. Sam quiso saber quién había sido más grande al nacer. Omar no tenía idea, pero le dijo al niño que él había sido el más grande y que eso era porque es un varón y porque crecerá grande y fuerte.

—Yo también —dijo Alisha, y Omar la miró, sorprendido del tono batallador que tenían las palabras de su hija.

Hubo un ruido encima de ellos y la señora Benjamin comenzó a bajar.

—¡Hola, Don Esposo! —exclamó en cuanto vio a la familia. Con gran satisfacción miró a los tres, sentados alrededor de la mesa—. ¿O debería decir Don Papá?

Omar se puso de pie y la vieja asintió.

—Sí, ya pasó todo. Todo está bien, los dos están perfectos.

—¿Es un varón?

—¡Pero qué pregunta! —exclamó la señora Benjamin, mirando a Alisha.

Omar bajó la vista.

—Es una niña sana y hermosa —le dijo.

Él asintió y vio a sus hijos, pero ellos no lo apoyaron; tan solo lo miraron, esperando alguna señal de su parte. Giró hacia la señora Benjamin, forzó una sonrisa e intentó mascullar algún comentario aprobador, antes de que ella le indicara que subiera a ver a su esposa.

6

Delhof – Mayo 1953

Aquel primer domingo de mayo se levantaron más temprano que de costumbre. Viajarían a Pretoria para almorzar con la familia de Omar. La semana anterior, Miriam se enteró de que Rehmat, la otra hermana de Omar, estaba por llegar a Sudáfrica. Nunca oyó nada de ella por boca de su esposo; toda la información que tenía la fue deduciendo de los pequeños fragmentos de chismes que Farah le contaba en secreto. De hecho, Miriam casi había olvidado que ella existía, y su esposo parecía preferirlo así. Sin embargo, de manera inesperada, Rehmat le envió a su hermano una carta breve desde París; una delgada misiva por correo aéreo que se destacaba como una flor azul y delicada entre los sobres marrones y robustos de su correo regular. Miriam admiró las estampillas exóticas y las palabras *Par Avion* en el sobre, y se imaginó que la carta había sido escrita lejos, con una pluma fuente de plata sobre un buró de madera pulida, en un salón francés de muy buen gusto. Buscando una respuesta, vio a Omar; pero él solo frunció el ceño mientras rasgaba el sobre, y su expresión se volvió aún más marcada después de leer las escasas líneas. Pasaron tres días antes de que le dijera que su hermana Rehmat llegaría a Pretoria ese fin de semana.

El almuerzo era para darle la bienvenida, pero no sería un evento grande ni prolongado. No se haría ningún alarde, ni demostraciones abiertas de reverencia para el disfrute de amigos y vecinos. Solo estarían los hermanos y sus esposas, y Jehan en su cuarto al fondo. Miriam se sorprendió de que se tomaran cualquier molestia en honor a Rehmat, ya que toda su familia política vivía haciendo como si no existiese. Pero ella tenía curiosidad de conocer a esta otra cuñada, de quien ya había visto una foto sobre la mesita de café desportillada en la casa de Sadru. El marco descansaba encima de un pañito tejido a ganchillo, amarillento por los rayos de sol que cayeron sobre él todos los días a lo largo de las últimas dos décadas. La fotografía también se estaba destiñendo y tenía dos palabras ilegibles garabateadas en una esquina; quizás una fecha y un lugar. Omar, Sadru y Rehmat estaban de pie, recostados de un auto, entrecerrando los ojos frente al sol. Omar cruzaba los brazos y sonreía; debe haber tenido unos diecinueve años. Rehmat lo miraba, riendo; la silueta de su rostro mostraba los planos angulares de los pómulos y una nariz derecha y puntiaguda. Miriam había visto esa foto muchas veces porque le atraía la sensación del sol sobre aquellos jóvenes risueños, o quizás la actitud relajada de su esposo, tan extraña para ella.

No se atrevió a preguntarle mucho a Omar; pero una noche, mientras esperaban que llegara el sueño, tendidos en la fría oscuridad de su habitación, se aventuró a indagar sobre Rehmat. Miriam esperó alguna respuesta por parte de él, pero Omar no dijo nada por unos momentos. Luego afirmó simplemente que Rehmat siempre se había negado a asumir sus responsabilidades, que había llevado a su madre a la tumba con sus ideas extrañas y que siempre le respondía a su padre. Que había sentido el cinturón del padre más veces que todos los otros hermanos juntos, ¿pero que qué otra cosa podía esperar, si leía tantos libros elevados y luego pensaba que era más lista que todos los demás?

—¿Dónde ha estado tantos años? —Miriam le hizo la pregunta en voz baja; con cuidado, como si quisiera atrapar un pez pequeño pero escurridizo. Esa era la vez que su esposo le había hablado más en un tiempo, y a ella le agradaba tener la posibilidad de conversar.

—Europa. Francia —respondió, y se volteó para darle la espalda.

—París —dijo ella con suavidad, casi sin querer, y él viró a verla con el ceño fruncido.

—Sí. ¿Cómo sabes?

—Me lo dijo Farah.

Él no respondió; solo masculló algo ininteligible, volteándose de nuevo para intentar dormir.

—¿Fue allá con su esposo?

Omar viró la cabeza, mirando a su esposa por encima de su propio hombro, como si fuese una extraña.

—Fue allá a casarse.

—¿Con un profesor?

—Sí —su tono era abrupto, e hizo un corto silencio antes de volver a hablar—. Le ofrecieron un trabajo allí. En París.

Miriam abrió la boca para hacer otra pregunta —sobre las circunstancias de su partida—, pero ahora Omar se veía frío y enojado, como si estuviese retándola a continuar esa conversación que era desagradable para él. Ella le sostuvo la mirada por un instante brevísimo antes de bajar la cabeza hacia su almohada y cerrar los ojos.

Ese domingo por la mañana se vistieron temprano y los niños esperaron en un estado de expectación. La bebé era la única que dormía tranquila, después de haberse alimentado. Tanta emoción se fue diluyendo poco a poco, cuando se dieron cuenta de que estarían obligados a esperar tres horas mientras la tienda estuviera abierta. Siempre abrían los domingos por la mañana, y nadie que llegara desde las costas de Europa cambiaría eso.

Miriam abrió la tienda sola, excepto por John, que pasó antes de irse para ayudarla con los candados. Esperó en aquel silencio por cualquier señal de algún cliente antes de regresar a la cocina, donde los niños estaban sentados jugando con sus tazones de avena. Sacudió la cabeza en desaprobación.

—Vamos, coman —dijo—. No puedo quedarme sentada con ustedes esperando a que terminen; tengo que ocuparme de la tienda. Termina, Sam.

—¿Por qué Robert no puede atender la tienda? —preguntó Alisha.

—Porque él se va a casa los domingos —respondió Miriam, irritada—. Tú sabes eso.

Los niños bajaron la vista hacia sus platos.

—¿Cuándo vamos a ver a la tía Rehmat? —quiso saber Alisha.

—Pronto —respondió—. Pero no iremos si no terminan su comida —era una amenaza vana, y tanto la madre como los hijos lo sabían.

—No tengo hambre —declaró Sam.

—Coman —dijo. Se dio vuelta y regresó a la tienda.

Esperó, sabiendo que por lo menos Christina, de la granja del señor Weston, seguro vendría por una lata de guisantes o un trozo de material para hacer un vestido, o algo así. Ella siempre hacía la compra para la casa los viernes, pero era inevitable que olvidara algo. El reloj marchaba despacio y Miriam vio hacia el techo, donde los pasos de Omar hacían un ruido apagado en el baño. Le estaba tomando un tiempo excesivo asearse. Miriam sonrió para sí misma, caminó hacia la puerta abierta y salió al *stoep*.

Su rostro recibía el sol amable y tibio de esa época del año. Un fresco suspiro de viento se movía por la grama y los árboles de vez en cuando, levantando sus cabellos al soplar. Los pájaros cantaban en algún lugar, pero cuando ella miraba los árboles, no podía verlos. Al entrar llamó a sus hijos, preguntándoles si habían comido y si se estaban alistando. Oyó sillas que se arrastraban, traqueteo de tacones y el eco de sus risas al subir corriendo por las escaleras. Arriba, se toparon de frente con Omar, que hizo una expresión de sorpresa cuando sus hijos chocaron con sus piernas. Les dijo que se apresuraran, mientras Miriam pensaba para sí misma que no se irían sino hasta dentro de dos horas más.

Omar entró en la tienda vestido con una camisa blanca almidonada y su mejor corbata, la cara afeitada con mucha dedicación y el pelo corto, muy bien peinado. Siempre se veía elegante, pero ese día se había esmerado aún más, quedando en evidencia por la forma deliberada y casual que adoptó al caminar por la tienda y la manera en que se las arregló para no mirar a su esposa a los ojos.

En las siguientes dos horas no llegó ni un solo cliente. En cuanto el reloj marcó las doce, Miriam puso a Salma en su cuna portátil y Omar las acompañó al auto, alrededor del cual los niños habían estado jugando durante la última hora. Al encender el motor, Omar vio a su esposa. En un instante, su mirada se movió por vestido y cabellos, y asintió ligeramente para sí. Después giró la cabeza y contempló a sus hijos, que lo contemplaron de vuelta con sus profundos ojos oscuros.

—Se ven bien. ¿Los bañaste?

—Sí. Tienen puesta su mejor ropa —respondió, y él asintió de nuevo.

—Bien —dijo—. Muy bien.

91

Cuando al fin apareció la casa de Sadru, Miriam se asombró por el ruido que había alrededor. Se veía gente por todas partes; en los patios, caminando por las calles polvorientas, pasando el rato bebiendo de botellas de soda bajo los retorcidos laburnos, visitando a los vecinos. Los niños jugaban en la calle, gritando y chillando. Por primera vez entendió que de verdad se había acostumbrado a la vida en Delhof, en el campo. Ahora, para ella, el estado natural era el murmullo tranquilo de las praderas y tierras de labranza; no ese bullicio y actividad que apenas notó cuando vivía allí. Desde que habitaba su casa de armazón de madera, le parecían agobiantes las filas de casas destartaladas con los techos inclinados en ángulos desiguales y las paredes de hierro corrugado que se apoyaban perezosas contra otras de ladrillos marrones. Varios grupos de hombres los contemplaron al pasar; asombrados, por un instante curiosos.

Miriam volteó para ver a Sam y Alisha, sentados mudos como estatuas de cera en el asiento trasero, ya que su padre les prohibió hablar durante la última media hora. Omar atisbaba con detenimiento, tenso, a través del parabrisas a medida que se detenían frente a la casa de su hermano. Los niños habían estado discutiendo y comenzaron a fastidiar a la bebé, acariciándole la cabeza y moviendo sus brazos, haciendo que despertara y empezara a llorar. Ahora, los ojos de Sam estaban llenos de lágrimas, pero Alisha se negó a recibir la mirada de la madre, viendo estoica por la ventana, con sus pequeños brazos desafiantes cruzados sobre el pecho.

—Vamos —dijo Omar, y esperó afuera, alisando su corbata mientras los niños forcejeaban con las manillas de las puertas. Una vez que todos salieron, tomó la cuna portátil en una mano, puso la otra sobre el hombro de su hijo y llevó a su familia hacia la casa.

A primera vista, todo parecía estar como siempre; Farah en la cocina, fuera del panorama, emitiendo ondas de descontento por tener que cocinar cantidades aún más grandes de lo normal. Sus hijos corrían arriba, creando un ambiente de fondo de chillidos y risas. Solo resultaba inusual la imagen de Jehan sentada en la sala, enfundada en su mejor vestido, dormitando en una silla. Miriam notó que le habían lavado el cabello, aunque nadie se preocupó de secárselo. El hermano de Omar caminó hacia la puerta para saludarlos. Su cuerpo era grande y pesado, y tenía el rostro sonriente y abrumado al mismo tiempo. Nervioso, estrechó la mano de Omar, pellizcó las mejillas de la nueva bebé y saludó a Miriam con una gentileza que ella apreciaba, sabiendo que no era fácil para su pesado cuerpo. Alborotó el cabello de Sam y, bajando en picada suave, se agachó y levantó a Alisha, lanzándola al aire como un saco de azúcar. La niña rio histérica y Miriam sonrió al verla, pero su corazón se sobresaltó y solo pudo volver a relajarse cuando la pequeña llegó de nuevo al suelo.

—¡Farah! —llamó Sadru, llevándolos a tomar asiento. Farah no respondió, pero todos sabían que lo había oído y que saldría cuando ella quisiera. Miriam llevó a los niños hacia las escaleras, diciéndoles que subieran y jugaran con sus primos. Alisha y Sam la miraron lastimeramente, como pidiendo que los salvara de aquel ritual inevitable, pero ella los contempló severa y los hizo subir. Luego se dirigió hacia la cocina para ayudar a su *bhabhi* con la comida, pero su cuñado la detuvo, insistiendo en que se sentara. Omar ignoró la silla que le habían ofrecido, y caminaba por la sala.

—Entonces, ¿cómo va el negocio? ¿Cómo están las cosas? —preguntó Sadru, de nuevo poniéndose cómodo en su sillón, del cual se asomaban mechones de relleno desde uno de los apoyabrazos.

Omar vio hacia las escaleras. De pronto había cesado el ruido arriba.

—Va bien. Todo está bien, *bhai* —dijo Miriam sin que nadie le preguntara.

Omar daba vueltas.

—¿Dónde está ella?

—¿Quién?

—Tu hermana.

Hasta Sadru sonrió.

—No está aquí. Ya viene —añadió, siguiendo la inspección visual impaciente e inquieta de Omar—. Nuestra hermana fue a ver a su esposo en su hotel.

—Eso es estúpido —dijo Omar.

Miriam observó a su esposo. Se veía enojado y de cierta manera impotente.

—¿Están intentando hacer que los atrapen? Ni puedo creer que hayan regresado aquí juntos —añadió.

—Su padre se está muriendo... —comentó Sadru con tristeza.

Omar miró a otro lado.

—¿Y qué? Habrá muerto en una semana y ellos estarán en la cárcel. ¿Tú crees que a la policía le importe quién esté muriendo?

Miriam contempló a Sadru en el silencio que quedó. Algún tiempo atrás, Farah le había contado que el esposo de Rehmat era blanco y que ese era el motivo de la contrariedad de su familia, pero solo en ese momento se dio cuenta de que, según las leyes de 1948, el matrimonio de Rehmat también era ilegal.

—¿En qué hotel está su esposo? —preguntó Miriam al fin, para romper el silencio.

—En el Royal, imagínate —esta información venía de Farah, que salía de la cocina ajustándose el vestido—. ¿Pero quiénes se creen que son? —miró a Omar con fuerza, casi de manera acusadora, y lo que sorprendió a Miriam fue la forma en que Omar la vio de vuelta, sosteniendo su mirada con una intimidad casual que la misma Miriam rara vez había experimentado con él.

Miriam volvió a ver a Farah, pero para ese entonces su *bhabhi* seguía contando la historia de la llegada de Rehmat. Su implacable tono sarcástico hizo que ambos hombres bajaran la vista, como si al no verla también pudieran apagar su voz.

Quince minutos más tarde, alguien tocó a la puerta. Todos se miraron, hasta que Sadru se levantó para abrir. Omar también se paró de pronto, esperando incómodo. Cuando se abrió la puerta, la pareja que apareció sonreía con expectación en el umbral. La mujer llevaba un traje de falda rosa pálido que cubría la mayor parte de sus largas piernas, pero solo para resaltarlas. Su cabello estaba a la moda, peinado hacia atrás desde una frente alta, antes de caer sobre sus orejas, y usaba un lápiz labial demasiado evidente para ser aceptable en la sociedad conservadora y casi toda musulmana del Bazar Asiático. Su esposo estaba parado detrás de ella, siendo en ese momento poco más que una silueta; pero una muy sofisticada, con un traje elegante, el sombrero ladeado con desenfado y las manos en los bolsillos. Miriam se dio cuenta de que el ruido en la calle se había apagado, como si la gente se hubiese parado a observar. Vio a la mujer entrar, besar primero a uno de los hermanos, después al otro, y observó al hombre apuesto con el cabello cuidadosamente alisado seguirla, estrechar manos y sonreír. Se dio cuenta de que la sola imagen de un hombre siguiendo a una mujer a una sala en lugar de ir delante le era extraña. ¿Quiénes eran ellos? ¿Era posible que esta mujer, que parecía acabada de salir del escenario de una película, en verdad fuese su cuñada, parte de su familia política? Ahora Rehmat abrazaba a Jehan. Luego fue hacia Farah, que aceptó su beso con tanta deferencia como Miriam pudo haber imaginado era capaz, como si ella también hubiese sido arrastrada por esa imagen. Al final, Rehmat estaba frente a Miriam, sonriendo y tendiéndole una mano que llevaba el anillo más elaborado y delicado que ella había visto en su vida.

—Y entonces, ¿esta es mi nueva cuñada?

—Ella es Miriam —dijo Omar.

Los cuatro niños quedaron atónitos por la llegada de esta nueva tía. Bajaron las escaleras corriendo, deteniéndose abajo de manera abrupta, chocando entre sí y formando un enredo de ojos abiertos y extremidades torpes. Estudiaron a la tía Rehmat y su esposo desde una distancia prudencial, y después de que cada uno se acercó bajo coacción para ser presentado y besar a aquella criatura divina, corrieron de vuelta al barandal y se sentaron agachados en las escaleras. Solo Alisha se atrevió a quedarse cerca. Rehmat le tocó la cabeza, elogiando sus hermosos ojos. "Tienes la belleza de tu madre", dijo y rio, un tanto avergonzada por la reacción tímida de los niños. Sin embargo, la tranquilidad no duró mucho; en cuanto vieron que la nueva señora hablaba y bromeaba con sus padres, comprendieron que podía ser una de ellos. Cuando el esposo de Rehmat sacó unos céntimos franceses del bolsillo de su chaqueta y comenzó a hacerlos desaparecer, se acercaron hasta llegar a su lado, donde James podía estirar el brazo para sacar las monedas de las orejas de Sam y la nariz de Alisha.

Miriam sabía muy poco de la conversación inicial. Se sintió aliviada cuando ofrecieron las bebidas y Omar la miró para que las trajera. Siguió a Farah a la cocina, donde sirvieron Coca-Cola y jugo de granadilla en los vasos con bordes dorados. Miriam vio a su *bhabhi*, buscando algún reconocimiento de lo maravillosa que era esta nueva hermana, pero Farah plantó los vasos irritada, sin pronunciar palabra.

—Son tan amables —susurró Miriam.

—Sí —contestó Farah, hastiada. Y tomando la bandeja, regresó a la sala.

Cuando llegó el momento de servir el almuerzo, Rehmat siguió a Miriam a la cocina para ayudarla a llevar la comida. Regresaron con fuentes de arroz y un aromático curry de cordero, y bandejas de empanadillas *samosas* doradas, mientras que Farah salió de última con su fuente principal de *biryani* con pollo. Sadru comenzó a comer antes de que las mujeres siquiera se sentaran y recibió con sorpresa la mirada molesta de Omar.

—Come —le dijo—. ¿No tienes hambre?

A pesar de que, en general, Farah era reconocida por ser una buena cocinera, la gente expresaba esta opinión con un titubeo extraño y casi imperceptible. No era que su comida no fuese siempre deliciosa; era solo que parecía guisarla con un enorme fastidio de tener que estar en la cocina, y esto le transmitía un sentido de culpa a quienes la rodeaban, al tener que comer lo que ella había preparado. Sadru siempre consumía los alimentos de manera muy rápida, como si temiera que la comida pudiese escapar de su plato si la dejaba allí demasiado tiempo; pero otros, incluyendo a Miriam, tendían a comer con cuidado, levantando los bocados humeantes con delicadeza hacia sus bocas, como si de alguna manera entre los aromas fragantes se pudiesen esconder los efluvios venenosos de la frustración de Farah.

Con frecuentes vistazos furtivos, Miriam notó que Rehmat era alta y de piel clara, como Omar, y que tenía un parecido extraordinario con el hermano.

—Se pudiera pensar que mi esposo y tú son mellizos —dijo Miriam, en una voz tan baja que casi ni se oyó. Fue la primera frase que se había atrevido a decirle directamente a su cuñada. Rehmat escuchó y le sonrió desde el otro lado de la mesa.

—Lo somos —respondió Rehmat, levantando una ceja hacia Omar—. Somos mellizos.

Miriam ahogó un grito de sorpresa y vio a su esposo. Rehmat rio, echando la cabeza hacia atrás, de modo que la delgada cadena de oro que colgaba de su largo cuello atrapó la luz, brillando en el comedor. Estiró una mano, y con ella cubrió la de Miriam por un momento, como para convencerla de que le decía la verdad. Omar solo movió un poco la cabeza, ni siquiera para asentir por completo, pero fue un gesto afirmativo.

—¿Entonces cada uno de ustedes sabe lo que piensa el otro? —preguntó Miriam, dándose cuenta de pronto de la mano arreglada de su cuñada.

Farah dejó escapar una risa burlona y Rehmat le lanzó una mirada.

—Por desgracia, no. No somos tan cercanos; quiero decir, para ser gemelos. Mi hermano siempre fue demasiado callado, así que no podía leer sus pensamientos. Es probable que tú lo conozcas mil veces mejor que yo.

Farah volvió a reírse de manera burlona, y algo en esa risa hizo que todos pararan y atendieran. Omar miró enojado a Farah y Miriam sintió náuseas, como si la hubiesen golpeado en el estómago. Observó a Rehmat, esperando sentirse mejor con solo verla; pero en realidad fue peor, porque los ojos de Rehmat se movían mudos desde Omar a Farah, como tratando de medir algo entre ellos dos. "Algo entre ellos", pensó de nuevo Miriam. Solo Sadru parecía ajeno a todo. James aclaró la garganta:

—Bien, es bueno estar de regreso. Y aquí, con la familia de mi esposa.

—Lamentamos que tu padre esté enfermo —dijo Miriam.

—Gracias. Al fin Rehmat lo conoció, y por fin él nos dio su bendición. Siete años después de renegar de mí. Me imagino que la muerte te da una perspectiva distinta de lo que es importante —sonrió hacia Miriam y bebió de su jugo—. Y ahora estamos aquí, comiendo con todos ustedes. Hubo un momento en que eso parecía imposible.

—Era imposible —comentó Rehmat.

Omar se movió en su silla y no miró a nadie.

—Es gracioso —continuó James—. Yo siempre le dije a Rehmat que al final, su color y el mío no importarían.

—Importan ahora más que nunca —dijo Omar con sequedad—. Mi padre estará muerto, pero el gobierno sudafricano es mucho peor.

—¿Qué pasaría si los atrapan? —quiso saber Miriam.

—La gente como esa no gana, Miriam —James recibió su mirada curiosa con otra franca.

Antes de que Omar pudiese formular una respuesta, Rehmat giró hacia Miriam y le pidió que le contara acerca de su vida en Delhof y la tienda. ¿Era muy tranquilo y solitario, o le gustaba? Miriam habló un poco, ruborizándose bajo el peso de la mirada amable de Rehmat, y luego quedó en silencio, esperando el momento en que pudiera preguntarle a su nueva cuñada sobre la vida en París.

—Tienen que venir a visitarnos allá —le dijo Rehmat—. Es tan hermoso; todas las calles están adoquinadas, y los edificios... no se parecen a nada que haya visto antes.

—Me encantaría verlo —replicó Miriam.

Arrastrando la silla de manera abrupta, Omar se levantó de la mesa y comenzó a caminar con los labios fruncidos, seguido por Sadru, que parecía aliviado de poder regresar a su sillón. Miriam continuó hablando con Rehmat, poco a poco perdiendo la timidez, mientras Farah recibió los intentos de conversación de su glamorosa cuñada con un trasfondo de sarcasmo. Sadru era el único que parecía estar disfrutando, explicándole todos los detalles de su negocio de frutas y vegetales a James, que escuchaba con mucha cortesía, con la cabeza inclinada hacia Sadru, mientras clavaba los ojos en su esposa. Rehmat le sonrió desde la mesa, donde apilaba los platos sucios.

Entre las tres mujeres recogieron la mesa, mientras sus esposos esperaban por el té. Rehmat fue la primera en regresar a la sala, por insistencia de Miriam. Contempló a su hermano.

—¿Quieres tu té ahora, o podemos tomarlo después? —le preguntó a Omar.

—Me da igual.

—Porque pensaba que podíamos dar un paseo corto. Por el viejo vecindario —dijo, viendo por la ventana rayada—. ¿El Café Bazar aún existe?

Omar asintió.

—Ya no es de los Patel.

—¿No? ¿De quién es?

—De la chica Harjan. Y de un hombre de color. Williams.

Rehmat lo miró perpleja.

—No la recordarás —le dijo Omar—. Sus padres están en Springs. Igual, es solo una chica. No creo que hayan llegado sino hasta después de que te fuiste —su voz era dura, y Rehmat se preguntó si se habría imaginado el leve énfasis en las últimas palabras que escuchó.

—No, no recuerdo —respondió—. Ha sido mucho tiempo. Otra vida. Todo cambia siempre —añadió, sin darle mucha importancia—. Quizás podamos ir de todas maneras y echar un vistazo.

Omar asintió y esperó a que su hermana fuese a la cocina y saliera al fin con Miriam, insistiendo en que los acompañara. Quería, dijo, conocer un poco mejor a su nueva cuñada. Omar estaba aliviado de que Farah no se las hubiera arreglado para incluirse en esa salida. Sonrió por primera vez en esa tarde, y consciente de la presencia callada de James, sostuvo la puerta para las dos mujeres. Cuando se iban, Rehmat se volvió y miró a su esposo, parpadeando, y por un instante vio aquella sala igual que el día en que se fue, ocho años atrás. Era la casa de su padre. La madre había muerto algunos años antes, cuando los hermanos todavía estaban al principio de la adolescencia. Rehmat era una mujer adulta el día que escapó, pero la trataban como a una niña rebelde. Huyó de la casa de su familia con fuertes magulladuras en brazos y piernas; heridas que su padre le había infligido la noche anterior con el cinturón, porque al fin se había enterado de los rumores acerca de James y ella.

Rehmat supo que su padre la hubiera casado de inmediato, de seguro con un primo o algún otro pariente que ella apenas conocía; y así, ella se marchó en silencio en las primeras horas de una mañana fría de abril, y nunca pudo regresar. Todavía recordaba el impacto del aire frío de la mañana sobre la piel inflamada cuando salió sigilosa, y el débil sol que parecía darle la bienvenida, ayudándola a contener las lágrimas sin mucho esfuerzo. James la había estado esperando; la llevó a Ciudad del Cabo y después a Europa. Tuvieron que escapar del grupo de matones, todos ellos parientes de Rehmat, que se esparcieron de inmediato por Pretoria, intentando localizarla por medio de rumores, avistamientos y cuchicheos. Unos hombres que portaban cuchillos y palos se habían metido en las habitaciones de James en la universidad, registrándolas. Si la hubiesen encontrado en un día, la hubieran golpeado y regresado viva a casa. Después de dos o tres días, la hubieran traído muerta a casa; ya que para entonces, el daño a su reputación hubiese sido irremediable y hubiera sido demasiado tarde para fingir que nunca se fue. En el barco que tomó desde Ciudad del Cabo había tenido mucho tiempo para pensar en ello, y para preguntarse si sus propios hermanos y su padre estuvieron entre quienes la buscaban.

—Vamos —Rehmat se sobresaltó un tanto con la voz de Omar. Cuando ella lo miraba, veía los rasgos uniformes de su madre; esos que encontraba en sí misma cada día cuando se miraba en el espejo. En cierto modo, la tranquilizó verlos en su hermano. En silencio, se dio la vuelta para seguir a Omar y Miriam por la calle, rumbo al café.

7

Rehmat sonrió al ver a Amina caminando por el café con un tranquilo aire de propietaria.

—¿Es ella la chica Harjan? —le preguntó a Omar.

—Sí.

—Dios mío, tienes razón. Sí es joven. ¿Y es la dueña del lugar?

Omar asintió.

—Debe haber sido una niña cuando empezó — añadió Rehmat, llena de admiración.

—Todavía es una niña —la corrigió Omar, pero Rehmat lo ignoró.

—Bien por ella. Imagínate manejar un negocio a su edad —observó las mesas llenas y los platos servidos que se movían por todo el recinto—. Un buen negocio, además.

—El domingo es su mejor día —dijo Omar.

Rehmat puso los ojos en blanco.

—Ese es mi hermano. Dios no quiera que reconozca el mérito de alguien.

Miriam sonrió un poco, pero por dentro estaba maravillada por el modo en que Rehmat le hablaba a Omar. Por primera vez se imaginó a su esposo como un niño; un mellizo. Siempre lo había considerado —igual que él se consideraba a sí mismo— el más inteligente, el más responsable en la familia; aquel cuyas decisiones eran leyes. Pero ahora había llegado su hermana melliza con una chispa de energía, sabiduría y vida, y lo hacía ver como cualquier otro.

—Es bueno ver que a la gente le vaya bien —dijo Rehmat.

—Sí —admitió Miriam.

Omar la miró frunciendo el ceño, pero ella apenas lo notó, porque observaba a Amina trabajando al otro lado de la sala. Había pasado un tiempo desde que Miriam la conoció, y en cierto modo Amina se veía distinta, quizá mayor, y más seria de lo que la recordaba.

Junto a su mesa apareció una camarera y les dejó tres menús.

—Su familia protagonizó un escándalo aquí hace años —dijo Omar.

—¿Quién?

—Amina Harjan.

—¿Qué quieres decir? —Rehmat estaba irritada por el tono vago de Omar.

—¿Alguna vez has visto a una de nuestras chicas con el cabello tan rizado?

Rehmat le clavó la mirada por encima del menú.

—¿Estás diciendo que tiene algo de negra? —preguntó, entre dientes.

Omar se encogió de hombros.

—Eso dicen. Por la parte de la madre.

Omar se inclinó hacia delante en la silla y miró la pared encima de la puerta principal. Su hermana y Miriam giraron siguiendo su vista, y vieron una foto desteñida, cuidadosamente montada y enmarcada, de una mujer joven vestida con un *shalwaar kameez*. La ambientación de la fotografía sugería que estaba en la India. Junto a ella, de pie, había una pequeña niña con cabello rizado corto, solemne y triste, que apenas miraba el lente de la cámara. La mujer —

la madre de la niña, supuso Miriam— no tenía tal reparo, y miraba a quienes pasaban por su foto con un aire casi desafiante. Era muy bella. Poseía una figura esbelta, pero no estaba erguida; con una mano se apoyaba en el respaldar de una silla, mientras la otra descansaba de manera protectora alrededor de la pequeña niña.

—¿Quién es ella? —preguntó Miriam.

—La abuela de Amina Harjan. Su nombre era Begum. Y la niña es la madre de Amina. Mírala. ¿No parece medio...? ¿No recuerdas la historia?

—No —dijo Rehmat, estudiando su menú.

—Se metió con los africanos. Y quedó embarazada —se encogió de hombros.

Rehmat cerró el menú de un golpe, molesta.

—¿Y ahora, Dios sabe cuántos años después, se supone que eso importe?

Miriam se encontró reprimiendo una sonrisa.

—Después de todo —continuó Rehmat—, supongo que la mayoría de los blancos en el mundo, quizás incluso algunos miembros de la familia de James, se pondrán como tú, con un tono de superioridad moral, y me dirán que mis hijos, tus sobrinos y sobrinas, son medio indios.

—No es lo mismo.

—Es exactamente igual.

—Tú no tienes hijos...

—Pero los tendré —declaró, haciendo hincapié en cada palabra—. Lo haré. Y en este lugar, en este país horrible, nunca serán aceptados como gente, sino solo como una mezcla de colores —suspiró y miró a Amina caminando por la parte trasera del café, hablando con los cocineros y probando algo que acababa de salir del horno—. ¿Cómo puede ella vivir en este país? ¿Cómo puedes tú quedarte en este lugar? —le preguntó a su hermano, en tono acusador.

—Yo nací aquí —respondió Omar, con un aire natural—. África es mi hogar.

—Yo me siento en casa aquí —dijo Amina Harjan, con tranquilidad y certeza; como si de alguna manera la verdad de sus palabras fuese obvia. Estaba de pie junto a la mesa de Omar y hablaba con Rehmat. Los había visto y asintió hacia ellos desde lejos. Su cabeza rizada reaccionó al ver a Rehmat sentada allí, desenvuelta, segura y bien vestida; algo tan raro en esa comunidad india. Poco después, discreta, envió a su camarera a otra mesa y fue en persona a tomar la orden.

—¿Por qué? ¿Cómo puedes soportarlo? —quiso saber Rehmat.

—¿Soportar qué? Lo adoro. Me gusta el país, el espacio. No sé, aquí me siento en casa. No es como la India.

—Sí lo es —contestó Rehmat, afirmando con la cabeza—. Es igual que la India en miniatura. Nuestra gente viene aquí, pero vive de la misma manera. Tienen a sus mujeres adentro, tienen a sus hijos adentro. Y que Dios ayude a quien trate de oponerse.

—Dios me ayuda a oponerme —sonrió Amina—. Yo no me quedo adentro. Y creo que tú también te opusiste.

Rehmat sonrió, pero tenía los ojos tristes cuando miró a Amina.

—Lo hice. Luché tanto que tuve que irme.

Miriam las contemplaba y luego vio a Omar, que observaba a su hermana como si fuese una extraña. De manera abrupta, Omar se levantó y caminó hacia el mostrador. Amina giró para seguir sus movimientos. Cuando vio que hablaba con Jacob, dirigió su atención por completo hacia Miriam por primera vez.

—Hola —le dijo.

—Hola.

—¿Aún te gustan los *koeksisters*?

—Te acuerdas —respondió Miriam—. Sí, me gustan.

—¿Y desde aquella vez has comido otros que fuesen mejores?

Miriam sonrió.

—No. Ninguno.

—Bien. Voy a mandar a traer algunos en unos minutos; los están friendo.

—No tienes que... —pero Amina pasó sobre la protesta educada de Miriam, y ya hablaba de otra cosa.

Un corto tiempo después, Jacob llegó a su lado.

—Amina, este caballero está buscando a alguien que le haga un huerto. ¿Quieres hacerlo? ¿O conoces a alguien que pudiera hacerlo?

Las mujeres viraron para ver a Omar parado incómodo junto al mostrador, donde Jacob lo había dejado. Caminando despacio, se acercó de nuevo a la mesa.

—Necesitas a alguien que te haga un trabajo —le dijo Amina, en un tono más de afirmación que de pregunta.

—Sí.

—¿Qué es?

—Quiero un huerto en la parte trasera de mi casa. Detrás de la tienda —respondió, poniendo las manos en los bolsillos—. ¿Conoces a alguien?

—Yo puedo hacerlo.

La respuesta pareció desconcertar a Omar.

—Es un trabajo pesado —dijo—. Un trabajo duro. Hay que despejar el terreno; hay raíces profundas por todas partes. Y quiero un área grande. Quiero sembrar suficiente para vender, no solo para comer.

—Está bien —dijo Amina.

—Necesito que se despeje un área grande y se prepare para sembrar —repitió.

Amina sonrió. Era una sonrisa encantadora, que desarmaba a cualquiera al ver sus dientes blancos y parejos.

—Escucha: tú eres quien está pagando por el trabajo. Si quieres que lo haga, lo hago.

Omar se frotó la frente.

—¿Cuándo podrías empezar?

—Cuando tú quieras. ¿Cuánto pagas?

Omar vaciló.

—Veinte chelines. No deberían ser más de dos días de trabajo.

Rehmat ahogó un grito de asombro ante la pobre oferta y miró fijamente a su hermano.

—¡Omar! —dijo.

—¿Qué? —preguntó a la defensiva—. Si contratara a un *kaffir* para el trabajo, le pagaría menos.

Miriam se ruborizó y Rehmat sacudió la cabeza.

—Dos días de mi tiempo, o del tiempo de un africano, valen cinco libras —respondió Amina—. Y estará listo en dos días. Y puedo darte algunos esquejes de mi propio huerto.

Todos esperaron en silencio.

—Cuatro —dijo Omar al fin.

Amina lo miró y sonrió.

—Está bien, cuatro. ¿Te veo el martes?

—Siempre vengo a Pretoria los martes. ¿Puedes llegar a la tienda antes de que me vaya?

Amina paró a una camarera, ayudándola con una bandeja de *koeksisters* calientes que llevaba. La colocó en el centro de la mesa, hacia Miriam.

—¿A qué hora te vas? —le preguntó a Omar.

—A las siete, siete y media.

—Bien. Estaré allá entre seis y media y siete.

—¿Sabes dónde es?

—¿Delhof? Más o menos. No te reocupes, yo lo encuentro. Fue un placer conocerte —le dijo a Rehmat—. ¿Te quedarás un tiempo?

—Solo por diez días; después vamos a Nairobi. Mi esposo dará una conferencia allá.

—Qué lástima —dijo Amina—. Espero que Sudáfrica te guste un poco más para cuando te vayas.

—El país me gusta mucho —dijo Rehmat con sequedad—. Es la gente lo que me molesta.

Amina asintió pensativa. Miriam notó que sus ojos parpadeaban mientras subía la vista, descansando un momento sobre la fotografía de su abuela.

—No eres la primera persona que se siente así —le dijo a Rehmat, mirándola de nuevo—. Voy a dejarlos tomar su té. Y te veo el martes —le dijo a Omar. Y aunque le dirigió estas últimas palabras a su esposo, Miriam notó con cierto nerviosismo que Amina la miraba.

8

—Esa chica está llegando tarde —dijo Omar con brusquedad, alejándose de la ventana con la chaqueta en la mano—. Le dije seis y media. ¿Dónde está?

Miriam no levantó la vista de la mesa donde preparaba la merienda de los niños e intentaba convencer a Alisha de terminar su avena. Estaba cansada; la bebé se había despertado tres veces durante la noche y los niños parecían reventar de energía esa mañana.

—Tú le dijiste seis y media o siete.

—Son las siete menos cuarto. Tengo que ir a Pretoria hoy.

—Lo sé —respondió, de manera rápida y un poco cortante, y enseguida supo que él se había molestado por su tono. Sintió que la cabeza le estallaba cuando volvió a bajarla para continuar con los preparativos.

Miriam untó una delgada capa de mermelada de higos sobre dos panes *chapatis* tibios, los envolvió en papel encerado y metió cada uno en una bolsa pequeña de papel de estraza. Su esposo seguía viendo por la ventana, enderezándose de pronto al oír el ruido de un camión que venía por el sendero. Los niños agradecieron la distracción del desayuno y corrieron a ver hacia fuera, mientras su padre atravesó la tienda.

—Vengan aquí —les dijo Miriam a los niños. Sam obedeció, aunque a regañadientes, mientras Alisha se quedó clavada donde estaba, mirando fascinada desde la ventana cómo Amina Harjan bajaba del camión y subía los escalones del *stoep*. Miriam siguió ocupándose de los niños, pero mientras lo hacía, escuchaba lo que sucedía afuera. Cuando levantó los ojos para mirar por la puerta que comunicaba con la tienda, sonrió al ver a Amina estrechando la mano de Omar, como si fuese un agricultor o alguien que había venido a hacer negocios. Notó que su esposo parecía sorprendido. Escuchó que Omar le explicaba cómo era el área que necesitaba, y entraron a la cocina para ir hacia la parte de atrás, donde estaría el huerto.

Miriam no quiso ver a ninguno de los dos, pero se sintió muy consciente de sus propios movimientos y del sonido de su voz cuando hablaba con los niños. Los peinó y trató de apurarlos para que salieran.

—Hola —dijo Amina.

Miriam levantó la vista, asintiendo.

Amina también saludó a los niños, deteniéndose a tocar sus cabezas con cariño. Siguió a Omar hacia la puerta trasera, por donde desaparecieron mientras él se apresuraba en terminar de dar las instrucciones.

—Mami, ¿por qué ella tiene pantalones? —preguntó Alisha.

—Ella trabaja afuera. Está vestida para trabajar.

—Yo quiero usar pantalones cuando sea grande —anunció la pequeña.

—Eso depende de lo que hagas —dijo Miriam, luchando contra el dolor de cabeza que le golpeaba las sienes—. Si estudias mucho para ser enfermera o secretaria, tendrás que llevar falda.

Robert asomó la cabeza por la puerta.

—El autobús está llegando, Señora.

Miriam salió de prisa con los niños por la puerta del frente. Caminaron juntos por el sendero para llegar al transporte, que se acercaba despacio por la vía polvorienta.

—¿Mami? —dijo Sam, mirándola con los ojos muy abiertos.

—¿Sí?

—¿Cuándo vendrá Salma a la escuela con nosotros?

Miriam sonrió.

—Todavía falta mucho. Quizás unos cinco años.

—Cinco años —repitió Alisha, horrorizada—. Yo tendré... —se detuvo para contar, y Miriam observó su rostro, concentrado y serio—. Tendré diez, Mami.

—Lo sé —contestó Miriam—. Serás una niña grande. Vamos ya; vayan a la escuela.

Corrieron hacia el autobús, que resollaba hasta detenerse delante de la casa. Alisha se volvió para gritarle a la madre:

—Pero ya soy una niña grande, Mami.

Miriam rio.

—Sí, lo sé —dijo, pero sus palabras se perdieron en el ruido de las puertas que se cerraban y el engranaje de las velocidades de la vieja caja. Les hizo señas a los niños con la mano mientras se alejaban y esperó hasta que los últimos ribetes de polvo que levantaba el transporte comenzaron a asentarse. Solo entonces se dio vuelta y regresó a la tienda.

Omar esperaba adentro, impaciente. Señaló hacia el techo.

—La bebé no ha dejado de llorar. ¿Dónde estabas?

—Llevando a los niños al autobús —dijo, al tiempo que se dirigía hacia las escaleras.

—Me voy —le informó.

Tenía una voz molesta, casi enfurruñada, como si quisiera que ella también le dedicase algo de atención; que repitiera la rutina que acababa de seguir con los niños. Miriam se detuvo en las escaleras y lo pensó, mientras oía llorar a la bebé. Entonces se dio la vuelta y regresó a la tienda, parándose en la puerta y viendo a su esposo subir al auto y marcharse. Al irse, él la saludó con la mano en un gesto neutro, sin sonreír, y ella levantó la suya para responderle, de manera automática y sin mucha emoción. Luego subió a ver a la bebé, deteniéndose solo para mirar por la ventana trasera y para darle instrucciones a Robert de llevarle una taza de té y algo de pan a la joven dama que trabajaba afuera.

Miriam esperó. Se agachaba y se levantaba detrás del mostrador; sus manos pasaban en rápidos movimientos sobre la madera pulida, arreglando un exhibidor aquí, enderezando unas latas allá. Los ojos parpadeaban a intervalos irregulares hacia el reloj que estaba encima de la puerta; entre aquellos vistazos, caminaba arriba y abajo y toqueteaba cosas, jugando a contar cuánto podía esperar antes de volver a mirar. El tiempo pasó a cuentagotas, hasta que la tan deseada campanada del mediodía la sorprendió entre ojeadas.

Contempló el reloj una vez más para confirmar lo que había oído. Entonces se quitó el delantal, lo dobló y lo puso con cuidado sobre el mostrador. Se alisó el cabello hacia atrás y escuchó el eco de sus propios pasos al pisar las baldosas de la cocina. En la estufa, levantó la tapa de una olla grande con curry de papa y revolvió la mezcla. Unos cuantos hilos de vapor se elevaron serpenteantes, trayendo con ellos un olor delicioso que la hizo sonreír. Sirvió una porción generosa en uno de los platos grandes y pesados, del tamaño que normalmente le daría a su esposo, y tomando dos *rotlis* que había hecho por la mañana, salió por la puerta trasera.

Amina no aparecía por ningún lado. A través del sol, Miriam escudriñaba el lugar donde había estado trabajando; un gran cuadrado de tierra ya se veía removido y azadonado,

113

destacando en el paisaje como un sitio domado con cuidado.

La buscó, sin entender, y entonces se dio cuenta de que no la había visto porque estaba acostada en el suelo. Bajo la mezquina sombra del único árbol cercano, Amina estaba echada sobre el pasto, durmiendo. Tenía las piernas estiradas y los pies cruzados; las rayas finas de la camisa de algodón descansaban en suaves pliegues sobre su cuerpo. Los dos primeros botones de la camisa estaban abiertos, mostrando la larga línea de su cuello moreno. Tenía el sombrero jalado sobre ojos y nariz, dejando expuesto solo el delicado arco de su boca, un tanto abierta, que esbozaba una sutil sonrisa.

Miriam se detuvo a detallarla por un momento, contando en su cabeza las elevaciones y caídas perfectas de la respiración de Amina. Intentó decidir si despertarla o no, y levantó la mirada hacia las ramas que había encima de ellas, observándolas atenta. Así, el verde profundo de las hojas y el brillante azul lavanda del cielo se fundieron en un vertiginoso destello de color.

Cuando al fin movió la cabeza, sus ojos se llenaron de imágenes rojas; el sol aún latía detrás de sus iris, haciéndola mirar hacia el frente sin poder ver nada. Al disiparse aquella ceguera caliente, comenzó a ver que Amina estaba despierta, sentada sobre el pasto con las piernas cruzadas, el sombrero hacia atrás sobre los rizos, sonriéndole a Miriam con una expresión cortés en la boca, y risueña y divertida en los ojos.

—Te traje algo de comer —dijo Miriam, extendiéndole el plato.

Amina se puso de pie de un salto, perdiendo el sombrero en el movimiento. Limpiándose las manos en los pantalones, fue hasta donde estaba parada Miriam, tomó el plato que le ofrecía y dio las gracias.

—Esto es mucha comida.

—Trabajar afuera da hambre —dijo Miriam.

—Oh, no tengo ningún problema en comérmelo todo —respondió Amina, sonriendo—. Huele delicioso. Cómo me gustaría cocinar tan bien.

—Cocinar no es nada —comentó Miriam, evitando el cumplido—. Todas las mujeres saben hacerlo.

—Créeme que yo no sé.

—Pero tú tienes un café.

Amina negó con la mano.

—Todas las recetas son de Jacob.

—Entonces deberías aprender.

—Así me dice mi madre.

—Tu madre tiene razón —dijo Miriam con firmeza—. ¿Qué harás cuando te cases?

Amina se encogió de hombros y sonrió, sosteniendo la mirada de Miriam por un momento.

—No lo sé. Tendré que encontrar un hombre que sepa cocinar —expresó, y Miriam sintió de nuevo aquellos ojos risueños, percatándose de que ella misma se sonrojaba, de repente e inesperadamente.

—Te voy a traer una bebida fría —le ofreció, caminando de vuelta a la tienda.

Amina la llamó, diciéndole que una bebida fría sería muy agradable. Se sentó, apoyándose contra el árbol, y empezó a comer.

A Miriam le tomó varios minutos regresar con la bebida. Amina ya casi había terminado de comer, cuando desde arriba le ofrecieron una botella de soda abierta.

—Gracias —dijo con un gesto amable, como si brindara por Miriam antes de ponerse la botella en los labios para beber un trago largo. Tuvo que recuperar el aliento cuando paró, levantando la vista hacia Miriam, que estaba de pie junto a ella—. ¿Comiste?

—Aún no.

—¿Por qué no me acompañas?

Cohibida, Miriam se preguntaba de qué cosa pudiera hablar con alguien como Amina, si se sentaban a comer juntas.

—Yo no te agrado, ¿cierto? —dijo Amina, bajando la vista.

—No, tú me agradas mucho... —respondió Miriam, asombrada.

—¿Sí?

—Sí. Es solo que... Siento que debes encontrarme aburrida. Tú tienes un negocio y haces tantas cosas, y yo solo soy madre y ama de casa.

Amina negó con la cabeza.

—No hay tal cosa como ser 'solo un ama de casa'. Ese es un trabajo duro. Y de todos modos, ¿acaso no tienes sentimientos, creencias, ideas y deseos como todos los demás?

Miriam observó a la chica, sintiéndose abrumada por esa pregunta tan simple, que parecía reconocer algo que nunca nadie había notado antes. Estaba de pie, ensimismada, viéndola con sus oscuros ojos y el ceño fruncido.

—¿Qué piensas? —preguntó Amina, levantando la vista hacia Miriam, con la mano en la frente para escudarse del sol.

—Nada...

Amina esperó.

—Estaba pensando que una vez fuiste tú la primera persona que me sonrió en diez días —le contó Miriam.

—No entiendo.

—En Pretoria. La primera vez que fui a tu café. Con mis cuñadas.

—Me acuerdo muy bien.

—Nadie me había sonreído en más de una semana antes de eso —continuó Miriam—. Estaba contando los días —sonrió irónicamente, reconociendo lo absurdo de contar algo así—, y entonces en el café, tú me ofreciste ese *koeksister*. Y me sonreíste.

—Qué cosa tan rara de recordar. ¿Por qué nadie te sonrió en tanto tiempo?

Miriam se encogió de hombros.

—No sé. Supongo que mi familia política es así.

—¿Y tu esposo también?

Miriam asintió con un movimiento casi imperceptible y frunció el entrecejo, como reprochándose su falta de lealtad. Se volvió para regresar a la casa.

—¿Puedo traerte alguna otra cosa? —preguntó.

—No, gracias —Amina vaciló, insegura de intentar mantener una conversación con ella. Pero la propia Miriam se detuvo tan pronto había dado la vuelta, y dijo:

—¿Dijiste que no sabías cocinar?

Amina asintió.

—En realidad no importa. Hay cosas más importantes en la vida —antes de terminar la frase, Miriam ya caminaba de regreso hacia la tienda.

Amina bebió lo que quedaba de la soda y vio a Miriam subir ligera los escalones del porche. Comió lo que quedaba rápido y sola, y luego descansó un minuto antes de levantarse y regresar adonde yacían sus herramientas en el pasto caliente, tarareando entre dientes al caminar.

A las tres y media, el autobús escolar avanzaba pesado por el camino, deteniéndose a unos veinte yardas de la tienda. Al abrirse las puertas, las bisagras chirriaron y los dos niños bajaron disparados. Miriam los veía desde la ventana de la cocina, al tiempo que trabajaba la masa para los *rotlis* con una media sonrisa en los labios. Corrieron hacia la casa. Corrían a todas partes; eran incapaces de caminar despacio. Miriam trató de hacer memoria de Bombay y los edificios de apartamentos, intentando recordar si ella también había corrido todo el tiempo cuando era niña. Podía escuchar sus voces altas, riendo al hacer carrera cuando subían por los escalones del porche y llegaban a la cocina. Ambos hablaban al mismo tiempo, fuerte y rápido, y Miriam no entendía a ninguno, pero se inclinó a besarlos, sosteniendo las manos harinosas lejos, por encima de sus cabezas.

—¿La señora todavía está? —preguntó Alisha, y Miriam asintió. Salieron de la cocina antes de poder decirles que no molestaran a Amina. Miriam fue a la ventana y vio donde ella trabajaba, ahora sin sombrero en el calor de la tarde. Los niños corrieron, dándole la vuelta a la esquina del edificio como un par de pequeños galgos, y luego pararon de manera abrupta al verla. Se detuvieron a una distancia segura, tímidos de pronto, hasta que Amina se dio vuelta y los vio, haciéndoles señas para que se acercaran. Miriam no podía oírlos, pero vio a Amina arrodillarse para hablar con ellos, señalando el trozo de tierra, sin duda explicándoles lo que hacía. Después de unos minutos, Miriam se apartó de la ventana, se lavó las manos y tomó una botella de Coca-Cola del refrigerador rojo que estaba al fondo. Llamó a su hijo. Él vino, sin aliento de tanta emoción:

—¡Mami, la señora dice que habrá una tormenta!

Miriam alzó la vista hacia el pesado cielo y las nubes grises y macizas, y le dio a su hijo la Coca-Cola para que se la llevara a Amina. Con nostalgia, Sam miró la botella fría y llena de gotitas. Entonces ella —aunque sabía que Omar lo desaprobaría— regresó a la nevera y sacó dos botellas más, que le dio a su hijo ahora feliz, para él y su hermana.

Para el momento en que Amina había terminado por el día, ya casi era oscuro y la lluvia había comenzado a caer. Al mirar al cielo, sintió las primeras gotas chocar contra su rostro. Las restregó agradecida por la frente tibia, porque la humedad se había vuelto casi insoportable durante el curso de la tarde. Estuvo trabajando hasta casi no poder ver lo que hacía. Miriam se asomó una o dos veces cuando comenzaba a caer la tarde, y vio a la chica trabajando, con la camisa pegada a la espalda y a las costillas por el intenso calor. Los niños habían hecho sus deberes y estaban terminando de cenar, cuando Amina fue a la puerta trasera y tocó. Al abrir la puerta, Miriam encontró que le tendía delante un delgado libro cosido en cuero.

—¿Qué es esto?

—Poesía. Ya lo terminé. Si lo quieres, es tuyo.

Miriam sentía curiosidad. Tocó el libro, pero no lo tomó hasta que Amina se lo puso en la mano.

—No puedo...

—¿Por qué? ¿No te gusta leer?

Miriam la contempló, sonriendo. Sus ojos se iluminaron y Amina la miraba con atención. Fue como si se hubiese encendido una chispa.

—Me encanta leer. Solía hacerlo —añadió Miriam, menos segura—. Yo leía mucho.

De pronto recordó una pequeña caja aporreada, llena de libros de la infancia, que había traído consigo desde Bombay. Una caja extra, que realmente no debió haber acarreado por el océano, pero que a ella le consolaba guardar. La última vez la vio en la casa de su familia política en Pretoria; pero de tanto cocinar, limpiar y atender a los niños en aquellos días, no tuvo tiempo siquiera de abrirla. Se preguntó qué habría pasado con los libros; si habían venido con ellos a Delhof cuando se mudaron.

Amina se apoyó en el marco de la puerta.

—Tómalo —dijo, refiriéndose al libro—. Tengo muchos.

—¿Sí? ¿Dónde los consigues?

—Aquí y allá.

—Entra y come algo —le ofreció Miriam—. Debes tener hambre.

Amina negó con la cabeza.

—Gracias, pero debo ir a cenar a la casa de mis padres. Hace mucho tiempo que no los veo —miró su reloj de bronce; una esfera grande sujetada por una correa de cuero, suave y desgastada. Hacía que su muñeca se viese delgada y frágil, y por un instante, Miriam se sorprendió de que esas mismas manos estuviesen limpiando y preparando una parcela tan grande—. Mejor me voy. Gracias por el almuerzo y las bebidas —dijo Amina mientras se alejaba.

—De nada. Gracias por el libro.

—¿Te veo mañana? —preguntó Amina.

—Sí. Hasta mañana.

Treinta minutos después de haberse ido Amina, alguien tocaba a la puerta del frente de la tienda. Miriam vio por la ventana del baño, donde se encontraba de pie, sosteniendo una jarra de agua sobre su hijo, pero no podía ver nada. La lluvia creaba un murmullo de fondo y ella acallaba al niño, observando atenta el agua correr en pequeños riachuelos sobre sus hombros, serpenteando detrás de los omóplatos filosos y sobre los delgados músculos de la espalda. De nuevo alguien tocó. Envolvió al niño en una toalla áspera y le dijo que se secara, y corrió por las escaleras, llamando a John mientras bajaba.

—Señora, es una dama —respondió él, sonriendo por la ventana, para que supiera que no debía alarmarse. Miriam vio a Amina afuera en el porche, con el sombrero en las manos y el cabello mojado. Cuando le abrió la puerta de la tienda, la chica dio un paso atrás.

—Tengo una llanta pinchada. Intenté cambiarla, pero la de repuesto también...

—Está bien, entra —dijo Miriam, parada a un lado y dejándola pasar.

—Hubiera podido caminar, pero de verdad no es seguro y no soy tan temeraria como piensan algunas personas —añadió Amina.

—Bien —fue todo lo que Miriam dijo. Forcejeaba con el último candado, y Amina se inclinó, poniendo su mano sobre la de ella, ayudándola a enganchar la pieza metálica en su lugar—. Gracias —pronunció, contemplando los largos dedos que descansaban encima de los suyos.

—De nada —con una sonrisa, Amina aclaró su garganta y apartó la mirada. Caminó hacia la ventana, donde vio a John acomodándose de nuevo en su silla de mimbre y extendiendo las manos hacia los carbones calientes que tenía enfrente.

—Si te vas a quedar, deberías subir conmigo ahora.

Amina asintió con la cabeza, pero no se movió para seguir a Miriam.

—¿Dónde está tu esposo? ¿Todavía no ha llegado?

—Generalmente termina tarde los martes y se queda con mi *bhabhi*... —se sorprendió ella misma—. Quiero decir, en la casa de su hermano.

—Oh.

El viaje de regreso de Pretoria no era largo. Amina sabía que el hábito de Omar no tenía ningún sentido, a menos que tramara algo; pero se sintió aliviada al saber que él estaría en otra parte esa noche.

—Te daré algo de comer.

—Por favor, no te preocupes por mí —respondió Amina—. No tengo hambre.

—Pero estuviste trabajando afuera todo el día. ¿Quieres decir que no te gusta cómo cocino? —preguntó Miriam con una leve sonrisa.

—Pensé que ya estábamos de acuerdo en eso. Ese fue el mejor curry de papa que he probado. Aunque no le diría eso a mi madre.

—Entonces veamos qué piensas de este *daal* —dijo Miriam desde la estufa, y le dio un tazón con lentejas fragantes que aún estaban tibias de la cena con sus hijos. Amina lo tomó agradecida y empezó a comer.

—Gracias.

Miriam la observó por un momento.

—Voy a terminar de llevar a los niños a la cama. Sube cuando termines.

Amina asintió.

—Está delicioso, Miriam.

Miriam tuvo que cubrir la sonrisa que se asomó a sus labios al oír su nombre. Era un sonido extraño, ya que Robert y los niños nunca la llamaban por su nombre, y la conversación lacónica de Omar consistía principalmente de 'sí' y 'no'.

—De nada —respondió, volviéndose y subiendo rápida las escaleras.

Para el momento en que Amina terminó de comer, lavó su plato y subió las escaleras con timidez, Miriam había tranquilizado y dormido a la bebé, y los dos niños estaban en sus camas. La chica esperaba incómoda en el descansillo, hasta que Alisha oyó sus pasos silenciosos y le dijo algo a su madre.

—Estamos aquí —la llamó Miriam—. Pasa.

Amina entró a la habitación, pero se quedó cerca de la puerta. Los niños estaban acostados uno al lado del otro en sus pequeñas camas, observándola con grandes ojos. Ella les sonrió.

—¿Están listos para dormir? —les preguntó.

Alisha negó de manera enfática con la cabeza.

—No queremos dormir.

—Mami, ¿tenemos que dormir? —añadió Sam, aprovechando el momento.

—Sí.

—¿Por qué?

—Porque yo lo digo.

Miriam vio cómo luchaban, sabiendo que no le responderían, y sin embargo ambos estaban allí, impulsados por una súbita energía, con la emoción de tener a una extraña en su casa, donde siempre imperaba la misma rutina. Contemplando sus pequeñas extremidades inquietas y vigorosas, sonrió.

—Les leeré un cuento... —dijo, y los niños asintieron, felices de haber logrado alguna concesión— y después tienen que dormir. ¿Está bien?

—Sí.

Amina aclaró la garganta.

—¿Dónde podría asearme?

Miriam le señaló el camino al baño.

—Aún queda agua caliente en el tanque —comentó, y escuchó una respuesta de su invitada antes de cerrarse la puerta.

Tomó un libro y comenzó a leer la historia.

No tomó más de diez minutos; los niños la disfrutaron como si nunca la hubieran escuchado antes y rieron cuando Miriam hizo las diferentes voces de cada personaje, esperando ansiosos el final feliz que ellos sabían que vendría. Cuando se levantó para arroparlos y darles un beso de buenas noches, volvieron a protestar; esta vez con aire derrotista, como si supieran que no serviría de nada. Ella se inclinó para besar a su hijo y acariciarle la cabeza, moviéndose luego hacia la niña. La pequeña lanzó los brazos alrededor del cuello de la madre y le dijo que no le gustaba cuando ponía la voz como los villanos de la historia.

—¿Así? —preguntó Miriam, imitando la misma voz.

La niña chilló y se aferró a su madre con más fuerza. Miriam rio, despeinándola y haciéndole cosquillas en el pecho, hablando con voz resonante en el mismo tono. La niña reía con fuerza por las cosquillas y Sam reía al verlas luchando entre sí, hasta que al final Miriam se apartó, levantándose y alisando su cabello.

123

—Duérmanse ahora —dijo, aún sonriendo, y sin esperar por más protestas, apagó su lámpara de aceite. Cuando cerraba la puerta, se encontró de frente con Amina. La chica esperaba en el pasillo medio iluminado. Tenía la cara lavada, las puntas de sus salvajes rizos mojadas y llevaba la camisa por fuera de los pantalones. Había un olor limpio y fresco en el pasillo; uno que Miriam había notado antes ese día y que ahora reconocía como característico de Amina.

—Lo siento —expresó, tocando el brazo de Miriam para tranquilizarla—. Terminé y no quise molestarte mientras estabas con los niños...

—Por un momento olvidé que estabas aquí.

—¿Seguro está bien que me quede?

—Por supuesto. ¿Quieres un camisón?

Amina negó con la cabeza.

—No, esta camisa está limpia. Siempre tengo una en el auto. Me gusta estar preparada... —sonreía con la misma media sonrisa desconcertante.

—¿Para qué?

—Para cualquier cosa.

Siguió a Miriam al final del pasillo y entraron a la habitación contigua a la que compartía con Omar. Era pequeña, con un techo ligeramente inclinado que corría bajo los aleros de la casa. Había una cama estrecha y chata debajo de la parte inclinada, y no había más nada en la habitación sino dos cajones anaranjados volteados, sobre los que descansaba la labor de costura de Miriam, junto con dos medios rollos de tela rayada.

—¿Te parece bien? —preguntó Miriam.

—Sí. Al menos podré comenzar muy temprano mañana. Si amaina la lluvia. Tal vez hasta pueda terminar el huerto. Si tengo todo un día más...

—No te preocupes, lo terminarás. Mi esposo es impaciente, pero yo veo que estás trabajando muy duro.

124

El mundo oculto

Amina no respondió. Se acercó a la pequeña ventana sobre los pies de la cama y miró las vías del tren que convergían en la distancia.

—¿Cuántos trenes hay cada día?

—¿Que pasan la tienda?

—Sí.

—Uno.

Amina rio. Luego recordó que los niños dormían, y ahogó el ruido.

—¿Uno? —repitió—. Debe ser un gran evento cuando ese tren aparece —sonrió.

—Lo es. Los niños se emocionan mucho cuando viene y ellos están en casa —cubrió una sonrisa con un aire de culpa—. Corren afuera, se quedan parados y saludan con la mano al verlo pasar.

—¿Lleva pasajeros?

—No. Es un tren de carga... —se miraron la una a la otra y se rieron a carcajadas. Amina miró de nuevo por la ventana, con la vista fija en los rieles, titubeante.

—Tienes hijos muy buenos —dijo al fin.

—Gracias.

Miriam salió del cuarto, regresando unos instantes después con una toalla rosa que puso sobre el extremo de la cama.

—Quiero decir; es muy bonito ver cómo eres con tus hijos —añadió Amina. Pasó un largo dedo sobre las losas del apoyo de la ventana. Cuando se volvió, Miriam la observaba de manera inquisitiva, con el entrecejo fruncido—. No pude evitar escuchar... —Amina hizo una pausa, avergonzada de admitir que los había oído—. Quiero decir; es tan bonito, lo cercanas que son tu hija y tú.

El ceño seguía fruncido, y Amina sintió desaprobación y frialdad. Se encogió de hombros, más para sí misma que para nadie, y regresó a la ventana.

125

—Bueno, como te decía, me gusta que seas cariñosa con ella. Lamento haberlo visto —añadió de manera abrupta.

Miriam ignoró la disculpa y se mantuvo ocupada, recogiendo los implementos de costura que estaban sobre los cajones y preparando la cama, concentrada en el tacto frío de la sábana y el pelo áspero de la pesada manta.

—Mi madre nunca me abrazó —confesó, sin levantar la vista.

Amina se dio vuelta.

—¿No?

—No —dijo Miriam, sonrojándose—. Ella nunca nos dio mucho cariño. Yo me acostumbré, pero no quiero que mis hijos sientan lo mismo.

—Mi madre también puede ser fría.

—Mi madre no fue fría —aseveró Miriam, a la defensiva.

—No, no quise decir... —Amina suspiró y se pasó una mano cansada por la frente—. Fue una torpeza de mi parte. No quise decir que tu madre fuese fría —miró de nuevo por la ventana y suspiró—. Está lloviendo —dijo en voz baja—. Es bueno para la tierra.

Durante un largo rato cuando ya todos estaban en sus camas, Miriam yacía acostada bajo las sábanas, viendo el techo. Tenía toda la cama matrimonial para ella sola, pero se quedaba de su lado, ya que no estaba acostumbrada a desplegarse a sus anchas, ni a usar más espacio del que necesitaba. El expansionismo nunca fue una característica natural en ella; en sus movimientos, su forma de hablar, sus pensamientos. Miriam oía aliviada cómo la lluvia de esa noche rompía aquel silencio exterior, al cual ya se había acostumbrado tanto. Golpeteaba sobre el techo con un sonido fuerte y hueco, como los cascos de mil caballos en la distancia. Ella escuchaba, oyendo el agua correr sin parar por los aleros y salpicar cuando llegaba al suelo empapado. Tantos sonidos de los que era responsable la misma agua; tanta variedad de sonidos. Cerró los ojos y volvió a escuchar, pensando en su esposo; qué haría y si estaría más contento ahora, al pasar una noche lejos de casa.

Esos viajes a Pretoria se habían vuelto más y más frecuentes en los últimos meses. Casi todas las semanas se quedaba una noche allí; algo que nunca había hecho antes. Miriam trataba de no pensar demasiado en eso, pero sabía que sus visitas nocturnas coincidían con los días que su hermano Sadru trabajaba lejos de casa, regateando en los mercados de vegetales. Y había momentos, cuando bajaba por las escaleras con la ropa sucia para lavarla, que tenía que apartar la cara por un repentino olor a perfume dulce, añejo y familiar, que salía de la camisa de Omar. Parpadeando con fuerza, se sacó la idea de la cabeza. Sonrió pensando en cómo la abrazaba su hija, y casi soltó una carcajada al recordar la cara de Amina cuando se imaginaron a los niños saludando al tren de carga. Aguzó el oído para escuchar si la bebé estaba despierta, pero la lluvia ahogaba todos los ruidos por los momentos, y estaba agradecida por ello. Se puso de lado, y el correr repetitivo del agua la arrulló con suavidad hasta quedarse dormida.

9

Miriam sintió que solo había dormido un rato corto cuando despertó. Yacía en la cama con los ojos abiertos de par en par, aguzando los sentidos para descubrir qué la había sacado del sueño. ¿El silencio tal vez? La lluvia había cesado, ya no quedaba rastro de ella en la quietud que reinaba. Se sentó, esforzándose en oír a la bebé, pero de los cuartos de los niños no venía ningún sonido.

Completamente despierta, se quedó en la cama por unos diez minutos antes de levantarse y bajar las escaleras en silencio para ir a la cocina. Tenía ganas de tomar té, pero la estufa apenas estaba tibia. Acercó una silla, encendió una lámpara de aceite y tomó el libro que Amina le había dado. Lo abrió al azar, en un poema de John Keats. Miriam no conocía su obra y comenzó a leer, despacio, haciendo pausas para saborear cada palabra. Como si estuviese probando, cautelosa, una nueva comida; desconocida pero exquisita:

"Me duele el corazón y un sopor entumecido aqueja mis sentidos...".

De pronto sintió que alguien la miraba. El instinto la hizo ver hacia la ventana, pero John caminaba al otro extremo del *stoep*. Sin embargo, había algo más allí. Observó atenta y vio a una mujer, incorpórea, suspendida en el vidrio. Le tomó un momento darse cuenta de que era el reflejo de Amina. Miriam volteó la cabeza y vio a la chica parada al pie de las escaleras.

—¡Me asustaste! —dijo Miriam.

—Lo siento. Te oí bajando las escaleras y quise asegurarme de que todo estuviera bien.

Miriam sacó otra silla.

—Todo está bien.

—¿Siempre tienes problemas para dormir? —preguntó Amina.

—No. Me desperté cuando paró la lluvia, creo.

Miriam subió la luz de la lámpara, pero no llegaba a iluminar mucho más que el pequeño círculo en el que estaban paradas, dejando el resto de la cocina en una oscuridad fría y azul.

—Yo también. Pero ya no tengo sueño.

—Bien, entonces podemos hablar. Puedo preguntarte cosas —Miriam pronunció la frase antes de perder el valor.

Amina se sentó con una media sonrisa en el rostro.

—¿Qué quieres preguntarme?

—Tantas cosas. Sobre tu negocio, sobre tu vida.

—¿Y qué hay de tu vida?

—No es tan interesante como la tuya.

—Lo es para mí —respondió la chica—. Yo ya sé todo sobre mi vida —extendió las manos sobre el poco calor que quedaba en la estufa—. ¿Cuándo viniste a Sudáfrica?

Miriam cerró el libro de poesía y estudió la tapa.

—Más o menos —añadió Amina, alentándola.

—Debe haber sido en 1946. Justo después de casarme.

Amina asintió.

—Yo también. Enero.

—Junio —dijo Miriam.

—¿Entonces viste las protestas del Congreso Indio? —preguntó Amina, emocionada.

—Sí, ¿y tú?

—Yo estaba allí. Protestando contra el Proyecto de Ley del Gueto. Me escapé con unos amigos. Mi madre pensó que habíamos ido a visitar a la tía de ellos en Durban. Ella nunca leía el periódico; de otra manera, lo hubiera sabido —se echó hacia atrás y sonrió—. Fue una época increíble. Dios mío, yo tenía diecisiete años. Un nuevo país, un nuevo mundo y estas leyes nuevas y terribles. Pensaba que podíamos derrocar al gobierno en dos semanas. Estuve allí sentada todas las noches, con el resto de la multitud, deseando ser la próxima escogida para ocupar ese trozo de tierra.

—Carretera Umbilo —comentó Miriam—. Yo solo vi lo que pasaba. Ni siquiera entendía el significado de lo que sucedía. Era nuestra primera tarde al llegar de la India; estaba tan cansada y nostálgica. Me parecía aterrador que el gobierno hubiera decidido quitarle la tierra a la gente solo porque eran indios y no blancos. Y luego toda la policía, las pistolas —sacudió la cabeza—. No podía imaginar por qué mi esposo me había traído a un lugar así.

—Supongo que era alarmante, pero yo era joven y también me parecía emocionante. Es recién ahora, años después, que miro atrás y me doy cuenta de lo mucho que han empeorado las cosas —Amina suspiró levemente—. ¿Tus padres aún están en la India?

—Mi madre sí. Mi padre murió cuando yo era niña.

—¿Ustedes eran cercanos?

El rostro de Miriam se ensombreció.

—Sí. En cualquier caso, más que con mi madre. Era un buen hombre. Se aseguró de que yo tuviese una buena educación, a pesar de que no éramos una familia muy adinerada. Siempre dijo que las chicas deben aprender igual que los chicos, para poder enseñar a sus propios hijos. Yo lo agradezco; mi madre no lo hubiera hecho —le dio vuelta al libro en sus manos.

—¿Extrañas la India? —preguntó Amina.

—Ya no. Antes sí. Me sentí muy sola y aislada cuando vinimos aquí.

—Delhof es un lugar pequeño —aseveró Amina, pero Miriam negó con la cabeza.

—Incluso antes de Delhof. Incluso cuando vivíamos en Pretoria con mi familia política.

—Fue en esa época que nos conocimos, cuando viniste al café ese día.

—Exacto. Incluso entonces me sentía sola. No había nadie con quien hablar y todo era nuevo para mí. Mi esposo siempre estaba fuera trabajando. De todas formas, a él no le gusta hablar mucho.

—¿Tu *bhabhi*?

Miriam negó con la cabeza.

—¿Entonces con quién hablas ahora? —preguntó Amina.

Miriam rio.

—Hablo contigo.

—¡Esta noche quizás! —dijo Amina, sonriendo—. ¿Pero por lo demás?

—Mi esposo está en la tienda todo el día. Y mis hijos también están aquí. En todo caso —dijo Miriam, moviéndose un poco en la silla—, ahora es distinto. Estoy acostumbrada. Me gusta aquí. ¿Qué me dices de ti? —preguntó con rapidez.

—A mí me encanta vivir aquí —dijo Amina—. Dejé la escuela cuando tenía dieciséis años, y poco después vinimos a Springs. De hecho, mi madre nació en Sudáfrica, pero su madre se la llevó a la India cuando era una bebé.

Miriam parecía sorprendida.

—¿Así que tienes más familia aquí?

—Probablemente —respondió Amina—. Pero no los vemos. Ellos tampoco quieren vernos.

—¿Por qué no?

Amina observó a Miriam con detenimiento.

—A mi abuela, Begum, la mandaron de vuelta a la India, a la casa de sus padres. La repudiaron, a ella y a mi madre. Tienes que haber escuchado alguna versión de eso.

Miriam vaciló.

—Vi la foto de tu abuela en el café... Quiero decir, siempre están los chismes, pero a mí no me gusta oírlos...

Amina miró la estufa, al tiempo que Miriam la observaba. ¿Estaría buscando alguna manera de salirse de la conversación?

—¿Te gustaría tomar té? —le ofreció Miriam.

Amina asintió, tomando los fósforos. Miriam se movió para levantarse, pero la detuvo el toque de la mano de Amina sobre la suya. Su voz era suave y seria en la penumbra.

—No, yo haré el té. Yo haré té para ti. Para Miriam, que siempre hace el té para los demás —encendió el cerillo, que emitió un silbido dramático y un estallido de luz en la oscuridad. Inclinándose, lo aplicó a la parte trasera de la estufa—. Dime, ¿quién te atiende a ti, Miriam?

La cabeza de Miriam dio vueltas por lo íntimo de la pregunta, con su pertinencia pura y directa. Desconcertada, con la mente tambaleante, se miró las manos, que aún sostenían el libro de poesía. Nada podía hacer que levantara la vista hasta que se hubiese recuperado, al menos un poco. A su lado, el sonido de las pisadas de Amina, el chirrido de la tetera al colocarla sobre la hornilla de hierro, el rechinar de la silla cuando Amina se sentó de nuevo; solo podía concentrarse en esas cosas. La casa estaba en silencio, excepto por los lentos crujidos internos de la armazón de madera y el tintineo ocasional de alguna tubería. Ella sabía que Amina la miraba.

—Quisiera contarte de mi abuela —dijo Amina con suavidad—. Creo que tú entenderías por qué ella es tan importante para mí.

—¿Ella vive todavía? —preguntó Miriam, al fin capaz de levantar la mirada.

Amina negó con la cabeza.

—Murió cuando yo tenía dieciséis años. Cáncer. Pero ella fue muy fuerte. Estaba acostumbrada a sentir un dolor terrible, toda su vida, en la espalda y las piernas, así que cuando vino el cáncer, ni se quejó.

—En la foto parece apoyarse en una silla —dijo Miriam—. ¿Tenía problemas en la espalda?

—No hasta los diecinueve años —respondió Amina.

—¿Y qué le pasó?

—Las golpizas.

—¿Golpizas? —Miriam sacudió la cabeza—. ¿Pero por qué?

Amina se pasó las manos sobre los ojos.

—Te voy a contar —le dijo—. Te voy a contar la historia como me la contó mi abuela cuando yo tenía quince años. Y comienza con las golpizas.

Pretoria, 1892

Begum ya no sintió nada después de los primeros once o doce golpes a la espalda. Tendida en el suelo, desmadejada, su cuerpo yacía desinflado contra las piedras, donde cayó cuando las rodillas al fin le fallaron por los azotes de vara. Después de un rato, todo lo que podía sentir era el frío de las piedras bajo su estómago, presionado contra ellas, expuesto al habérsele subido la larga blusa durante la violencia que precedió la paliza.

En algún momento se dio cuenta de que tampoco podía oír nada, excepto que, cuando la mente se desviaba del dolor que le sacudía el cuerpo en un ritmo constante de golpes, escuchaba un sonido como de chorro, líquido; pero venía del interior de su cabeza. Ya no podía oír aquellas ofensas; al menos eso era una bendición. Las palabras que salieron de las bocas de su suegra y la familia de esta la impactaron incluso más que el primer golpe que habían asestado contra los delgados huesos de su espalda, cuando se alejaba de ellos para atender a su hija recién nacida. "Mujerzuela, mujerzuela, puta, perra...", canturrearon mientras se acercaban a ella, hostigándola furiosos. Vio sus bocas pronunciando las palabras y el brillo dorado de los empastes de la suegra, y retrocedió, boquiabierta y aterrada, con las manos extendidas frente a ella para proteger a su nuevo bebé.

Fue por la niña que comenzaron todos los problemas. Begum había dado a luz dos semanas antes en la habitación de arriba, en presencia de su suegra y una partera africana. Ninguna parecía muy interesada en el nacimiento; estuvieron sentadas cerca de su cama, indiferentes en la tarde húmeda, mirándola como si fuese una exhibición demasiado monótona en el zoológico. Pujando y agotada en el calor de una noche de octubre, solo llevaba cuatro horas de labor de parto cuando de pronto sintió que la cabeza del bebé se deslizaba hacia el cuello de la matriz. La partera, que había desaparecido de su vista, separó más las rodillas de Begum y parecía estar alerta por primera vez. Ella pujó de nuevo, con energía, haciendo un tremendo esfuerzo por el que casi perdió el conocimiento. Cuando se recuperó, pudo escuchar los gritos del nuevo bebé y vio a las dos mujeres inclinadas sobre él, mirándolo. Su suegra frunció el ceño, abandonando la habitación sin decir palabra, y Begum supo entonces que había tenido una niña. Ella misma estaba feliz. Quería una niña. Ahora yacía ahí, sin aliento y esperando;

atenta a la mujer africana que aseaba un poco a la recién
nacida con un trozo de sábana vieja. Al fin recibió en brazos
a la bebé ya tranquila. La pequeña estaba arrugada, tenía los
ojos separados y oscuros, con pestañas largas, como los de
su madre. Fue solo después, cuando la limpiaron por
completo, que Begum notó el cabello: oscuro, grueso y
rizado. En una familia de indios, en la que todos tenían el
cabello grueso, pero irremediablemente liso, una niña con el
cabello rizado era una rareza. A Begum se le revolvió el
estómago cuando se dio cuenta. Sostuvo a la bebé cerca de
su cuerpo por unos minutos, con los ojos cerrados,
negándose a pensar cuál pudiese ser la razón de aquel
cabello rizado. Entonces, con súbita determinación, sostuvo
a la bebé alejada de ella y la estudió con cuidado. La tez de
la niña también parecía oscura, más oscura que la suya o la
de su esposo. Una de las principales razones por las que
Begum se pudo casar tan bien a la edad de quince años,
antes de ser enviada a Sudáfrica con su nuevo esposo, era
que tenía la piel muy clara. Ser tan blanca era una ventaja
muy preciada; algo bueno que podían heredar los hijos.
Ahora tenía diecinueve años y había parido a su segundo
hijo. El primogénito fue varón y todos estuvieron felices
por eso. A su esposo no le gustaba la idea de tener niñas y le
había dicho desde el principio que solo quería varones.
Tener varones era una buena señal; él trabajaba aquí, en un
país nuevo, y en el futuro necesitaría la ayuda de sus hijos.
Begum asintió, mirándole la barba —por respeto, muy rara
vez lo veía directo a los ojos— y se preguntó, para sus
adentros, qué pudiera hacer para lograrlo. Durante los dos
embarazos, su suegra oró sobre la barriga hinchada, pero
parecía que la segunda vez, los cielos no la escucharon.

Begum tocó con delicadeza los rizos de su hija y
comenzó a llorar en silencio. Había rechazado esta
posibilidad nueve meses atrás, cuando sucedió. La negó con
tal vehemencia que, en su mente, era casi como si no

hubiese sucedido; lo veía todo como una historia terrible que pudiera haber escuchado sobre alguna otra persona. Pero ella sabía que había cambiado, o más bien, que había quedado alterada por el incidente. Estaba nerviosa todo el tiempo, más temerosa de la oscuridad y de estar afuera, incluso durante el día. A veces hasta tenía pesadillas; eran confusas y no revivían nada obvio, pero cuando despertaba en medio de ellas, mezclado con el alivio, sentía en la boca el sabor agridulce de aquella piel áspera contra sus encías. Con fuerza, le presionó la boca con la base de la mano para que no gritara, levantándole las ropas con movimientos rápidos y violentos. Había estado trabajando en los patios del nuevo almacén de su esposo, cargando los enormes cajones con equipos y moviéndolos con su carretilla, y a veces ayudaba pintando, limpiando y haciendo otros trabajos pequeños. Eso era todo lo que Begum sabía, ya que nunca se fijó en ese empleado africano de su esposo más que en los demás, hasta que de pronto estaba sobre ella en la esquina del almacén desierto, con el brazo musculoso contra sus costillas y garganta, haciéndole difícil respirar. Lo sintió hurgando en los pantalones para luego penetrarla. No hubiera tenido que molestarse en cubrirle la boca; ella estaba demasiado horrorizada para hablar, para decir una palabra. Presionó el cuerpo forcejeante de Begum contra algo —ella pensó luego que eran pilas de arpillera—, mientras las extremidades hacían esfuerzos inútiles bajo aquel peso.

Después de eso, Begum lloró sin parar; no de manera histérica, sino de impotencia. No había nada que pudiera hacer y nadie a quien le pudiera contar. Incluso si ellos le creían que la habían violado, ya no tendría ningún valor para su esposo; era un objeto dañado y la enviarían de regreso a la India. Tal vez querrían quedarse también con su hijo. Ella no podía hablar de eso, y así, pasó la noche sacándose de la mente aquello que había pasado y preguntándose si habría alguna forma de pedirle a su esposo que despidiera al africano. Resultó que no tuvo que hacerlo; el hombre no fue a trabajar el día después, ni el siguiente. A los cinco días, su esposo empleó a otro, maldiciendo entre dientes la informalidad de los *kaffires*.

A medida que su cuerpo joven y vigoroso comenzó a llenarse de nuevo, hizo un gran esfuerzo por impedir que la violación y sus posibles consecuencias le vinieran a la mente. Pero ahora estaba sentada en su habitación con un bebé que no se parecía a su esposo, meciéndose hacia delante y hacia atrás, estirando con suavidad el cabello de la bebé y rezando para que nadie se diera cuenta.

Sí lo notaron, en el breve espacio de dos semanas. Había pasado el parto y estaba en la cocina haciendo su vida normal, cuando escuchó a su esposo y los hermanos de él arriba, hablando en voz baja. De inmediato supo que era ella el tema de discusión. Esa noche no le dijeron nada, y aunque su esposo le pegó una vez, no la acusó. Pero las recriminaciones vinieron rápido al día siguiente y ella se defendió lo mejor que pudo. Les juró que dos de sus abuelos tenían el cabello rizado y que la bebé era de su esposo; ¿de qué otra manera podría ser? No la escucharon; solo la maldijeron y le ordenaron regresar a su propia familia. Entonces comenzó la golpiza. Así fue como llegó a estar tendida boca abajo en el piso de la cocina, sin que ya le dolieran los golpes con la vara. Movió los ojos y miró la pared que tenía delante; luego los usó para ver hacia abajo, al suelo de piedra sobre el cual yacía, solo para sentir que todavía tenía el control de alguna parte de su cuerpo, aunque no fuese más que los ojos. Se percató de que se le abría la boca y salían palabras; tal vez una débil protesta, un ruego de que pararan. Luego sintió cómo una onda de tensión abandonaba su cuerpo y percibió, impotente pero un tanto aliviada, que estaba a punto de perder la consciencia.

Cuando cesó de moverse por completo, dejaron de golpear y la miraron. Tendida en el suelo, inerte, por primera vez pensaron que de verdad pudieron haberla matado.

"Ella es fuerte", dijo su suegra, escupiendo al suelo. "Se levantará".

Todos aceptaron ese comentario como una especie de absolución y salieron de la cocina. Pasaron junto a su esposo, que entraba desde el comedor, donde había estado sentado sin moverse durante los últimos veinte minutos. Contempló el cuerpo golpeado de Begum. Solo tenía diecinueve años, y ahora más que nunca parecía una niña, hecha un ovillo inmóvil en el suelo. Le hizo una seña poco decidida a la joven criada, quien respondió asintiendo ligeramente, esperando a que saliera detrás de su familia.

Una vez solas, la criada se arrodilló junto a Begum y con timidez le tocó la frente. Escuchó que su señora aún respiraba, eso la tranquilizó. No sabía qué hacer; era imposible llamar a un doctor sin el permiso del señor, así que solo se quedó arrodillada, esperando, acariciando la cabeza de la mujer herida y murmurando a su oído con suavidad.

Cuatro semanas después, Begum estaba sentada al borde de la cama, con algo de dificultad debido al dolor que tenía en la espalda y las costillas. Miraba su maleta sin sentir nada. Siempre supo que tenía pocas posesiones, pero le impresionaba que todo lo que de verdad pudiera considerarse suyo después de vivir cuatro años en Sudáfrica cupiera sin mayor problema en una valija mediana. Sus hijos, gracias a Dios, eran de ella. Por ellos luchó con uñas y dientes en el último mes. La familia de su esposo se había negado, luego discutió y por último, negoció con ella. Los vio hacer los arreglos de su viaje de regreso a la India, mirando cómo empacaban sus cosas, casi desquiciada por la fatiga y el interminable dolor en la espalda y el estómago. Sin cesar, se preguntaba cuáles partes de su cuerpo le habían roto con las varas, y si alguna vez se sobrepondría al dolor punzante que consumía sus noches y sus días. Sin embargo, a pesar de todo, luchó contra ellos. Había jurado por su madre que no se iría si no la dejaban llevarse a sus hijos. Enseguida le ofrecieron a la niña de cabello rizado; solo querían a su hijo. Pero Begum se negaba a abandonarlo, y no escuchó sus gritos ni sus razones de que ella no tenía derecho a oponerse. Continuó resistiendo hasta que, un día, su suegra cedió con sorprendente tranquilidad, confirmando que podía llevarse a sus dos hijos, pero con la condición de que regresara a la India sin más demora y sin más exigencias. Ella aceptó, aliviada por el resultado, ya que sabía que no tenía verdaderos derechos según las leyes religiosas que regían su matrimonio. Por primera vez en dos años, oró mucho. Esa noche, rezó para darle gracias a Dios por dejarla quedarse con sus hijos.

Por unos pocos segundos, mientras estaba parada en la plataforma, fue engullida por una nube de vapor que provenía del tren que llegaba detrás de ella, cegándola, envuelta en los velos de nubes blancas, y apretó un poco más la pequeña mano de su hijo. Cargaba a la bebé en una tela larga que le habían cruzado sobre la espalda. El peso extra que llevaba solo extendía su dolor, por eso quiso abordar el tren a Durban en cuanto llegó, pero su esposo y su familia política la frenaron.

"No hace falta apurarse", le dijo él en gujerati. "Estarás bastante tiempo sentada en el tren".

Así, esperó con ellos en silencio, mirando a la gente arremolinarse, e hizo un esfuerzo por no llorar. Aún estaba impresionada por la diferencia que esas seis semanas habían hecho en su vida. En ese tiempo había dado a luz a otro hijo, fue golpeada por su familia política hasta perder el sentido y la estaban enviando de regreso a casa, deshonrada, a su propia familia en la India. Ya no tenía esposo ni hogar. Tenía diecinueve años, y todos los caminos correctos hacia una vida normal y respetable se habían cerrado por siempre para ella. Ni siquiera sabía si su padre la recibiría de vuelta en su casa después de lo que había pasado. Tal vez la casarían con un hombre mayor; un viudo o un campesino pobre que no pudiera conseguir a nadie más. No quiso ni pensar en esa posibilidad, y lloraba por las noches hasta quedarse dormida. Ahora que estaba en el andén, rodeada de esa gente, no sentía casi nada. Más que todo, tenía deseos de subir al tren y sentarse, para intentar aliviar algo del dolor que recorría su cuerpo en corrientes gruesas y serpenteantes.

El niño comenzó a llorar. Haciendo un esfuerzo, Begum lo cargó, presionando las pequeñas mejillas calientes y saladas contra las suyas. Al fin sonó el silbato de aviso, y ella miró a su esposo con expectación. Él asintió y tomó la maleta, caminando hacia la parte trasera del tren, donde encontró un vagón vacío, con las ventanas abiertas al tiempo del verano. Subió al tren y depositó el equipaje; luego salió, quedándose al lado de la puerta para que Begum entrara. Desde fuera la observó acomodando a los niños, viendo solo a su hijo, sin decirle una palabra de despedida.

"Levántalo para darle un beso", fue todo lo que él dijo. Ella levantó la vista, sorprendida, intentando mirarlo a la cara, pero sus ojos veían hacia abajo.

"Está triste por perder al niño", pensó Begum, y aunque lo culpaba por su decisión de enviarla de vuelta, la inusual ternura de su pedido hizo que ella le tuviera lástima. "Sí tiene sentimientos", pensó asintiendo, y acostó a la bebé en una butaca, tomando al niño en brazos y parándose junto a la ventana del tren. El niño estaba más calmado ahora y sonreía, mirando con sus ojos castaños, inquisitivo, a la familia que dejaba. La cabeza de Begum permanecía oculta en la oscuridad del vagón, así que su esposo no vio su sonrisa cuando el tren comenzó a menearse antes de partir. Desde la ventana los miró, a su suegra, los dos hijos más jóvenes, barbudos, y sus esposas, que la veían por debajo de los velos que les cubrían las cabezas; esa gente que había sido su familia, y a quienes casi no conoció. Begum no lamentaba dejarlos, ¿pero su esposo? Ella no podía comprender lo fácil que fue perder para siempre a ese hombre que se suponía estaría vinculado a ella para toda la vida. Lo miraba con tristeza y casi lástima, ya que él la enviaba lejos por algo que no era su culpa, y a pesar de que ella sabía que, de cierta manera, le importaba.

El tren comenzó a moverse, avanzando lentamente por los rieles. Begum levantó la mano del niño para que los saludara. Ellos caminaron por la plataforma con ella, junto al tren, hasta que comenzó a ganar velocidad, girando las ruedas en un movimiento lento e inexorable. Su esposo seguía el paso y comenzó a correr un poco para mantener la velocidad. Le volvió a decir que sostuviese al niño fuera para darle un beso de despedida. Begum se inclinó hacia delante, extendiendo al pequeño fuera. Las manos del padre se estiraron para tocarlo, pensó, para acariciar a su hijo. Pero de pronto, aquellas manos grandes agarraron la cintura del niño. Ella se echó atrás, sin entender lo que trataba de hacer, pero estaba inclinada demasiado hacia delante y aquellas manos tan fuertes que sujetaban y jalaban a su hijo, la hacían perder el equilibrio. El tren aceleraba sobre los rieles y ella no pudo retener al niño, intentando aferrarse a sus ropas. No podía creer lo que pasó cuando vio sus manos vacías. Atrás, miró al grupo triunfante en el andén, con su hijo en el medio, en brazos de su esposo. Se quedó contemplando cómo desaparecían en la distancia, hasta que perdió de vista los rostros y solo eran pequeñas figuras en la plataforma.

Las figuras no se quedaron por mucho tiempo en el andén, sino que se apresuraron en regresar a casa. Porque ellas, y todos los que estaban en la estación, podían oír los gritos de la mujer que iba a bordo del tren, incluso mucho después de haberse perdido de vista.

Delhof

—No era mi intención hacerte llorar —dijo Amina.

Miriam levantó la vista, secándose los ojos.

—No me puedo imaginar cómo sería perder a un hijo así. Seguro se quiso morir...

Amina suspiró.

—Yo creo que una parte de Begum murió ese día. Eso la hizo odiar todo lo que la había llevado a ello, pues hasta donde puedo recordar, siempre me advertía de los peligros de perderte en el matrimonio o de ser dominada por la familia.

—¿Es por eso que aún no te has casado?

Amina sonrió, pero sus ojos no tenían rastros de chiste ni diversión cuando contemplaron los de Miriam.

—No. Ese no es para nada el motivo.

Miriam bajó la vista. Su mirada cayó sobre el reloj de Amina.

—Son las dos —dijo—. Deberíamos tratar de dormir un poco.

El llanto de la bebé perforó la tranquila oscuridad, y las dos levantaron la mirada. Deprisa, Miriam movió su silla hacia atrás y corrió a las escaleras.

—Miriam... —dijo Amina.

Miriam se dio vuelta, con una mano en el barandal, esperando. La chica se veía delgada y frágil, sentada en la cocina en su pequeño foco de luz, y Miriam se sintió mal por ello. Estaba aliviada de oír a la bebé, ya que le había dado una oportunidad fácil de escapar del revuelo que

142

Amina le hacía en la mente y en el corazón con sus historias y su sola presencia en la casa.

Dio un paso atrás, hacia la chica, y la miró comprensiva.

—¿Qué pasa? —preguntó Miriam.

Amina estudió sus manos por un segundo y luego levantó la vista, negando con la cabeza.

—Nada —respondió—. Será mejor que vayas, la bebé te necesita.

10

Delhof

Miriam despertó a la mañana siguiente por el brillo desconocido del sol bajo las cortinas. Se sentó y vio hacia la ventana entrecerrando los ojos, con los pensamientos aún adormilados. Algo estaba muy mal. No recordaba haber despertado nunca en esa casa con el sol ya tan alto. Miró el reloj que estaba en la mesa de noche del lado de Omar. Eran las siete.

Rápida, se levantó y se echó la bata encima, corriendo al cuarto de los niños para despertarlos, ya que solo tenían media hora antes de que llegara el transporte escolar. Irrumpió en su habitación y se encontró rogándoles a dos camas vacías que se levantaran. Se dio la vuelta, pensando que podrían estar detrás de ella, jugando a las escondidas; pero esa mañana, ninguno de los niños saltó, riendo emocionado.

Entró al otro cuarto y revisó la cuna. Al menos la bebé seguía allí, dormida. A su lado vio un biberón, y supo que Robert debió haberla alimentado temprano. ¿Cómo pudo dormir sin oír eso? Al otro extremo del pasillo, la puerta de la habitación de Amina se encontraba abierta, mostrando la cama perfectamente hecha. Miriam vio hacia afuera por la pequeña ventana. Sus hijos estaban en el huerto, ya vestidos, y Amina Harjan les enseñaba algo, arrodillada en la tierra.

Miriam se lavó con rapidez y bajó las escaleras, corriendo directo hacia la puerta de atrás.

—¡Sam! ¡Alisha! —los llamó. Esperó en el umbral, impaciente. En un instante, los niños vinieron corriendo—. ¿Qué están haciendo? —les preguntó, consciente de que no tenía motivos para estar enfadada. Sin embargo, se sentía desconcertada por el cambio a la rutina habitual. Los niños la miraron con grandes ojos, confundidos también por el tono de la pregunta, que se encontraba entre la curiosidad y el enojo.

—Nada —dijo Sam.

—¡Algo! —lo corrigió Alisha—. Amina nos enseñaba el jardín, Mami. ¿Sabes que en un mes tendremos vegetales aquí?

—Tía Amina —les dijo Miriam—. Tienen que llamarla Tía. Ella es mucho mayor que ustedes.

—Yo tengo veinticuatro años —dijo Amina, acercándose a la puerta trasera—. Aún no soy una vieja.

Miriam sonrió, un poco avergonzada, e hizo entrar a los niños a la cocina.

—Quiero asegurarme de que sean respetuosos con los mayores —dijo, a la vez que ponía a hervir la leche—. Se les hará tarde para el autobús —continuó, pero Amina seguía en la puerta trasera y no pudo oírla. Miriam le hizo señas para que entrara.

—Ven a desayunar con nosotros.

Amina se sacudió las botas y entró.

—Gracias.

—Se les hará tarde para la escuela —repitió Miriam—. Ni siquiera he hecho sus emparedados.

—Te ayudo. ¿Dónde está el pan?

Miriam no parecía muy convencida, pero asintió, señalando la hogaza cubierta que estaba sobre la mesa, abriendo una gaveta y dándole a Amina un cuchillo para pan. Ella lo tomó, balanceándolo en la punta del dedo. Los niños rieron y ella levantó la vista, como si hubiese olvidado su existencia por completo.

—¿Qué desayunan?

—Avena —respondieron.

—¿Y se la van a comer directamente de la mesa?

Negaron con la cabeza.

—Entonces —dijo, cortando la hogaza—, ¿por qué no ayudan a su madre y preparan los tazones y las cucharas?

Corrieron a buscar la vajilla y en un instante pusieron cuatro puestos en la mesa. Miriam revolvió la avena y giró una vez para ver a Amina. Estaba concentrada cortando el pan, pero vio el movimiento de la cabeza de Miriam por el rabillo del ojo y levantó la vista.

—Nunca me hubiera imaginado estar tan domesticada —dijo, y rio.

Miriam vaciló antes de hablar.

—Nunca hubiera imaginado otra cosa.

—¡Mami, la leche! —gritó Alisha, y Miriam bajó la vista, sorprendida de ver la olla llena de burbujas. Antes de poder pensar siquiera, sintió la mano de Amina junto a la suya, agarrando la olla por el asa para quitarla del fuego.

Amina les sonrió a Sam y Alisha.

—Otro desayuno salvado —dio la vuelta para dirigirse a Miriam—. No sé qué poner en sus emparedados. ¿Por qué no los haces tú, mientras yo les doy la avena?

Cambiaron de lugar y Miriam se puso a trabajar rápido, hablando poco, observando contenta cómo Amina les servía el desayuno en medio de charla y bromas. Esa ayuda en la cocina era algo nuevo para ella; esa diversión en el desayuno, esa atención hacia sus hijos por parte de otra persona. Y eso le gustó.

Amina comió con los niños para acompañarlos. Casi habían terminado, cuando Robert entró desde la tienda, anunciando que llegaba el autobús. El muchacho rio al ver a Amina saltar y ordenarles a los niños ponerse en fila detrás de ella. Estaba parada con la rigidez solemne de un soldado de juguete, esperando mientras Miriam le daba a cada niño un bulto escolar y una merienda, y luego comenzó a marchar derecha a través de la cocina y la tienda, con Sam y Alisha siguiéndole el paso. Marcharon hasta el porche, bajando los escalones del frente, donde se dio vuelta y los saludó con mucha seriedad. Riendo, la saludaron de vuelta y fueron corriendo hacia el transporte.

—¿Mami? —gritó Alisha, desde la puerta del transporte. Miriam salió por los escalones.

—¿Sí, cariño?

—¿Puede Amina... puede Tía Amina vivir con nosotros siempre?

Miriam contempló de lado a la chica que estaba detrás de ella, pero Amina mantuvo su mirada divertida en los niños. Las mujeres esperaron en silencio, al pie de los escalones del porche, hasta que el transporte se perdió de vista y todo lo que quedó fue la inmensa llanura frente a ellas; aquella tierra enorme que Miriam antes temía, pero a la que ya se había acostumbrado.

—¿Quisieras desayunar algo más? —preguntó—. Ahora es nuestro turno para comer.

Amina se volvió y la observó con atención, como si estudiara una oferta mucho más importante que la avena, y una vez más, Miriam tuvo que apartar la vista de aquellos ojos inquisitivos.

—Creo que mejor me pongo a trabajar.

—¿Estás segura? Los miércoles nos traen huevos frescos —Omar le permitía usar ocho huevos a la semana para cocinar y hornear.

Amina sonrió frente a la persistencia de Miriam.

—¿Huevos? —dijo—. Bueno, eso es otra cosa.

En la cocina, Miriam puso a calentar una sartén negra y pesada, y Amina la veía con disimulo. En cuanto el aceite se puso caliente, rompió tres huevos en la sartén, donde se esparcieron, crepitando y salpicando. Miriam arrastró un poco la sartén para quitarla del fuego y observó cómo se cocinaban.

—No dormí por un buen rato después de oír la historia de tu abuela.

—Lo siento.

—No te preocupes. Te agradezco mucho que me lo hayas contado. Seguro que no fue fácil para ti.

Espolvoreó sal, pimienta y un poco de comino sobre los huevos y les dio vuelta con un movimiento fácil, manteniendo intactas las yemas. Sirvió dos huevos en un plato para Amina y el restante en otro para ella. Sobre la mesa, en el medio, colocó un plato de *rotlis*.

—¿Sabes? —dijo Amina cuando se sentaron—. A veces cuando pienso en mi abuela, entiendo su historia un poco mejor por lo que aprendo o veo a medida que maduro.

—¿Qué quieres decir?

—Ayer, por ejemplo. Por primera vez, de verdad sentí muy dentro cómo debe ser la agonía de perder a tu propio hijo. Y de una manera tan brutal. Tal vez fue por verte a ti con Sam y Alisha, o quizás fue solo porque te lo conté, pero anoche significó un poco más para mí, que nunca antes.

Miriam partió un trozo de pan.

—Me alegra que me lo hayas contado.

—A mí también. Bueno, aparte de que sea la historia de mi familia, me alegra que hayamos venido aquí. Fue lo mejor que me pudo haber pasado.

—¿Por qué?

Amina rio.

—¿Te imaginas que yo comenzara mi propio negocio en la India? ¿O en todo caso, con tanta facilidad?

—Es poco probable —admitió Miriam—. Pero también es poco probable aquí. Y a pesar de eso, lo lograste.

—Sí. Fue Jacob quien tuvo la idea y puso la mayor parte del dinero. Lo conocí cuando estuve trabajando en la casa de uno de sus familiares. Su sobrino, creo.

—¿Qué hiciste allí?

—Pintar. Marcos de ventanas y otras cosas.

Miriam sonrió.

—¿Hay alguna cosa que no hagas?

—Muy pocas —sonrió Amina—. Por eso soy un material tan bueno para que la gente invente chismes. Como te decía, Jacob me ayudó más de lo que cree. Él ignoró todas las críticas que nos hicieron al principio y creyó en mí; me dio una oportunidad que nadie más me hubiese dado.

—¿Te gusta tu trabajo? —preguntó Miriam.

—Lo adoro.

—¿Nunca piensas en casarte y tener una familia en vez de trabajar?

Con un trozo de *chapati*, Amina limpió la yema que se había derramado por el plato.

—Lo que no me gusta son esas tres palabras 'en vez de'. Eso es lo que no entiendo. Lo que no quiero entender, dirían algunos en mi familia. ¿Por qué una mujer no puede hacer las dos cosas, si ella lo desea, claro? —contempló a Miriam, esperando.

—Yo... No sé. No hay ningún motivo, supongo. No es la costumbre, ¿o sí?

—No. Pero yo tampoco soy como los demás —dijo Amina, sonriendo—. Ni tú lo eres. Ningún ser humano lo es. Las personas deberían mirarse a sí mismas; cómo se sienten, cómo piensan, y luego hacer lo que sea bueno para ellas. La mayoría de los hombres lo hacen. Tu esposo no dejó de trabajar cuando se casó contigo, ¿o sí?

—No. Pero alguien tiene que ganar dinero.

—¿Por qué no tú?

—Porque él siempre ha trabajado.

—¿Por qué no lo has hecho tú?

—Porque eso no era lo que se esperaba.

—¿Por qué no?

Miriam sonrió esta vez.

—¿Porque soy mujer? Me atrapaste con tu razonamiento lógico, Amina. No hay salida para mí.

—Hay una salida. Aunque pudieras discutir conmigo durante horas, si de verdad creyeras que la manera tradicional es la correcta. Pero no lo crees. No crees eso; en el fondo me crees a mí y es por eso que te gusta mi razonamiento lógico.

—Quizás —Miriam bajó la vista hacia sus manos.

—A ti no te gusta comprometerte a algo sin pensarlo mucho antes, ¿o sí? —notó Amina. Ahora que había terminado de comer, concentró su atención en observar a Miriam.

—¿Es malo eso?

—Para nada. Yo soy demasiado impulsiva, y siempre admiro la paciencia y la reflexión en otras personas. Yo necesito a alguien así conmigo, para mantenerme en equilibrio —por alguna razón, los ojos oscuros de Amina hicieron que la vista de Miriam huyera de nuevo—. Como Jacob —continuó Amina, con una media sonrisa—. Él impide que arruine el negocio con mis ideas locas.

—¿Más huevos? —preguntó Miriam, a medio levantarse.

—No, gracias —la chica se quedó sentada por un momento, deseando continuar la conversación, pero Miriam parecía inquieta o quizás nerviosa. Amina miró su reloj educadamente y exclamó cuando vio la hora—. Si lo dejo más tiempo, crecerán malezas en ese huerto —dijo, recogiendo los platos—. Debo comenzar a trabajar. Gracias por el desayuno.

—No es nada —respondió Miriam, estirando los brazos para tomar la vajilla.

—Yo los lavaré —dijo Amina—. Es lo menos que puedo hacer, ya que tú cocinaste.

—No, no. Me tomará dos minutos. Vamos. Tú tienes que hacer un huerto.

Amina le dio los platos y se dirigió a la puerta trasera. Al salir, se puso de nuevo su viejo sombrero de fieltro sobre los rizos.

—¿A qué hora llega tu esposo?

—Debería estar aquí en cualquier momento.

—Oh.

"Sonó decepcionada", pensó Miriam.

—Bien, gracias por el desayuno. Y por la conversación —añadió, observando a Miriam por debajo del ala del sombrero—. Espero no haberte preocupado con mis ideas extrañas.

Miriam negó con la cabeza.

—No me preocupas. Me haces pensar. Y eso es bueno, ¿cierto?

Amina le sonrió.

—Eso depende de a quién le preguntes —dijo, mientras se alejaba. Levantó la mano al llegar al huerto—. Después te enseño dónde planté todo —dijo, y Miriam asintió, viendo por un momento cómo Amina se arremangaba la camisa y comenzaba a trabajar otra vez.

11

En la última semana, Miriam no pudo definir con exactitud los días que pasaban; parecían haber perdido su capacidad particular de transformarse mecánicamente uno en otro. Ahora, para ella, solo pasaban juntos de manera sinuosa, sin nada que los diferenciara; ni siquiera el paso de una noche entera. Hacía tiempo ya que se había acostumbrado a la rutina, a una vida en la que, con frecuencia, cada día se diferenciaba poco del anterior. Pero esto era algo nuevo; una masa de tiempo que descansaba pesada sobre ella y que se había amalgamado de manera desigual en un trecho desapercibido de su consciencia. Evocaba fragmentos de aquellas acciones que la sostuvieron durante esos largos trechos de tiempo; recordaba que había alimentado a la bebé, una y otra vez, preparado cenas, abierto la tienda y reabastecido los anaqueles. En una ocasión, se le cayó una olla de comida que acababa de cocinar. Casi ni se inmutó; tan solo esperó a que cesara el eco de la olla que caía, y contempló la comida derramada como si no pudiese estar en otro lugar sino en el suelo. Robert limpió el desastre, observándola preocupado, mientras ella subía a atender a la bebé que lloraba.

Estaba cansada. Se sentía agotada; casi no había dormido en cinco noches. Se lo achacaba a la bebé, a pesar

de que la niña solo lloraba una vez de madrugada. Y
siempre que se levantaba para alimentarla o cambiarla,
Miriam se quedaba fuera de su propia cama durante una
hora entera, a veces dos, parada junto a la ventana,
sosteniendo a la bebé dormida y frotándole la espalda con
dulzura. No tenía deseos de regresar junto al hombre
tendido en su cama, ni de quedarse dormida, porque los
sueños que la invadían estaban llenos de él, con imágenes
suyas y de Farah, juntos. En esas visiones, su cuñada
siempre se reía, fuertemente y sin alegría. Y cada vez, el
ruido la despertaba con la frente mojada de sudor y el pulso
acelerado y errático.

Los pensamientos que tenía durante el día formaban
una secuencia que se arremolinaba en su cabeza y no la
dejaba en paz. Reflexionaba sobre Rehmat y James, y la
manera en que habían decidido vivir. Se preguntaba si ella,
en las mismas circunstancias, hubiese luchado contra las
convenciones y escapado como lo hizo Rehmat. Pensó en
Sam y Alisha, cómo hubieran sido sus vidas, y sus
pensamientos viajaron hasta su madre en Bombay, que
nunca había visto a sus nietos. Las cartas entre ellas eran
cada vez más ocasionales; por lo general llegaban con
retraso y con frecuencia se perdían. Pasaba mucho tiempo
pensando en Amina Harjan, y de vez en cuando
contemplaba el nuevo huerto que estaba fuera de los límites
de la tienda, azadonado y sembrado con tanto esmero. A
pesar de que Amina había estado en la tienda solo por dos
días, Miriam echó de menos la presencia de la chica durante
la semana que había pasado y se dio cuenta de que su
soledad aletargada se había agudizado en extremo. Cuando
regresaba a su cama, se recostaba sobre la espalda sin
moverse, con la expresión inmóvil de una máscara,
aguzando el oído como lo había hecho durante los primeros
meses al llegar allí, esperando encontrar cualquier señal de

vida en la vasta llanura, cualquier sonido que llegara para distraerla de las voces que se agolpaban en su mente.

Buscando alivio, comenzó a leer el libro de poesía que Amina le había dejado aquel día. Eran poemas de amor, y esto, junto con el recuerdo de los ojos de Amina contemplándola, había causado una chispa de nerviosismo en Miriam. Algo en esos poemas la inquietaba; la imagen compleja de una rosa o un corazón roto se deslizaría en sus sueños agitados, despertando mustia y triste. Ciertos versos los leyó tantas veces que se le quedaron impresos en la mente por siempre. Aquellas palabras la sacudían a ratos durante esos días, apareciéndosele con una claridad extraña, pero de cierta manera atractiva, como si fuesen expresiones que había pensado de ella misma y ahora colocaba a los pies de un amante aún desconocido.

A las tres de la tarde, Omar subió a buscar su chaqueta para ir a ver a un mayorista en Springs. Miriam tomó la escoba y esperó a que regresara. En pocos instantes apareció en la puerta, alisándose la solapa.

—No tardaré —dijo. Ella asintió, caminando con él hacia el *stoep*, desde donde lo vio entrar en el auto. Omar bajó la ventanilla, inclinándose hacia fuera, y Miriam se acercó para escucharlo—. Rehmat se va mañana. Deberíamos ir allá por la mañana para despedirnos —opinó, y encendió el auto.

—¿Y qué hay de la tienda?

—Robert se puede encargar.

—Está bien.

Pretoria. Una pequeña chispa de cambio para romper la monotonía de los días. Miriam regresó a la tienda y comenzó a barrer, con la mente puesta en la salida del siguiente día y en Rehmat. Mientras trabajaba, recitaba en voz baja las partes de los poemas que sabía; aquellos golpes del verso que le daban ritmo a su trabajo. Al mismo tiempo, observaba cómo aparecían y desaparecían los nudos y el grano de las tablas del piso bajo el cepillo, al pasar la escoba hacia delante y hacia atrás en movimientos rápidos y parejos.

Primero vio sus pies, al barrer hacia la puerta abierta. Botas grandes, negras, con empeines y puntas brillantes, los lados surcados con polvo rojo del camino. Al igual que con la olla de comida que cayó al suelo, se sorprendió pero no se sobresaltó. Subió la mirada despacio y vio dos pares de piernas enfundadas en pantalones de uniforme azules. Luego cinturones, pistoleras, macanas, charreteras y dos pares de ojos: un par marrones, que la miraban cansinos sobre una barba, y el otro, azules y atentos. Dio un paso atrás y vio a los dos policías entrar a la tienda. El de los ojos azules se tocó la gorra.

—Buenas —dijo en tono agradable.

—Buenas —respondió ella y esperó allí, aún con la escoba en la mano. El otro hombre comenzó a caminar por la tienda, mirando tranquilo las vitrinas de los mostradores, como escogiendo mercancía en venta. Los labios de Miriam se abrieron para preguntar qué necesitaban, pero los cerró de nuevo, al decirle su instinto que no habían venido como clientes.

—Soy el oficial De Witt. Él es el oficial Stewart. Tenemos que hacerle unas preguntas, *¿ja?* El policía que se dirigía a ella tenía el cabello rubio y sonreía al hablar.

—Mi esposo salió, se acaba de ir... tal vez lo vieron —dijo, y entonces se dio cuenta de que no había oído el auto de la policía llegar por el camino.

Los dos hombres se miraron.

—*Ja*, debimos habernos cruzado. Pero no importa. No vinimos a hablar con él.

Miriam divisó a Robert al pie de las escaleras. El chico tenía en los ojos un miedo vivo que le congeló los delgados brazos y piernas, impidiéndole entrar a la tienda.

Ella sintió su terror contagiarla de inmediato. Le hizo señas de que entrara y él pasó, renuente, quedándose a su lado con la mirada gacha. Ningún oficial dio indicios de notar que había llegado.

—¿Quisieran té? ¿Algo de tomar? —preguntó Miriam, en un tímido susurro. Sus ojos bajaron hasta la macana que colgaba a un lado del policía. Se dio cuenta de que, detrás, había una pistola. Tragó.

—*Ja* —respondió, levantando las cejas hacia su colega—. Una Coca-Cola estaría bien.

Miriam le hizo señas a Robert, quien regresó en un momento con dos botellas y vasos. Ella no dijo nada, pero se aferró al palo de la escoba como si fuese su único punto de apoyo.

—Tiene una buena tienda.

—Sí. Gracias.

De Witt echó la cabeza atrás, engullendo gran parte del contenido de su botella. Miriam observó cómo pasaba el líquido en tragos por la tensa línea de su garganta. Suspiró satisfecho al terminar la botella, limpiándose la comisura de la boca con los nudillos.

—¿Quiénes son sus principales clientes? —preguntó De Witt.

—Supongo que los campesinos, en general — Miriam aclaró la garganta, tensa y ronca—. Hay muchas granjas por aquí.

El hombre asintió, pero se veía un tanto aburrido.

—Qué interesante. ¿No le parece demasiado tranquilo?

—No, Señor. Ya me acostumbré.

—¿Entonces le gusta estar aquí?

—Sí, Señor.

—¿Su cuñada está aquí?

Miriam sintió que el corazón le daba un brinco.

—Mi cuñado y su esposa viven en Pretoria — replicó, tan tranquila como pudo.

El oficial rio, dejando ver sus dientes blancos y parejos. Negó con la cabeza y puso las manos firmes sobre el mostrador, inclinándose hacia ella. A pesar de sí misma, Miriam dio un paso atrás.

—No hay nada que temer —dijo De Witt. Miró a Stewart, que le había dado la vuelta a toda la tienda y ahora estaba a su lado, frente a Miriam, con los dedos entretenidos en la barba—. Déjeme aclararle algo —dijo sonriendo—. Estamos buscando a James Winston y a la señora Rehmat Winston —le dio un énfasis sarcástico a la palabra 'señora' y miró hacia las escaleras—. Y tenemos muy buenas razones para pensar que se están quedando con ustedes. Con su hermano.

—Ellos no se están quedando aquí —le informó Miriam, estremeciéndose al ver al oficial sonreír, esta vez de oreja a oreja.

—Oh. Pero usted sabe dónde se están quedando.

Miriam no dijo nada y bajó la mirada.

Los hombres se vieron el uno al otro, asintiendo, y caminaron hacia el fondo de la tienda.

—¿Adónde van? —increpó Miriam.

—Arriba. Vamos a echar un vistazo —respondió De Witt—. Creo que están aquí.

La última frase estaba dirigida a su compañero. Sin poder hacer nada, Miriam vio cómo los dos subieron corriendo por las escaleras de su casa. Oyó el sonido de las botas al frotarse entre sí y luego las pisadas encima, crujiendo en las habitaciones. De pronto recordó a la bebé, que dormía arriba, y subió corriendo para entrar en el cuarto de Salma. Los hombres aún no habían ido allí. Miró a la niña, con su suave mejilla empujada contra la almohada y el pequeño pecho que subía y bajaba dentro del trajecito de dormir amarillo que una vez fue de Alisha. Las manos de

Miriam se aferraron con fuerza al borde de la cuna mientras contemplaba a la niña, escuchando atenta cómo se movían por su propia habitación, abriendo armarios, raspando el piso con la cabecera de la cama. Los oyó abrir y cerrar las gavetas una por una, y sintió crecer su ira, consciente de que miraban y tocaban sus cosas.

Levantó a la bebé dormida y los siguió al cuarto de los niños, saludándolos con una mirada desafiante. El rostro apuesto del oficial rubio de ojos azules se detuvo en ella por un momento, pero la sonrisa había desaparecido. Stewart no le prestó atención, solo se arrodilló para mirar debajo de las camas de los niños y después buscó en el viejo ropero de madera que estaba en la esquina. Tenía varias muescas cortadas a la altura de la cintura, que él observó y tocó.

—¿Qué es esto? —preguntó Stewart. Era la primera vez que hablaba desde que llegaron.

—Los niños hacen marcas de sus alturas —dijo ella, y se alejó.

La bebé se movió, pero no llegó a despertar. De Witt se detuvo a mirarla.

—Un hermoso bebé —comentó.

Miriam esperó que se retirara, pero en lugar de eso, el oficial estiró la mano para tocar la cabeza de la bebé. Ella se alejó con un movimiento abrupto y él se dio vuelta despacio, observándola por un largo momento, como midiendo su respuesta. Se acercó a ella.

—Oiga —le dijo De Witt—. Usted pudiera estar en un gran problema si los ayuda. Dígame dónde están y no tendremos que volver a molestarla.

—¿Qué hicieron? —preguntó ella, en un tono tan bajo que el policía tuvo que hacer un esfuerzo para escucharla.

—¿Que qué hicieron? —repitió. La miró incrédulo—. ¿Es eso lo que me pregunta? ¿Qué hicieron? Violaron la ley. Hay una ley contra los matrimonios de razas mixtas —le explicó esto despacio y no sin algo de sarcasmo, como si el concepto pudiese ser demasiado complicado para que ella lo comprendiera—. La Ley de Prohibición de Matrimonios Mixtos. 1949 —continuó, en un tono oficial—. Intentamos asegurarnos de que la gente sepa que esto es en serio. Que la ley no está ahí para ser ignorada. ¿Entiende?

Miriam no dijo nada.

El policía suspiró, alejándose. Caminó por la tienda. Luego observó su reloj, como si calculara algo. Se dio vuelta hacia Miriam, preguntándole a modo de conversación:

—¿A qué hora llegan sus hijos de la escuela?

Miriam sintió que se derrumbaba por dentro. De Witt vio su reloj otra vez.

—Quiero decir, debe ser en cualquier momento, *¿ja?* —miró a su compañero con un aire inocente y curioso—. ¿Será que esperamos para charlar con los niños?

—*Ja*, ¿por qué no? —respondió Stewart. Se recargó de la pared, como acomodándose para esperar. Todos estaban parados en silencio, escuchando la respiración de la bebé. Miriam negó con la cabeza y el policía la contempló intrigado.

—No interroguen a mis hijos. Por favor.

—Tenemos que hacerlo. Usted no nos está ayudando —dijo tranquilo, a la vez que se rascaba la oreja con el dedo meñique.

—Deje a mis hijos en paz —aseveró al fin, levantando la voz de manera poco natural—. Por favor — agregó, consciente de pronto de que hablaba con un policía.

—Eso depende de usted.

Esperaron, observando a Miriam, cuyos ojos se movieron desde el suelo hacia la bebé, hasta que De Witt volvió a hablar.

—¿Están en la casa de su cuñado en Pretoria?

Ella no dijo nada.

—Solo diga sí o no. ¿Es allí donde están? No tiene que decir nada, tan solo mueva la cabeza.

Miriam negó con la cabeza.

—Yo no sé dónde están. ¿Cómo esperan que mis hijos sepan...? Ni siquiera saben quién es.

—Entonces no le importará que les preguntemos.

Su tono era desagradable y muy mordaz, y sacudió a Miriam a un estado de alerta que no había sentido en días. Sintió cómo se disipaban su incertidumbre y su miedo, y entonces decidió, sin reparos, que no les respondería a esos hombres y que encontraría otra manera de librarse de ellos antes de que se hicieran de los niños.

—No —dijo con firmeza, mirando al oficial directamente a los ojos por primera vez—. No me importa.

Rápida, salió del cuarto y bajó las escaleras. Unos segundos después, oyó que la seguían. Cargando a la bebé junto a su pecho, se paró detrás del mostrador. De Witt la siguió allí sin titubear, caminando hacia ella, rápido, con el rostro duro como una máscara de hierro, y ella se alejó de su mirada intensa.

—¿Dónde están? —le exigió, acercándose aún más.

—No lo sé.

Miriam retrocedió, apretando a la bebé que comenzaba a llorar, al tiempo que De Witt le seguía el paso a todo lo largo del mostrador. Se detuvo, aterrada, con un golpe que la sobresaltó como un disparo. Una vitrina pesada detrás de ella la había atrapado frente al policía. Él sonrió cansado y se inclinó hacia delante, colocando un brazo fornido a cada lado de su cabeza, con las palmas sólidas y planas, presionadas contra el armario. La bebé lloraba y ella abrazaba su cuerpecito, poniéndolo más cerca de su propio cuello. Los ojos azules del oficial no se encontraban a más de dos pulgadas de sus grandes ojos castaños, haciendo que ella virara la cara. Observó los antebrazos que formaban una barrera a cada lado de ella, vio los músculos tensos bajo la

piel bronceada y los vellos erizados que los cubrían. De Witt
habló rápido y severo:

—¿Están en Pretoria?

—No.

—¿Entonces dónde están?

—No lo sé.

—¿Dónde están? —gritó.

—No lo sé.

—¿DÓNDE ESTÁN? —gritó más fuerte, y ella
sintió el rocío de la saliva del oficial sobre el rostro.

Miriam no dijo nada. Cerraba los ojos con fuerza, a
la vez que la bebé gritaba. El policía acercó más su cara
encendida, de manera que, al respirar, ella inhalaba el aliento
caliente del oficial.

—¿De verdad quiere que interrogue a sus hijos?

Ella abrió los ojos, meciendo a la bebé arriba y
abajo, en un pobre esfuerzo por tranquilizarla, y vio aquel
rostro rojo y violento y aquellos ojos fríos a solo pulgadas
de los suyos. Se imaginó esa faz cerca de la de su hija, pero
ya no sentía un verdadero miedo, solo asco y odio por este
hombre grosero que tenía delante. Lo miró directo a los
ojos azules, notando las delgadas arterias que salían de sus
iris, y le dijo:

—Nunca los encontrarán —su tono era firme pero
calmado—. Déjennos en paz.

El policía abrió más los ojos; se veía asombrado. De
reojo, y con algo de alivio, Miriam vio cómo su compañero
se acercaba y le ponía la mano sobre el hombro para
contenerlo. De Witt paró por un momento, todavía con los
brazos contra la pared, acorralando a Miriam y la bebé.
Entonces se alejó, dio la vuelta y se dirigió hacia la cocina.
Su compañero esperó en silencio. No hubo sonido alguno
por unos momentos, y de pronto se oyó un estrépito de
muebles que hizo que Miriam se sobresaltara. Se puso a
caminar por la tienda, frotando la espalda de la bebé,

161

escuchando el estruendo ahora continuo que llegaba desde su cocina. Podía oír cómo tiraban platos; sonaba como si destrozaran hasta el último de ellos. Hubo cuatro golpes fuertes que ella supuso debían ser sillas volcadas a patadas. Siguió un traqueteo de metal y supo que las ollas con la comida que acababa de hacer yacían ahora sobre el suelo.

Con el mismo poco preaviso con que comenzaron, los ruidos pararon. En la profunda quietud que siguió, se abrió un grifo de agua en la cocina. Miriam oía mientras luchaba por controlar su llanto. Distinguió el agua tamborileando en el fregadero de hierro. Cuando De Witt regresó, tenía el rostro húmedo y su cabello rubio mojado ahora se veía más oscuro. Parecía más calmado. Stewart había esperado sin hablar, ni siquiera moverse, excepto por el gesto de su mandíbula al masticar; pero ahora alzaba la vista.

—Nunca los encontrarán —repitió Miriam con suavidad.

De Witt la ignoró, aunque ella sabía que la había escuchado, al ver cómo se le tensaron los músculos del cuello.

Miriam reconoció la suave vibración del autobús antes que ellos, pero no se dio por enterada. Para sus adentros, pidió que sucediera un milagro que hiciera que los niños no se acercaran a la tienda. En el instante que oyeron el temblor del motor diesel, los dos hombres levantaron las cabezas al mismo tiempo, como coyotes que huelen un cadáver. De Witt hasta sonrió.

—¡De vuelta a casa de la escuela! —dijo De Witt, alegre—. Qué bien.

—No dejaré que hablen con ellos —afirmó Miriam, levantando la voz.

—Tranquila, Señora. Usted no tiene nada que ver en esto. Nos los vamos a llevar y vamos a hablar con ellos en la estación.

—No se los pueden llevar...

Stewart se volvió hacia ella.

—Sí podemos —le informó—. Puede que tengan información importante sobre alguien que infringe la ley deliberadamente.

—¡No! —quiso correr afuera, aún cargando a la bebé, pero una mano firme la agarró por el hombro y la empujó sin mayor esfuerzo que si le hubiese dado un manotazo a una mosca. Los hombres salieron al porche, quedándose de pie para esperar a los niños. Los niños saltaron del autobús como siempre lo hacían, corriendo hacia la tienda. Pero al llegar a los escalones del porche, vieron a los policías y se detuvieron, mirándolos con expectación.

—Hola —les dijo Stewart.

—¿Dónde está mi Mami? —exigió Alisha, contemplándolos con mucha desconfianza.

—Maleducados. Como su maldita madre —murmuró De Witt entre dientes. Volvió la cara, llamando a Miriam sobre su hombro. Ella salió y les hizo señas a los niños de que entraran. Subieron corriendo los escalones del porche, pero no pudieron pasar más allá de las enormes piernas de los policías, que bloqueaban la entrada a la tienda.

—Déjenlos pasar, por favor —dijo Miriam.

No hubo respuesta, excepto que cada hombre tomó a uno de los niños. De Witt agarró a Sam, echándoselo encima del hombro.

—¿Alguna vez has ido a una estación de policía, jovencito? —le preguntó. Miriam veía a su hijo, con aquella mezcla de miedo e incertidumbre en sus ojos, y los dientes blancos del hombre que sonreía en la cara del niño. Mientras tanto, Stewart empujaba a su hija hacia el auto.

—¡Mami! —gritó Alisha, llorando—. Mami, ven con nosotros. ¿Adónde vamos, Mami?

Robert apareció al fin, tomando a la bebé. Miriam comenzó a bajar los escalones, pero De Witt la empujó.

—Los traeremos después. O mañana. Cuando tengamos tiempo.

Ahora Sam también lloraba. Ella oyó un portazo en el auto. Su hija la miraba con lágrimas en los ojos, gritando para que su madre fuera a ayudarla.

—Paren —dijo Miriam—. ¡Paren, por favor! Les diré dónde están, les diré todo, pero devuélvanme a mis hijos. Por favor, devuélvanmelos.

De Witt casi tiró a Sam sobre el asiento trasero del auto.

—¡Cállate! —gritó—. ¿Quieres que te azote? —de manera amenazante, se llevó la mano al cinturón. El llanto cesó.

Stewart observaba a Miriam.

—Les diré —dijo, sosteniéndole la mirada—. Por favor. Devuélvanme a mis hijos. Por favor.

Stewart se dio vuelta y habló con su compañero. Miriam no podía oír lo que decía en voz baja, pero percibió la respuesta de De Witt.

—¡Está mintiendo, la perra esa! De todos modos, le daremos una lección. Vamos.

Entonces fue Stewart quien levantó la voz.

—¿Cuánto tiempo más quieres perder? Veamos qué tiene que decir —abrió la puerta del auto y sacó a los niños, pero los sujetó con firmeza delante de él.

—No se mueva —dijo, con la vista fija en Miriam—. Entonces, ¿dónde están?

Ella no podía hablar.

Apretó el brazo de Alisha con más fuerza.

—Están en Pretoria.

—¿Sabe que si nos miente la golpearé a usted, a los niños y al bebé? —dijo De Witt sin alterarse.

—Sí, lo sé.

—¿Dónde? ¿En un hotel?

Miriam negó con la cabeza y sintió que se le salían las lágrimas de los ojos.

—En la casa de mi cuñado. En la calle Boom.

La miró de cerca.

—¿Está segura?

—Sí, estoy segura —dijo, con la mirada fija en los niños. Stewart observó a Miriam con detenimiento por unos instantes más y luego se volvió, asintiéndole a De Witt.

—¡Maldita sea, debí haberlo sabido...! —gritó De Witt.

—¿Cómo podíamos saber? —preguntó Stewart, frunciendo el ceño—. Entre toda la gente, esa perra debió habernos dicho la verdad.

Miriam escuchaba confundida, esperando, esperando a que soltaran a los niños.

De Witt pateó el poste del porche con su bota, dejando una rajadura astillada en la madera. Le dirigió una mirada fulminante a su compañero, pero Stewart veía a Miriam.

—Gracias, Señora —dijo—. Ha sido de gran ayuda —tocó su gorra, ahora personificando los buenos modales, y se hizo a un lado, dejando ir a los niños. Ellos corrieron a los brazos de su madre, donde los tuvo unos instantes antes de meterlos a la tienda. Robert sostenía a la bebé, y todos se quedaron parados en silencio.

—Mira si se fueron.

El chico se acercó a la ventana y vio hacia fuera. El auto casi había desaparecido, dejando atrás un débil remolino de polvo.

—Se fueron, Señora.

Miriam atravesó la tienda y salió hacia el porche.

—¿Adónde va, Señora? —preguntó Robert, alarmado.

De pronto, Miriam se movía como no lo había hecho en días, rápida y con un propósito. Corrió por los escalones del porche, parando solo para decirle que les diera algo de comer a los niños y que cerrara las puertas con llave. Corría por el pasto, tropezándose con sus zapatillas, ignorando la vereda porque era una ruta más larga hasta la granja Weston y el teléfono más cercano. Mientras corría, sentía cómo caían las lágrimas y el corazón se le rompía en el pecho, esperando que Rehmat no la odiara por lo que había hecho.

12

—Nos hizo perder el tiempo —dijo el oficial De Witt. Había un algo de permanencia en su postura, firme y con los pies separados, los brazos cruzados, asegurándose de vocalizar cada palabra que decía. Farah tragó grueso. Así como su esposo lo descubrió muy pronto después de casarse con ella, era una mujer capaz de responder al mal genio de cualquiera con el suyo propio que era diez veces peor. Pero en ese momento, entendió instintivamente que había encontrado la horma de su zapato en el policía que tenía delante. Era alto, rubio y bien parecido; al menos le pareció así alguna vez. Si embargo, ahora no había nada agradable ni atractivo en su rostro ni en su tono.

Farah se apartó.

—¿Qué les dijo ella?

—La verdad —contestó él, en tono irónico—. Confío en ella más de lo que confío en usted. Puede que ella sea una campurusa *plas-jappe* ignorante que vive en ese pueblo pequeño y alejado, pero esa clase de gente ni siquiera 'sabe' mentir. Ella me 'dijo' que la perra esa estaba aquí. Todo el tiempo estuvo aquí.

—¿Ella le 'dijo'?

—*Ja.*

Farah estaba sorprendida de Miriam. Había esperado que fuese más honorable por el bien de Rehmat; era su tipo. Sin embargo, la sorpresa se evaporó bajo la presión del problema inminente que enfrentaba. No tenía idea de dónde estaba Rehmat en ese momento, y ahora se encontraba en problemas con las mismas personas a las que había intentado ayudar. Estudió las alternativas y, según su costumbre, decidió que la agresión podría ayudarle más que la obediencia sumisa.

—Ella estuvo aquí —dijo, mirando desafiante a los dos hombres—. ¿Y qué? ¿Qué querían que hiciera? ¿Decirles en ese momento, cuando vinieron por primera vez?

—Eso es exactamente lo que se suponía que hiciera —dijo De Witt—. Usted nos llamó, ¿recuerda?

—¿Delante de mi esposo? Él estaba parado junto a mí. Me hubiese matado. ¿Querían que les dijera cuando ella pudiera oírme? ¿Escondida arriba? Es culpa de ustedes, debieron haber buscado mejor. ¿Qué clase de policía estatal no registra una casa a fondo?

En el siguiente instante, no sintió más nada sino un dolor ardiente en el brazo que le agarraba y retorcía con fuerza. De Witt le sostuvo la mirada hasta que ella bajó la vista al suelo.

—¿Dónde está ahora?

—No lo sé. Estuve de compras toda la tarde —señaló las bolsas de víveres en el piso—. Cuando regresé, ella no estaba aquí.

—Y si la *plas-jappe* la puso sobre aviso, no regresará más —De Witt le soltó el brazo y la empujó. Miró a su compañero.

—Revisa arriba —le indicó.

Amina Harjan se encontraba en la habitación pequeña y poco amoblada que tenía detrás del café. Estaba recostada en su cama, justo delante del resplandor anaranjado del sol poniente, dormida. Tenía la costumbre de tomar una siesta por las tardes, si el movimiento era lento en el café. Más aún los fines de semana, cuando dejaba el negocio abierto hasta entrada la noche, mucho después de que Jacob terminara su labor del día. Por esa razón, Jacob le pidió de manera educada a la mujer sin aliento que entró corriendo al café, que regresara un poco más tarde si quería ver a la señorita Harjan, ya que no podía molestarla. Sin embargo, no supo bien qué hacer cuando ella lo miró como si sus palabras fuesen incomprensibles y pasó corriendo a su lado, hacia el cuarto de Amina.

Los golpes rápidos a la puerta despertaron a Amina, pero creyó que seguía soñando cuando vio la cara de Rehmat inclinada sobre ella, aún acostada en su cama.

—¿Puedes ayudarme? —preguntó Rehmat, con el rostro demacrado y pálido.

Amina se frotó los ojos y se echó atrás la melena rizada. Le sonrió a Rehmat, sin que la situación le pareciera fuera de lugar.

—¿Qué necesitas?

—Ellos saben dónde estoy y van a venir a buscarme.

La sonrisa de Amina desapareció al ver los ojos de Rehmat llenarse de lágrimas.

—¿La policía?

—Sí.

—¿Cuándo?

—Pueden llegar en cualquier momento. Sin duda van a registrar toda el área y la gente seguro me vio...

—No digas nada. Y no llores.

Rehmat apenas vio a la chica salir de la cama, pero sintió que ella misma se movía, impulsada por una mano sobre su brazo que la guiaba, y unos instantes después oyó el chasquido de una puerta tras ella, sumiéndose en la oscuridad.

El oficial De Witt frunció el entrecejo mirando a Farah y entró en la cocina. Entrecerró los ojos frente a los rayos del sol poniente que entraban por las ventanas altas y el tragaluz. El recinto era pequeño y tenía pocos escondites potenciales. Sin ganas, abrió unos cuantos gabinetes y luego se volvió, percatándose del estrecho pasillo que conducía al cuarto de Jehan. Al ver que lo atravesaba, Farah lo llamó.

—No la despierte —le dijo; pero ya se había ido y ella terminó la frase refunfuñando descontenta para sí misma. A pesar de su rencor imperecedero hacia Rehmat, ahora comenzaba a arrepentirse de haber involucrado a la policía. Pudo haber pensado en otra manera de darle rienda suelta a su odio. Oyó reír a Jehan de una manera repentina y demoníaca que suscitó una maldición de sorpresa por parte del policía, y supo que las acostumbradas dos horas de paz, la libertad que le daba su cuñada loca cuando dormía, se habían abreviado esa tarde. Escuchó portazos arriba y en pocos momentos, ya Stewart había bajado. De Witt salió de la habitación de Jehan, con las cejas ralas levantadas en una duda silenciosa.

—Nada —dijo Stewart—. Pero había ropa bonita. Las etiquetas son francesas.

De Witt miró a Farah.

—La encontraremos, no se preocupe.

—No estoy preocupada.

—Debería estarlo, porque cuando terminemos con ella, usted será la próxima en la cárcel, por ayudarla.

—Nunca quise ayudarla —respondió ella con amargura.

—Entonces ayúdenos a nosotros.

—Pero no sé adónde fue. ¿Por qué no van al hotel de su esposo?

—Él se fue hace días. Se mueve todo el tiempo. No es estúpido —dijo Stewart.

Se miraron el uno al otro. El sol bajaba rápido, dejando en penumbras la parte inferior del cuarto. El oficial De Witt golpeó con fuerza el mostrador con el puño y Farah se sobresaltó. El sonido reverberó en el pequeño espacio y Stewart esperó calmado, sin emitir ningún sonido, mientras movía la mandíbula sin parar bajo la barba.

—¿Dónde... está... ella?

Farah abrió la boca para hablar, pero todo lo que oyeron fue un grito que venía de la habitación de Jehan. Un sonido largo y controlado, que poco a poco se iba prolongando e intensificando como un compás orquestado, desarrollándose *in crescendo* y explotando al final en un repique interminable y desbordante de carcajadas frenéticas.

—Rápido, rápido. ¡¡¡RÁPIDO!!! —gritó Jehan—. MIRIAM DIJO QUE VIENEN, ELLOS VIENEN. MIRIAM LO DIJO, MIRIAM LO DIJO.

Las tres personas que estaban en la cocina miraron la pared del cuarto de Jehan como si el mismo yeso produjese los sonidos.

—¡¡¡ELLOS VIENEN!!! —gritó Jehan—. ¿ADÓNDE PUEDO IR? AYÚDAME, JEHAN, ¿ADÓNDE PUEDO IR? ¿ADÓNDE PUEDO IR?

Hubo un silencio. De Witt se movió para ir a la habitación, pero Farah negó con la cabeza y se quedó quieto. Jehan bajó el volumen de su discurso y solo se oía un torrente de rezongues indefinidos. Aguzaron el oído.

—No puedo creerlo. ¿Cómo lo supieron? Ellos vienen, Miriam lo dijo, Miriam lo dijo. Miriam llamó. ¿ADÓNDE PUEDO IR, JEHAN? ¿ADÓNDE PUEDO IR? El reinicio de los gritos los sobresaltó a todos. La voz tenía un tono ahogado, desesperado, como imitando con exactitud las palabras que repetía.

—CON LA CHICA HARJAN. LA CHICA HARJAN, LA CHICA HARJAN —Jehan reía encantada. Era evidente que había encontrado una serie de sílabas musicales que le gustaban, porque continuó recitándolas con voz cantarina—. LA CHICA HARJAN, LA CHICA HARJAN, LA CHICA HARJAN —canturreaba alegre—. La chica Harjan, la chica Harjan. Miriam lo dijo —añadió de pronto, con seriedad—. Ellos vienen. Miriam lo dijo.

—¿La chica Harjan? —preguntó De Witt, frunciendo el entrecejo. Su compañero asintió.

—El Café Bazar, ¿recuerdas? Amina Harjan y Jacob Williams.

Los dos hombres miraron a Farah. Tenía una ligera sonrisa, pero en sus ojos había una mirada triunfal y entusiasmada.

—¿Qué están esperando? —les preguntó.

—Nada —dijo De Witt, y salieron de la casa.

Tomó unos momentos hasta que todos los ocupantes del café advirtieron la presencia de la policía. Ese sábado por la tarde había mucha gente, pero uno por uno, los comensales de cada mesa notaron a los hombres uniformados parados en el salón y dejaron de masticar, esperando en silencio, apartando los ojos de la comida para ver qué sucedería. De Witt miró por el recinto, pero nadie lo vio a los ojos. Jacob se quedó detrás del mostrador, ocupando las manos con cualquier tarea que se le presentase, manteniendo el rostro impasible y sin expresión alguna. Hubo una época en que la policía vino a ver a Amina con regularidad. Incluso habían registrado su cuarto y el café un par de veces antes; una vez buscando a una mujer negra de quien se había rumorado que estaba involucrada con Amina, pero no encontraron nada. Jacob era un hombre honesto, pero podía esconder sus emociones muy bien y con facilidad. Eso le daba un aire relajado, como si nada que sucediera cerca de él —bien fuese una mujer histérica o un par de oficiales de policía impacientes— pudiese siquiera sacudir su semblante sereno. La llegada de los policías le hizo un nudo en el estómago, pero continuó trabajando como si quitarles las manchas de agua a sus vasos fuera la única cosa que le preocupara.

Los dos oficiales se acercaron a él; Stewart adelante.

—Jacob —dijo, asintiendo.

Jacob asintió de vuelta.

—Estamos buscando a alguien. Una mujer.

Jacob salió de detrás del mostrador. Con una caja de fósforos en la mano, caminó despacio hacia una de las lámparas de kerosene que colgaban a intervalos alrededor de las paredes del área de los comensales. Encendió un cerillo, sosteniéndolo con paciencia junto a la mecha, viendo cómo el kerosene hacía más intensa la llama, proyectando un resplandor cálido sobre la mesa que tenía debajo. Sacudió el fósforo y se movió despacio hacia la siguiente lámpara.

—¿Qué mujer? —respondió, con un tono educadamente interesado.

Stewart lo siguió, viendo cómo encendía la siguiente lámpara mientras hablaba.

—Una mujer india. Bien vestida, de seguro. ¿La has visto?

Encendió otro fósforo, que siseó por un instante en las sombras.

—Toda la gente que viene aquí es india. ¿Por qué no echa un vistazo? —dijo Jacob. De Witt puso los ojos en blanco hacia su compañero, pero de todas maneras miraron atentos a cada mesa. No había ninguna mujer en el salón. El café se veía atractivo ahora, con las lenguas de fuego de las lámparas lamiendo las esquinas y reflejándose en el piso basto y las mesas rústicas de madera pulida.

—¿Dónde está Amina? —preguntó Stewart.

La última lámpara volvió a la vida y Jacob regresó a su puesto detrás del mostrador. Un sutil murmullo de personas que hablaban se fue esparciendo por el recinto, al tiempo que la gente empezaba a comer de nuevo. El

procedimiento metódico de Jacob para encender las
lámparas, su aparente despreocupación respecto a los
oficiales de policía, sus movimientos calculados, de alguna
manera los habían tranquilizado.

—La señorita Harjan está durmiendo.

De Witt miró su reloj, impaciente.

—Es un poco temprano, ¿no?

—Pronto se levantará para trabajar —respondió
Jacob—. Ella trabaja hasta tarde los sábados por la noche.
¿Por qué no toman asiento y la esperan? —podía ver la
irritación en sus caras, y agregó enseguida—. O puedo
despertarla.

—¿Ella vive aquí? —le preguntó De Witt a su
compañero.

—Tiene un cuarto al fondo —Stewart miró a
Jacob—. Si nos lo permites, iremos a hablar con ella.

Jacob no dijo palabra, sabiendo que estaría bien si
ellos así lo querían. Y sin poder hacer nada, vio a los
hombres pasar a su lado, atravesando la cocina y saliendo
hacia el cuarto de Amina.

13

No hubo demora entre los golpes a la puerta de Amina y la entrada de los policías. Ahora el cuarto estaba totalmente oscuro; todo lo que podían distinguir en las sombras era un cuerpo alargado acostado en la cama. Esperaron en silencio, observando la respiración profunda y rítmica de la chica. Estaba quieta por completo. Stewart caminó alrededor de la cama para verle la cara, y el sonido de las botas la despertó de un salto.

—¿Jacob? —dijo, confundida.

—Somos los oficiales Stewart y De Witt.

Amina se sentó de inmediato. Alargó la mano hasta los fósforos que estaban sobre la mesita de noche, encendió uno y prendió una vela. Levantó la vista hacia los dos hombres que aparecían en la cálida luz, mientras sus ojos se seguían ajustando por la anterior oscuridad.

—¿Sí? —preguntó con amabilidad, como preparándose para tomar una orden de desayuno.

—Sabemos que está aquí —afirmó De Witt, en un tono autoritario.

Ella los miró perpleja. Conocía bien al oficial Stewart; era el policía más razonable que podía conseguirse en ese lugar. Pero recelaba del otro, De Witt, y su pistola.

—¿Quién? —le preguntó.

—Rehmat Winston.

—¿Quién?

De Witt se sentó sobre la cama. Amina levantó las cejas por el atrevimiento, mirando inquisitiva a Stewart. Él no respondió, solo se quedó de pie sin inmutarse, esperando.

—Rehmat Winston —repitió De Witt—. Calle Boom número 14. Tú la conoces. Ella vino aquí a pedirte que la escondieras.

—Dios mío —dijo Amina—. Creo que me hubiera dado cuenta.

—Sabemos que está aquí.

—Bien, entonces ustedes saben más que yo.

De Witt se inclinó hacia ella. Amina sintió el olor agrio a sudor y polvo en su camisa.

—No te hagas la lista —le respondió. Se levantó de repente y se puso a caminar por la habitación. No había otra puerta sino la que usaron para entrar, ni más ventana que aquella junto a la puerta. El único mueble aparte de la cama y la mesa —que tenía encima una palangana, una jarra y jabón, así como la vela y dos libros— era un gran armario de madera empotrado en la pared lateral. El oficial Stewart se arrodilló para mirar debajo de la cama, aunque sabía muy bien que en esa escasa altura no podía ocultarse una persona. Después se levantó cansado, esperando mientras De Witt iba hacia el armario. Amina permaneció sentada en su cama, con las piernas cruzadas, observando a los dos hombres. Se veía aburrida y algo irritada. Bostezó de manera superficial, pero con suficiente fuerza para que la oyeran, y miró a De Witt jalar la manilla del armario.

—Abre esto —le indicó.

Ella no escuchó lo que le había dicho, porque de pronto su corazón latía tan fuerte, que el golpe de la sangre en sus oídos bloqueó todo sonido externo. Pero sabía lo que él quería. Dejó caer las piernas desnudas hacia fuera de la cama —tenía puesta solo una camisa de algodón, de hombre— y se estiró para alcanzar los pantalones. Al ponérselos, sacó de forma discreta una llave de debajo de la cama y se dirigió al armario para abrirlo. Se movía de manera metódica; su rostro no mostraba ni rastros de preocupación, cuando en realidad sentía que podría desmayarse en cualquier momento por el esfuerzo de intentar frenar la adrenalina que se disparaba por sus venas. Dio vuelta a la llave girando la muñeca con fuerza y abrió la puerta de golpe. De Witt le clavó la mirada.

—¿Qué es todo esto? —preguntó, frunciendo el ceño.

—Provisiones extras. Del negocio. Por eso las guardo bajo llave. Ustedes conocen a estos *kaffires* —añadió con gran ironía—. Se robarían cualquier cosa —era lo que normalmente les gustaba escuchar, de lo que podían hablar y con lo que estaban de acuerdo, pero percibieron su tono y sabían que se burlaba de ellos.

El espacio del armario era poco profundo pero alto, y estaba lleno de arriba abajo con latas de mermelada, sacos de harina, frijoles, lentejas y otros alimentos secos. En una esquina colgaban seis camisas, tres pantalones y un abrigo. De Witt dio un paso atrás y, con un rápido puntapié, cerró la puerta.

—¿DÓNDE ESTÁ LA PERRA ESA? —gritó.

Amina se alejó de él. Trató de llegar a la puerta, pero Stewart le bloqueaba el paso de manera contundente.

—Tan solo dinos.

—Ni siquiera sé de quién están hablando —intentó sonreír—. Usted y yo sabemos que he tenido algunas mujeres aquí, pero esta vez ni siquiera sé de qué...

Un golpe de la mano de De Witt en su cuello hizo que no pudiese terminar la frase.

—Invertida asquerosa —le espetó.

Un segundo impacto a su cuerpo le dio con una fuerza tal, que la arrojó sobre la cama. Quedó tendida con los brazos al frente, helada, esperando. No pasó más nada. Stewart había agarrado a su compañero y lo empujaba hacia la puerta, sin que pudiera entenderse lo que decía De Witt, cuyas palabras se perdían en la furia incoherente de sus gritos.

—Déjala —le dijo Stewart—. Espera en el auto. Vamos. Ve.

Oyó cómo De Witt salía a tropezones, bordeando el café. En un momento, Stewart estaba de vuelta. Se quedó de pie a la entrada del cuarto.

—Mira —le dijo.

Amina estaba sentada. Le dolía el cuello, pero no iba a tocárselo mientras él la viera. Se miró las manos, estudiando concentrada el pálido diseño de su venas, esperando que hablara.

—¿No te hice un favor una vez?

Ella lo miró.

—El tuyo es el único negocio en el pueblo donde tus trabajadores *kaffires* comen junto a los indios y la gente de color, y te sales con la tuya. Te tengo en la mira. Y no veo el sentido de hacer de eso un problema, así que lo dejo pasar. Lo dejé pasar la última vez, ¿cierto?

—Sí —respondió en voz baja.

—Pude haber hecho que cerraras en cualquier momento.

—Sí.

—Aún puedo hacerlo.

—Sí.

—¿No crees que me debes una?

Ella se detuvo. Sus ojos se desviaron hacia la ventana oscura, pensando.

—Supongo que sí —respondió al fin.

—Entonces —dijo, y su tono implicaba que ambos entendían el contrato que se acababa de establecer entre ellos—. ¿Está aquí?

Amina lo miró con ojos muy abiertos, claros y serios.

—No.

—¿Sabes dónde está?

Se encogió de hombros en un gesto de impotencia.

—De verdad que no sé. Lo siento.

Él asintió, al fin satisfecho.

—Está bien. Lamento lo de mi colega, ¿ah?

Ella hizo un ademán, quitándole importancia a sus palabras.

—Olvídelo —le dijo, sabiendo que ella misma no lo haría—. Gracias por ayudarme. Quizás la próxima vez pueda hacer lo mismo por usted.

—*Ja* —dijo Stewart—. Tal vez la próxima vez.

Después de que se fueron, Amina se quedó acostada en su cama, sin moverse, por otros treinta minutos más. Pensaba mucho, mirando las sombras temblorosas que la vela parpadeante arrojaba contra las paredes del cuarto. Odiaba que le ganaran por pura fuerza física, y aunque sabía que era la propia debilidad de De Witt lo que le había hecho golpearla, sus razonamientos no podían reducir su indignación frente a ese comportamiento. Cuando le pareció que había pasado suficiente tiempo, se sentó y miró el reloj. Entonces se dirigió a la ventana.

Al frente brillaban las luces de la cocina y podía ver las siluetas de sus empleados, cocinando y fregando. También distinguía la parte de atrás de la cabeza de Jacob moviéndose por la cocina. Amina volvió a ver su reloj y sabía que él querría irse a casa. Las largas jornadas de los fines de semana lo cansaban. Se tocó el cuello, aún rojo por el manotazo del oficial; luego balanceó las piernas fuera de la cama y buscó la llave abajo. Sintió el hierro frío en la palma de la mano por un momento y se dirigió a la puerta del frente, abriéndola despacio.

Afuera, dio una vuelta rápida y amplia por los alrededores de su cuarto y el café, mirando con detenimiento en la oscuridad, aguzando los oídos para escuchar más allá del chirrido de los grillos, que de noche invadían incluso ese trozo de tierra urbanizada. Cuando se convenció de que de verdad los policías se habían ido, regresó a su cuarto y fue directo al armario, abriendo la cerradura y las puertas.

Uno por uno, recogió los sacos y las latas, moviéndolos hacia el recoveco entre el armario y la pared; pasando el azúcar, la harina y las lentejas de nuevo al lugar donde siempre estaban. Trabajaba igual que lo había hecho antes, con un ritmo constante, y pronto sintió calor, ya que los sacos eran pesados. Se detuvo para abrir el primer botón de su camisa. Cuando casi había vaciado el armario, se enderezó y pasó la mano por el filo de la tabla posterior, donde sus dedos encontraron y se metieron en un pequeño agujero. Haciendo un esfuerzo considerable, lo empujó con su peso hasta que el panel se deslizó, abriéndose.

Rehmat la miró entrecerrando los ojos, agachada en el minúsculo espacio, abrazándose en actitud defensiva. Amina se recargó en un lado del armario y la miró con una sonrisa irónica, apoyando, cansada, la frente en un brazo.

—Se fueron.

La mujer suspiró temblorosa y la miró silente, con lágrimas reprimidas en las comisuras de los ojos. Sin decir más, Amina le tendió la mano para ayudarla, y ella se agarró con fuerza de los largos dedos, ya que hacía mucho rato que no sentía nada en sus piernas acalambradas, y necesitaba todo el apoyo que pudiera recibir para tan solo levantarse. La chica la sostuvo hasta llegar a la cama, donde Rehmat se sentó, esperando a que la sangre comenzara a fluir lenta y dolorosamente por sus piernas. Se frotó las pantorrillas y la parte de atrás de las rodillas.

—Lamento haberte hecho esto —dijo—. Los oí gritar —la miró más de cerca, vio el cuello con la marca roja, que ya comenzaba a decolorarse, y dio un grito entrecortado—. ¿Te golpearon? —quiso saber, horrorizada.

—No —respondió Amina, mientras daba unas vueltas por el cuarto—. No fueron malos. Solo estaban frustrados —se detuvo, y por un largo momento la miró de manera incongruente, como si fuese una escultura para ser estudiada y quizás admirada. Observaba los detalles de sus ojos, de su nariz, de su boca. Desconcertada, la mujer apartó la mirada y le preguntó si los policías no le habían dado miedo.

—Oh, no. Tengo mucha práctica.

—¿Con la policía? —preguntó Rehmat, sorprendida. Amina rio.

—Sí, supongo que sí. Pero lo que quería decir es que tengo mucha práctica con el armario —sus ojos sonreían y Rehmat también, con cierta prudencia, insegura de cómo responder. Amina notó su confusión y adoptó un tono algo más serio—. Tendré que regresar al trabajo pronto.

—Claro. Lamento haberte causado tantos problemas.

—No te preocupes. ¿Qué harás ahora? ¿Dónde está tu esposo?

—No lo sé. En un avión a París o Londres, espero. Lo llamé en cuanto Miriam me llamó a mí para advertirme de la policía. Él no quería dejarme sola, pero lo convencí de que fuera directo al aeropuerto para intentar salir. Espero que lo haya hecho. Se suponía que los dos nos fuéramos mañana por la mañana. Solo un día más.

Amina vertió un poco de agua en la palangana y comenzó a lavarse la cara. Viró hacia Rehmat, a la vez que frotaba el jabón entre las manos, haciendo espuma.

181

—¿Cómo fue que se te ocurrió venir aquí?

—Jehan me dio la idea. "La chica Harjan", decía. Lo ha estado repitiendo de vez en cuando desde hace algunos días. Debe haber escuchado a alguien hablar de ti.

Ella no dijo nada y Rehmat continuó.

—Cuando llamaron para avisar...

—¿Quién? ¿Miriam?

—Sí. La policía fue a Delhof.

Amina se lavó la cara manteniendo una expresión imperturbable. Luego alcanzó la toalla y mientras se secaba, contempló a Rehmat.

—¿Y cómo supieron que estabas aquí?

—¿La policía?

Amina asintió.

—Quiero decir, no somos familia. Tengo una ligera reputación por tener problemas con ellos pero aun así... ¿Por qué vinieron directo aquí?

—Tienen que haber ido primero a la casa.

—Y alguien allí debió haberlos mandado aquí —afirmó Amina simplemente, y Rehmat frunció el ceño.

—No —dijo—. Es imposible. Cuando me fui, solo Jehan estaba en casa, y ella no hubiese abierto la puerta.

—¿Dónde estaba Farah?

—De compras. Esperaba que regresara en cualquier momento...

Rehmat se dio cuenta de lo que había dicho y paró, volviendo a masajearse la pierna. No pudo levantar la mirada para encontrarse con los ojos de Amina. La chica se amarró los largos rizos en una coleta suelta y se puso la chaqueta en un solo movimiento, encogiendo un poco los delgados hombros.

—Yo no regresaría allí si fuese tú.

—No sabemos si fue Farah. Y se preocuparán por mí —respondió Rehmat.

—Puede ser —dijo Amina, sin mucha convicción—. Pero aparte de cualquier otra cosa, es probable que la policía esté vigilando la casa. Pienso que deberías quedarte aquí esta noche. Tú lees; allí hay algunos libros. Y debes descansar. Intenta dormir. Mañana por la mañana te llevaré al aeropuerto.

—No puedo...

—¿Por qué?

—Ya hiciste más que suficiente. No quiero ponerte más en peligro.

—¿Y qué harás?

La mujer no pudo responder.

—No te preocupes —dijo Amina con suavidad—. Toma una camisa del armario; creo que también hay una pijama.

Rehmat asintió. Se respiraba un aire de seguridad en ese cuarto pequeño y poco iluminado, y en la serena confianza de la voz de Amina y sus calmadas indicaciones.

Al llegar a la puerta, Amina se dio vuelta.

—Voy a llamar a alguien que conozco que trabaja en el aeropuerto, para ponerte en un avión. Pero tus cosas...

—Olvídalas. En realidad solo es mi ropa.

—¿Qué hay de tu pasaporte y tus boletos?

—Los tengo. Me aseguré de traerlos cuando vine.

—Bien. Ahora trata de descansar —repitió Amina.

—Lo haré. Gracias.

Amina sonrió, cerrando la puerta tras ella, y Rehmat comenzó a llorar. Su llanto era una mezcla de miedo, alivio y pena.

Quince minutos después, hubo un golpe firme a la puerta. De manera instintiva, la mujer quedó paralizada, sentada en la cama con una piedra en el estómago, intentando no respirar, solo escuchar.

Una llave entró en la cerradura, girando despacio.

—Soy Jacob, Señora —dijo una voz profunda y suave, y ella se sentó rápido, mareada del alivio. Se avergonzaba de saludar a Jacob con la cara llena de lágrimas, pero él no la miró directamente. Entró y colocó una bandeja con platos tapados sobre la mesita de noche—. Amina le envía algo de cenar —dijo—. Discúlpeme por haber entrado al cuarto, pero no quería dárselo en la puerta, en caso de que la policía estuviese cerca.

—Gracias —le respondió mientras se iba, pero él ya había cerrado la puerta con llave. Para ella, la acción de comer no importaba en ese momento y no le atraía. Sin embargo, destapó los platos y encontró que aquellos aromas cálidos estimularon su apetito de inmediato. Todos los platillos eran típicos sudafricanos; le habían enviado un plato con una gran porción de guiso *breedie* de cordero y tomate, un trozo cuadrado de pastel de carne *bobotie*, rico en cordero molido, pasas y especias, y una rebanada grande de tarta de leche, de postre. En la esquina de la bandeja había una botella recién abierta de agua de soda, con un vaso volteado que se balanceaba en el pico. Primero vertió la bebida y miró la comida. La mesita no tenía lugar para más de un plato a la vez, así que puso los libros de Amina y la bandeja de comida en el suelo a su lado, y uno por uno, fue subiendo cada plato a la mesa.

Comió los alimentos despacio, con una extraña mezcla de placer y pesar. Eran platillos que recordaba de su niñez —no de la casa de su padre, donde los alimentos que se cocinaban eran en su mayoría indios— sino de la escuela y de los cafés que había visitado de manera clandestina cuando era adolescente. La emoción le producía un nudo en la garganta, haciéndole difícil tragar, pero de todas maneras se lo comió, porque sabía que cuando terminara los últimos bocados, sería muy improbable que jamás volviera a probar esos platillos de nuevo en su propio país.

Era casi la una de la madrugada cuando Amina pasó el cerrojo a la puerta trasera del café y regresó a su cuarto. Lo único que rompía la oscuridad era el brillo tenue y lejano de un farol en la calle y la ventana de su propio cuarto, donde una luz suave temblaba detrás del vidrio y la cortina. Rehmat seguiría despierta o habría dejado una vela encendida. En cierto modo, esperaba que no estuviese dormida, para poder hablar un rato. Durante la jornada de trabajo nocturno en el café, Amina pensó en los eventos que la llevaron a aparecerse en el cuarto. Sabía que la policía fue a ver a Miriam, ¿pero quién les avisó primero? Frunció el ceño al pensar en Miriam con aquellos hombres. Sabía que era tímida, pero había percibido destellos de fuerza en su carácter, y esperaba que eso no los hubiese llevado a amenazarla o hacerle daño. No sabía con exactitud qué tenía Miriam que había captado su interés. Era atractiva, desde luego, pero muchas otras mujeres también lo eran. Ella intuía que detrás de la apariencia controlada de la personalidad de Miriam se escondían una inteligencia viva y una gran sensibilidad, pero admitía que quizás estuviera rebuscando demasiado en sus cortos encuentros. Se preguntó si su preocupación pudiese ser suficientemente justificada como para visitar a Miriam en Delhof. Tal vez no.

Amina esperaba que Rehmat arrojara alguna luz sobre los eventos del día anterior, pero también quería que le hablara de su vida, de cómo y por qué había huido de su familia por amor. Para ella era algo raro encontrar a otra mujer india que se atreviese a no ajustarse a las tradiciones y convenciones. Llegó a la puerta, introdujo la llave en la cerradura y le dio vuelta sin hacer ruido.

La mujer dormía en un sueño profundo a un lado de la cama. La vela, que seguía encendida en la mesa, alumbraba sus rasgos uniformes con una luz tenue y trémula. Amina cerró la puerta de manera silenciosa y se

185

quedó mirando a la mujer que dormía delante de ella. Rehmat era muy bella, decidió, y se parecía mucho a su hermano. La chica pensaba que Omar también era guapo, pero en su opinión, sus rasgos regulares, limpios, no reflejaban su espíritu. En su rostro no había transparencia, ni sentido de lo imprevisible en su naturaleza. Para ella, esas eran las características que elevaban la belleza normal hasta algo irresistible. La mujer era atractiva, pero la admiración de Amina era solo superficial; como el reconocimiento de alguien que contempla una bella pintura, sin desear colgarla en su propia casa. En cuestión de segundos, se había abotonado una camisa limpia con la cual dormir. Sigilosa, fue al armario con la intención de usar la desacostumbrada pijama, pero no estaba. Supuso que debajo de la sábana con que se cubría, Rehmat debía estar usándola. Levantó el borde de la sábana, deslizándose despacio entre la ropa de cama. El sonido de su cuerpo moviéndose por el fresco algodón despertó a la mujer, pero solo por un segundo, para virar la cabeza sobre la almohada, de manera que Amina pudo ver su perfil perfecto.

Amina aspiró largo y profundo, exhalando despacio y en silencio, sintiendo cómo los músculos de su delgado cuerpo se relajaban en la cama. Se volvió para mirarla una vez más, pero en ese momento, la parpadeante vela se apagó, empapándolas de una oscuridad espesa. Así, se puso de lado y cerró los ojos, arrullada por la respiración de la mujer acostada a su lado.

14

Solo después de terminar su desayuno, Amina dobló el diario que leía. Se deslizaba para salir del banco, cuando se percató del cuerpo grande y pesado de un hombre, parado casi sobre ella. Era indio; sin embargo, no lo reconoció como cliente regular del café. Le asintió con educación, pero él solo la miraba nervioso, jugueteando con la correa de su reloj.

—¿Señorita Harjan?

—Sí.

Ya estaba de pie delante de él, poniéndose la chaqueta, esperando.

—Soy Sadru, hermano de Rehmat.

Amina se sorprendió. No se parecía en nada a Rehmat ni a Omar en sus rasgos y contextura. Tampoco parecía tener facilidad para expresarse y se le hacía difícil dirigirse a ella.

—¿Qué puedo hacer por usted?

—Mi hermana. ¿Dónde está?

Su tono era casi lastimero, extraño para un hombre de ese tamaño. Amina recorrió el café con la vista, dándose un momento para pensar. Sadru siguió su mirada esperanzado, como si pudiese indicarle dónde estaba Rehmat. La chica lo miró de vuelta, midiendo su respuesta.

No pensaba que él tuviese algo que ver con la llamada a la policía —estaba segura de que su esposa había hecho eso por cuenta propia— pero Rehmat estaba a punto de lograr escapar y no podía correr riesgos.

—No lo sé. ¿Por qué me pregunta a mí?

—Farah me dijo que ella vino aquí.

—¿Eso le dijo?

Sadru frunció el entrecejo y dejó caer los hombros, como si sintiera que otra mujer más estaba a punto de darle mil vueltas. Amina sonrió y se inclinó hacia él para hablar en voz baja.

—Escuche. Ella está bien. Se lo juro. No está aquí, pero está bien.

—¿De verdad? —se veía aliviado—. Porque no quiero que le pase nada, tú sabes. Y James ha estado llamando.

Ella lo miró interesada.

—¿Su esposo? ¿Dónde está?

—Ya está en Nairobi. Mañana vuela a París —Sadru arrugó el rostro—. No perdió el tiempo, solo se fue.

—Muy bien. Más fácil para los dos. Oiga, dígale a James que...

—Va a volver a llamar en una hora —la interrumpió Sadru, señalando su reloj.

—Bien. Dígale que ella está bien y que él solo se concentre en llegar a casa, ¿sí? ¿Lo recordará?

—Que se concentre en llegar a casa —repitió Sadru con seriedad, como cerniendo la oración en busca de algún significado escondido.

—Sí. Bueno —dijo Amina, mirando su camión—. Ahora, si me disculpa, debo hacer una entrega, señor...

—Sadru. Por favor, quisiera agradecerte por ayudarnos...

—Yo no hice nada.

Él le tendió una mano enorme, que la chica tomó, a la vez que lo llevaba afuera por la puerta del frente.

—Nunca dejaremos de agradecerte, Farah y yo...

—No hace falta. Yo no hice nada —lo miró a la cara y volvió a repetir—. Yo no hice nada.

Sadru frunció el ceño.

—¿No?

—No. Si alguien le pregunta. ¿Está bien?

Él asintió y le guiñó el ojo al entrar en su auto. Ella lo vio bajar la ventana para apoyar su gran brazo. Entonces, aceleró la máquina y salió al camino.

Amina lo observó alejarse hasta que el auto desapareció por completo, con la esperanza de que, si la policía seguía merodeando, lo siguieran a él en vez de a ella. Luego, agitó la mano hacia Jacob por la puerta del frente. Este le sonrió para animarla y la vio regresar al camión.

Dio una vuelta rápida alrededor del vehículo, haciendo la revisión habitual de las llantas. Tanto en el Bazar Asiático como en todas las demás áreas indias y de color, las carreteras, sobre todo las secundarias, eran malas, y desde la introducción de la Ley de delimitación de zonas, solo se habían deteriorado aún más. Amina rara vez tenía motivos para ir a las áreas africanas, pero sabía que las vías allí, si existían, eran mucho peores. Una vez satisfecha de comprobar que todo estaba en orden, abrió la puerta y levantó un pie para subir.

—Un momento.

Amina sintió un picor en los vellos de la base del cráneo cuando reconoció la voz del oficial De Witt, que le ponía la mano en el hombro. Se bajó, giró y sonrió al policía.

—Tenemos que dejar de vernos de esta manera —dijo ella—. La gente hablará.

Él le lanzó una sonrisa que era poco más que una mueca.

—Seguro que estás acostumbrada a eso, *¿ja?* A que la gente hable.

La chica se encogió de hombros y miró más allá del policía. Arrugó la frente al ver su auto estacionado al otro lado de la calle, a no más de cincuenta pies; ¿cómo no lo vio? El oficial Stewart estaba sentado en el auto, pero cuando vio que Amina lo miraba, fue hacia ellos, con el rostro fruncido. Al llegar, se tocó la gorra y le habló con cierta irritación a su compañero.

—Tenemos cosas que hacer. Si ya le diste los buenos días a la señorita, deberíamos ponernos en marcha.

De Witt no le prestó atención. Se dirigió hacia la ventana trasera del camión y examinó el interior. El asiento de atrás estaba cubierto con latas y una caja de cartón, de donde se asomaban varios víveres. El largo espacio hueco entre los asientos de adelante y atrás también estaba lleno de provisiones cubiertas con capas de tela de saco.

—¿Siempre llevas tantas cosas contigo? —preguntó en un tono beligerante.

—Usted sabe cómo es esto —respondió Amina—. Siempre hay algo que traer o llevar. La mitad de las veces no se puede confiar en que la gente entregue los productos cuando dicen que lo harán. Es más fácil hacerlo uno mismo —miró al oficial Stewart buscando la afirmación de esta generalidad, y él asintió de manera educada. Se quedó muy quieta, intentando que la ansiedad no la traicionara, haciendo los movimientos más lentos para dar la impresión de que su interés en el camión no le importaba—. ¿Hay algo más que pueda hacer por ustedes, caballeros, o puedo continuar con mi día? —preguntó al fin, a la vez que se sentaba detrás del volante.

Incluso mientras su compañero sonreía y comenzaba a decir que también ellos deberían continuar con sus cosas, el oficial De Witt abrió la puerta trasera de un tirón y dio dos puñetazos, con mucha fuerza, a los sacos que yacían en el hueco detrás del asiento del conductor. El corazón de Amina paró en seco. De Witt gritó de dolor y retiró la mano, sacudiéndola.

—¿Qué demonios llevas ahí, piedras?

—Enlatados —respondió enseguida. Se sintió mareada de la tensión y prendió el motor, poniéndolo de inmediato en la primera velocidad—. Seguro que nos veremos por ahí —les dijo, mientras se alejaba.

De Witt se quedó de pie, atendiéndose el puño y gritándole de lejos.

—¡Vete! —gritó—. ¡Si no te veo más nunca, será demasiado pronto!

La chica ya se encontraba muy lejos para oír sus palabras, pero dentro del local, Jacob escuchó el alboroto mientras le servía una taza de café al primer cliente del día. Levantó la mirada por un instante, permitiéndose una sonrisa.

Amina guió por la calle a una velocidad calmada, esperando no levantar sospechas. Miraba a los policías por el espejo retrovisor. Los oficiales regresaban a su auto y parecían discutir.

—No creo que nos sigan —dijo sobre su hombro—. ¿Estás bien? El oficial golpeó con mucha fuerza.

No obtuvo más respuesta que el sonido del motor. Contempló los sacos. Reduciendo aún más la velocidad, le dio la vuelta a algunos, para no encontrar otra cosa sino las latas que ella alegó tener.

La chica suspiró y frenó un poco, pero se dio cuenta de que solo llamaría la atención si se detenía.

—¿Dónde estás? —dijo, como si la mujer perdida pudiese aparecer de alguna manera frente a ella.

Shamim Sarif

Amina observó la ruta, intentando pensar qué hacer. Si regresaba, la verían. Hacía más de una hora que le había dicho a Rehmat que se escondiera en el camión. Debió haber visto a los policías. ¿Acaso ya la habían apresado? La sangre se le heló. Quizás todo el encuentro con los oficiales solo fue una jugarreta. El bastardo de De Witt seguro se estaría riendo de ella.

Viró bruscamente para no atropellar a una mujer africana que apareció de pronto, acercándose rápido hacia el vehículo. La chica paró y miró atrás, asegurándose de que la mujer estaba bien, solo para darse cuenta de que corría tras ella. Su colorida manta y pañuelo se abrían por el movimiento. Sin decir una palabra, abrió la puerta y comenzó a treparse al camión.

—Dame una mano, ¿sí? —dijo Rehmat, sin aliento.

Amina la agarró de las muñecas, la subió y de inmediato volvió al camino, obligando al motor a ir más aprisa. La mujer se recostó en el asiento, cerró los ojos y respiró profundo. La chica contempló la manta que aún tenía sobre los hombros.

—No me digas ¿te aburriste de usar siempre la misma moda parisina?

La mujer sonrió.

—Sí. Quería probar algo nuevo.

—¿Qué demonios pasó?

—Los vi cuando salía —dijo Rehmat—. Tuve el presentimiento de que regresarían, así que me moví sigilosa y los miré desde detrás del árbol del patio.

—¿Y entonces?

—No sabía qué hacer. Iba de regreso a tu cuarto, y entonces pensé que no, que ese sería el primer lugar donde irían. Así que caminé, alejándome de ellos. Esperaba que comenzaras a manejar, creyendo que yo estaba en el camión, y me vieras.

Amina sonrió.

—Yo pensé que estabas aquí. Creí que estabas herida. Ese policía bastardo le dio un puñetazo a los sacos y se hizo daño con unas latas.

—¿Cuál? ¿El que te golpeó?

—Sí.

—Muy bien —dijo Rehmat, riendo. De pronto, se estremeció y giró la cabeza para mirar atrás, pero la senda seguía vacía—. Te acabaste de delatar —dijo, después de un momento.

La chica frunció el ceño a la vez que miraba por el espejo retrovisor, pero Rehmat sonrió.

—No, no con ellos. Conmigo. Me mentiste ayer. Dijiste que no te habían golpeado.

Amina también sonrió.

—¿Por qué me mentiste? —preguntó Rehmat.

La chica se encogió de hombros.

—No quería que te sintieras mal.

—Eres muy considerada. Suerte la del hombre... o de la persona que sea tu pareja.

—Una persona con suerte —repitió Amina, con una sonrisa—. ¿Así que tú también has escuchado los rumores sobre mí? —rio.

Rehmat se mordió el labio, concentrándose en mirar a través del parabrisas. Después de un minuto en un silencio incómodo, habló.

—Lo que hagas y cómo vivas es asunto tuyo y de nadie más —le dijo, irritada de que se hubiese desechado su reconocimiento—. Si alguien entiende eso, soy yo. Solo intentaba ser amable, no hacer un comentario sobre tu manera de vivir.

Amina la miró.

—Lo sé. No te enojes. Solo me sorprendí, eso es todo. Nunca nadie me ha hecho un cumplido así.

Rehmat encogió levemente los hombros y sonrió.

—No pensé que fueras a parar. Te hice muchas señas.

—Lo siento, tenía la cabeza en otra parte. Cuando me di cuenta de que no estabas en el camión, entré en pánico. Y tu disfraz me confundió.

La mujer negó con la cabeza.

—Esa pobre africana. Iba caminando con su hijo, y yo llegué corriendo y le rogué que me vendiera su pañuelo y su manta. Debe haber pensado que estaba loca.

—¿Pero te lo dio de todas maneras?

—Hubieras visto cuánto le pagué.

Estuvieron en silencio por unos cuantos minutos. Amina mantenía la mirada casi fija en la vía que dejaban atrás. Sin embargo, se sentía segura de que los oficiales habían desistido.

—Tu hermano Sadru vino al café esta mañana.

—¿Ah, sí?

—Quería saber dónde estabas; si estabas bien. Le dije que no sabía, pero que le dijera a James que estabas bien.

—¿James está bien?

Amina asintió.

—Está en Nairobi, así que no hay nada que temer. Mañana irá a París.

Rehmat se arrellanó en el asiento.

—Gracias a Dios.

—Cuando hayas despegado, me aseguraré de que reciba los detalles de tu vuelo.

La chica no dijo nada más, contenta de solo manejar y dejar a Rehmat con sus propios pensamientos. Pasaron varios minutos antes de que la mujer volviese a hablar.

—Me da pena mi hermano.

Amina la miró.

—¿Sadru?

—Es tan ingenuo. Es tan... —de pronto, un filo de ira apareció en su voz—. ¿Acaso no puede ver cómo es ella?

—¿Y no te preocupa Omar?

—No. Omar no —Rehmat rio—. Omar es astuto. Él puede cuidarse solo y sabe lo que quiere en la vida. Tiene suerte de tener una esposa como Miriam. Justo lo que él quería, estoy segura. Alguien que viva en el fin del mundo y que le cocine.

—Yo creo que ella es más que eso —dijo Amina, algo severa.

—Seguro que sí —respondió, mirándola—. Pero que mi hermano lo sepa, o que siquiera le importe, es otra cosa —metió la mano en su bolso y sacó un cigarrillo. Le ofreció otro a Amina, pero la chica negó con la cabeza.

—¿Eres amiga de Miriam?

Amina titubeó.

—No mucho. ¿Por qué preguntas?

—No sé. La manera en que le hablaste en el café...

—Esa fue solo la segunda vez que la veía.

—¿De verdad? Porque no hablaron mucho, pero parecía haber... No sé, como si se entendieran. Como cuando dos personas se sienten cómodas juntas.

La chica se encogió de hombros.

—Me cae bien. Parece muy inteligente, pero no está acostumbrada a hablar mucho. O a que alguien la escuche, de seguro. Hablamos un poco cuando fui a trabajar allí —dijo, moviéndose en el asiento.

—¿Entonces la conoces bien?

—No tan bien como... —Amina cortó la frase y desvió la mirada—. La conozco un poco. Parece agradable.

Rehmat asintió y dio una jalada a su cigarrillo, sin dejar escapar el desliz de la chica.

Varias millas después, Amina dio un giro brusco con el volante, desviándose hacia una carretera asfaltada más pequeña.

—Ya estamos cerca del aeropuerto.

La mujer la miró.

—Estoy feliz de haberte conocido. Y no solo porque me salvaste la vida.

—No te salvé la vida.

—Me salvaste de la cárcel, que es lo mismo. De cualquier manera, estoy feliz de haberte conocido. Espero que siempre hagas lo que sientas que es lo correcto.

—Lo haré —le aseguró Amina.

—Bien. Porque por años me he preguntado si de verdad hice lo correcto. Fugarme para casarme. No porque no sea muy feliz con James; sí lo soy. Sino porque, por tanto tiempo, mi familia me hizo sentir que había hecho algo terrible. Eso te puede desgastar.

La chica sonrió.

—Si los dejas. Yo me hice responsable de mí misma y de mis decisiones hace mucho tiempo, y ahora ya no tengo que escuchar a nadie a quien no respete.

Al entrar a los terminales del aeropuerto, el camino se hizo más estrecho.

—¿Crees que haya alguien aquí?

—No —dijo Amina, con una seguridad que no acababa de tener—. No te preocupes. Hice arreglos para que una persona te lleve directo al avión sin tener que facturar equipaje y todo eso.

—¿Cómo lo hiciste?

La chica solo sonrió, conduciendo el camión hacia el pavimento fuera del terminal. Ya dentro, el edificio lleno de gente hizo que Rehmat se detuviera un momento, desconcertada por tantos sonidos, olores e imágenes después de la ruta larga y desierta en la que solo vio a Amina y oyó el rugir del motor. La chica se había ido rápido y en

196

pocos minutos regresó con su contacto. Era un hombre agradable, de Cabo Malayo, que estrechó cordialmente la mano de la mujer antes de invitarla a seguirlo por el mostrador, la aduana y al avión.

—Aquí te dejo —le dijo Amina.

Rehmat asintió y la miró, sin poder hablar. La chica odiaba las despedidas y, de acuerdo a sus instintos, se abstuvo de ser efusiva, pero la mujer dio un paso al frente y la abrazó.

—Nunca terminaré de agradecerte. Nunca olvidaré lo que hiciste por mí.

La mujer se dio vuelta y miró al funcionario del aeropuerto que la esperaba, indicándole que estaba lista para partir. Mientras se adentraban en la multitud, giró para despedirse, pero Amina ya tenía puesto el sombrero y se apuraba en llegar al camión. Había decidido que lo primero que haría al llegar a casa sería conseguir el teléfono de Miriam, si tenía uno, para dejarle saber que todo estaba bien.

15

El día estuvo frío y nublado. Un día largo y apagado, indistinto de cualquiera de los otros que Miriam sentía pasar inexorablemente. Desde que Rehmat se había ido, y al pasar la conmoción que rodeó su partida, sus vidas se volvieron a adaptar a la rutina. Ningún miembro de la familia la vio irse, pero Amina les dejó saber que había abordado el avión sin ningún percance. Miriam quiso darle las gracias por su ayuda, pero no tenía teléfono ni ninguna razón convincente para ir a Pretoria y Omar insistió con brusquedad en que Sadru ya le había agradecido lo suficiente de parte de todos.

Como era fin de mes, esperaban la visita de sus caseros, pero el largo y flamante auto no apareció. Al final de la tarde, ella se cambió el vestido nuevo de algodón que se había puesto para recibirlos y Omar se quitó la corbata. Cenaron con los niños, sentados como siempre alrededor de la amplia mesa de madera, pero la bebé estaba de mal genio y cansada, y Miriam la llevó a la cama antes de terminar de comer. La oyeron llorar por unos minutos mientras cenaban, hasta que el sonido cesó de manera abrupta.

—Está durmiendo —dijo Sam, y su madre asintió. Omar no dijo nada, más bien comió rápido, como siempre. Después se levantó, dejando el plato donde estaba, y se dirigió al sillón, tomando el diario para empezar a leer.

. . .

Como si se hubiesen liberado de una especie de hechizo, Miriam y los niños comenzaron a hablar entre ellos. Eran pequeños trozos de conversación; algo que había pasado en la escuela, lo que había dicho un maestro, una pregunta aquí y una explicación allá. Ella hablaba en voz baja porque a Omar lo irritaba el ruido, y cuando los niños levantaban la voz, emocionados o preguntando algo, la madre los callaba, pero con una sonrisa reacia. A Miriam le gustaba ese rato de charla con sus hijos. Cuando terminaban de comer, cada quien tomaba su plato y la seguía al fregadero, donde dejaban la vajilla sucia. Luego venía el camino escaleras arriba, llevando a los niños a la inevitable cama. Si estaba cansada, la lucha para bañarlos y alistarlos para dormir era larga. Pero en días como ese, ella disfrutaba esa tarea; sus voces cantarinas eran una pausa a los tonos silenciosos y bruscos de su jornada en la tienda, y sus rostros confiados un alivio para la soledad que se acentuaba.

Esa noche, más tarde, Miriam se sentó con Omar al fondo de la cocina, donde los dos acercaron sus sillas hacia el resto de calor que quedaba embebido en el negro metal de la estufa. El silencio afuera era profundo y espeso, y ella agradecía poder estar adentro, ya que las paredes de su hogar rodeaban a seres vivos, sus sonidos y movimientos, por muy tenues que fuesen. Omar hacía la contabilidad de la tienda, escribiendo por momentos con el quinqué cerca del codo, mientras que Miriam cosía un vestido para Alisha. El día antes había recibido, dirigida solo a ella, una carta de Rehmat proveniente de París. Estaba tentada a volver a leerla, a pesar de que ya se sabía casi todo el contenido de memoria. Era una misiva corta, una página de agradecimiento por la hospitalidad mostrada y la ayuda recibida. Estaba escrita en un papel crema que nunca había visto, tan delgado y crujiente como la piel de una cebolla. Miró a su esposo y recordó la expresión de agravio que se le

199

dibujó en el rostro cuando se percató de que la carta no venía dirigida a él. Decidió esperar al siguiente día y continuó cosiendo. Cuando él hacía la contabilidad le disgustaban las distracciones, por lo que la radio estaba apagada, y ella se perdió la voz relajante del desconocido que cada noche leía historias al aire. A Miriam solo le llegaba la orilla externa de la luz de la lámpara, que él mantenía con una llama baja para conservar el aceite. Pero sus jóvenes ojos eran fuertes, y observaba la tela con detenimiento mientras sus dedos pasaban la aguja con delicadeza entre los bordes doblados de la tela. Omar había desarrollado el hábito de aclararse la garganta cada uno o dos minutos, y ella comenzó a jugar a contar cuántas puntadas podía hacer antes del próximo carraspeo de garganta. Él levantó la vista una vez para verla, brevemente, y su cabeza también se levantó en respuesta a ello. Los ojos de ambos se encontraron por un segundo, y casi le sonrió a su esposo, pero él se veía serio y ella volvió a bajar la cabeza hacia la tela borrosa que se le había escapado entre los dedos.

En esa profunda quietud, un repentino traqueteo en la puerta del frente de la tienda los sobresaltó. Los dos levantaron la vista de nuevo, y en un segundo, Omar se puso de pie.

—¿Qué es eso? —le preguntó a su esposa, que lo contempló con los ojos muy abiertos, a la vez que cortaba un trozo de hilo con los dientes.

Él tomó el quinqué y atravesó la tienda, llamando a John mientras avanzaba.

—John está enfermo, ¿recuerdas?

De nuevo oyeron el traqueteo. Era evidente que alguien quería entrar. Ella tiró la costura sobre la silla y lo siguió hacia la tienda. El ruido había cesado y ahora Omar abría los candados y las rejas de la puerta del frente.

—¿Qué estás haciendo? —preguntó Miriam.

Entonces, la persona que estaba afuera pasó debajo de la luz, a la vez que caminaba impaciente de un lado al otro del porche. Miriam vio que se trataba de un hombre blanco; un granjero que fue cliente de la tienda varios meses atrás.

Cuando al fin se abrió la puerta, una sarta de maldiciones masculladas viajó con claridad desde el porche hasta el mostrador de atrás, donde ella se encontraba. El campesino entró a la tienda dando grandes zancadas, con aires de ser el propietario.

—Mi auto —dijo, señalando afuera—. Está estropeado. Los dos focos están dañados, estoy conduciendo en esta maldita noche oscura y no puedo ver un carajo —pateó el suelo como un niño frustrado.

—¿Las luces de su auto dejaron de funcionar? —repitió Omar, tratando de entender.

—*Ja*. Atropellé a un *kaffir*, que caminaba por el medio del... —vio a Miriam y se tragó una mala palabra— ...camino, como si le perteneciera, y mis dos faros dejaron de funcionar. Pensé que solo le había dado por un lado, pero mis dos malditas luces están rotas.

Omar salió al porche, esperando que el hombre le indicara el camino.

—¿Dónde fue?

—Aquí cerca —hizo señas con la mano hacia donde el polvoriento camino serpenteaba en la oscuridad—. Doscientas yardas. Ni siquiera. Dios, cómo me alegró ver tu tienda.

Los dos fueron hacia donde estaba el auto y caminaron alrededor de él despacio, evaluando el daño juntos. El granjero tocó una abolladura junto al foco roto, intentando sacarla con los dedos.

—Maldito *kaffir* —miró alrededor y se limpió la mano en la parte trasera de sus pantalones—. No sé por qué no funcionan los dos faros. Pero no puedo ir a casa sin luz.

201

—Tengo por lo menos uno en la tienda —Omar se
dio vuelta y regresó al borde del porche.

—¡Miriam!

—Sí.

—Trae el faro de auto. Está en la última repisa,
junto a las lámparas de kerosene grandes.

—Sí.

La tienda estaba oscura. Solo el parpadeo ocasional
del quinqué de Omar afuera lanzaba un tenue reflejo sobre
los anaqueles de madera, pero ella sabía dónde estaba la
mercancía y se movía con cuidado a lo largo de las hileras de
provisiones apiladas, palpando la tabla encima de su cabeza,
hasta que los dedos tocaron todas las lámparas; desde las
pequeñas luces parecidas a cirios, hasta el pesado foco al
final. Este último lo bajó de la repisa tomándose su tiempo,
sin sentir ninguna urgencia, a pesar del alboroto que hacían
los hombres afuera. Podía oír los altibajos de los tonos de
su conversación, sin entender las palabras, y tuvo una rara
sensación de control, de calma, que se apoderaba de ella. Su
mente volaba, pero su cuerpo parecía moverse justo como
debía. Una y otra vez escuchó en la cabeza las primeras
palabras de la explicación que había dado el afrikáner.
"Atropellé a un maldito *kaffir*...". Y ahora su auto estaba
estropeado. Se dio vuelta y caminó a lo largo del mostrador,
saliendo al porche, donde Omar la recibió y tomó el faro. El
granjero levantó la vista, optimista, satisfecho.

—*Ja* —asintió—. Ese parece ser el correcto.

Tomó el foco y procedió a instalarlo.

—¿Dónde está? —el sonido de su propia voz, que
casi no había utilizado en las últimas horas, sorprendió
incluso a la misma Miriam. Los hombres levantaron la vista.

—¿Qué? —preguntó el granjero.

Ella dio un paso atrás y miró a Omar. Él sabía lo
que preguntaba, pero no dijo nada, solo se quedó de pie,
sosteniendo el quinqué.

202

—El africano —dijo en voz baja—. ¿Dónde está?

Omar la contempló frunciendo el ceño, disgustado. El granjero la observaba con la mirada gélida. Ella dio un paso atrás, regresó a la tienda y bajó una de las lámparas medianas. Pensó que temblaba por el frío y se envolvió con fuerza en su chaqueta de punto. Entró a la cocina, directo a la estufa, y se quedó allí, pensando. De un ligero tirón, abrió la lata de kerosene y vertió un poco en la lámpara, encendiéndola. Desde la mecha recién embebida subió un delgado rastro de humo negro que se enroscaba en el aire. La imagen de los ojos claros y fríos del granjero la hicieron estremecer, y caminó de arriba a abajo, intentando detener los pensamientos que la enloquecían. Todo le recordó a los policías que la habían amenazado poco tiempo antes. La misma falta de atención, de respeto. La misma insensibilidad. Los viejos recuerdos y los nuevos eventos le daban vueltas en la cabeza, luchando por tener algún sentido. Un hombre resulta atropellado —un *kaffir*, un negro, pero igual, un hombre— y el que lo hirió, junto con el hombre con el que estaba casada, y que era el padre de sus hijos, estaban afuera preocupados por la abolladura en el auto. Por el costo del faro nuevo. Por la molestia. ¿De verdad los negros no eran nada? ¿Acaso todos los días miraba los rostros de Robert o John y no veía a nadie, a ninguna persona, ningún corazón, ninguna alma bajo aquella piel oscura? ¿Y qué de Amina, que le agradaba tanto? Ella tenía una parte africana. ¿Debería importarle menos? Caminó de nuevo, preguntándose más cosas en la mente. ¿Pudiera ese africano no estar herido o muerto? ¿Pudiera no tener hijos que lo esperaran en casa, o una esposa, o una madre? ¿No llorarían si supiesen que había sido atropellado? Aún podía percibir las cortas cadencias de las voces de los hombres y su conversación. Volvió a oír el áspero acento del afrikáner; fuerte, quejándose, y luego el tono de su esposo, dándole la razón y mostrándose servicial. Sin pensarlo más, agarró la lámpara, llenó una jarra limpia con agua y salió por la puerta de la cocina, caminando rápido por el huerto, esperando que de verdad hiciera demasiado frío para que hubiesen serpientes, como le dijo John riendo el día antes. Se detuvo solo una vez, al final de las casetas de madera detrás del huerto, y contempló la casa, aquellas ventanas detrás de las cuales dormían sus hijos, y casi regresó. Sin embargo, con un sentido de determinación, y por alguna razón, con la imagen fugaz de Amina Harjan, tomó el camino, resuelta.

Ella misma no tenía idea de lo que podía encontrar varios minutos después de que el hombre fuese arrollado, pero también quería estar fuera de la casa y lejos de aquellas voces. La noche se cerraba, profunda y densa como un bosque, y por primera vez sintió un poco de miedo. "Debió haberse ido ya, el africano" pensó. ¿Pero y si no se había ido? ¿Y si estaba enfurecido y la atacaba? El sonido de los insectos que raspaban la oscuridad se volvió más evidente a medida que se alejaba. Cuando miró hacia atrás, la noche estaba tan oscura que no podía ver siquiera su propia casa. Estaba afuera, lejos, sola, haciendo algo impensable. Aun así, su cuerpo se sentía controlado y disciplinado, y caminó resuelta, apretando la lámpara y el agua.

Primero escuchó su respiración; un sonido humano en la noche. Intentó contener el aliento, quedarse en silencio, sin entender por un instante que la luz la delataba, y maldijo a su corazón por latir tan fuerte contra sus costillas. Dio vueltas, intentando ubicar la respiración entrecortada en la oscuridad aplastante, pero él también la había oído y estaba aguantando el aire. Esperaron, los dos, quietos y tensos, cegados por la noche, hasta que un ruido de dolor, involuntario y áspero, lo traicionó.

Ella se volvió en dirección al sonido y caminó hacia delante, sosteniendo la lámpara al frente, lejos.

—¿Hola? —llamó, y mientras lo hacía, divisó una pierna delgada y oscura que se deslizaba por el suelo, alejándose fuera de su círculo de luz, hacia la oscuridad. La siguió y la vio de nuevo, resbalosa, pegajosa de sangre—. Espere —dijo, y balanceó la lámpara hacia delante. El foco iluminó al hombre, con la respiración pesada, la mirada apartada—. No me tema —le dijo. Él giró la cabeza, casi afeitada y brillante de sudor, y la observó, parpadeando, con los ojos temerosos y llenos de odio. La fuerza de aquel odio la hizo detenerse, cortando su audacia cual navaja filosa, y ella paró, con la jarra de agua suspendida en la mano. Miriam tragó y extendió la jarra lo más que pudo, pero el hombre no intentó siquiera tocarla—. Es agua —dijo ella, acercándose. Algo se movió detrás y la sobresaltó, asustándolo también a él, pero se dio cuenta de que era solo un murciélago o alguna clase de insecto volador—. Un murciélago —dijo en voz alta. Puso el agua en el suelo—. Usted está herido, debe dejar que le ayude. De lo contrario, no llegará a casa.

No recibió respuesta alguna desde la oscuridad, tan solo el brillo ocasional del blanco de aquellos ojos, y la sensación de ese cuerpo allí, muy cerca del suyo, en una noche enorme y vacía. Ella necesitaba una tela para vendarle la pierna y una frazada que lo abrigara. Miró atrás, hacia donde pensaba que estaba la tienda. ¿Debía llevarlo a las casetas anexas y dejarlo quedarse allí? ¿Qué pasaría si Omar lo encontraba? ¿Y si se robaba algo?

—No necesito su ayuda —la áspera voz sonó a su lado, mucho más cerca de lo que hubiese imaginado.

—Puedo traerle una frazada y una venda para su pierna.

No hubo respuesta. Sintió cómo hacía un esfuerzo, oyó la respiración pesada y un pequeño quejido de dolor. Él intentaba mantenerse de pie, y ella vio cómo su cabeza se meneaba hacia la luz. Puso la lámpara en el suelo y él se tambaleó inseguro sobre los pies. Sin pensar, Miriam dio un paso adelante y le sujetó el brazo, descubierto en aquel frío, y por un segundo él apoyó su cuerpo alto contra la figura delgada de ella, antes de volver a pararse derecho. Lo soltó inmediatamente, ruborizándose en la oscuridad, asombrada ante su propia audacia. Si su familia se enterase de que había tocado a un hombre negro, se escandalizaría sin importar en qué circunstancia hubiese ocurrido.

—Déjeme buscar...

—No necesito su ayuda —dijo él, ahora con la voz más fuerte y dura. La miró con desprecio, se dio vuelta y se alejó cojeando.

Miriam quería llorar, sobrecogida por la noche oscura, el odio, la sangre. ¿Acaso él la veía como blanca? ¿Como alguien tan malo como el granjero? Comenzó a regresar hacia la tienda y encontró la jarra de agua, intacta. Se detuvo para levantarla y regresó la corta distancia en un medio correr, hasta ver el *stoep*. El auto del campesino ya no estaba y la casa estaba completamente oscura. Caminó en silencio hacia la parte del frente y vio la luz de Omar en la tienda. Su sombra iba y venía entre los sacos de mercancía. Corrió hacia la puerta de la cocina, se detuvo en el escalón y metió las manos en el agua, frotándolas con furia para quitarse la sangre que podía oler en sus dedos. Después tiró el agua y alcanzó la manija de la puerta. Estaba cerrada con llave. Trató de nuevo. Esta vez, divisó el quinqué de su esposo oscilando por la tienda, luego por la cocina, acercándose hacia la puerta de atrás, donde ella esperaba, tensa y quieta. Omar levantó la luz hacia la ventana y la reconoció. Entonces, giró la llave en la cerradura y dio un paso atrás para dejarla entrar.

Se sorprendió de sí misma al pasar como si nada, como si regresara del huerto a plena luz del día. Fue hasta la mesa, puso sobre ella la lámpara, alisó su chaqueta y se levantó una manga que acababa de notar estaba manchada de sangre.

—¿Dónde estabas? —dijo Omar en voz baja.

—En el lavadero. Quería una cobija limpia —su tono era calmado y seguro, pero la mentira no sonaba convincente y lo sabía. Para empezar, no tenía ninguna cobija en las manos. Él se acercó adonde estaba parada y se inclinó hacia ella. Miriam levantó las manos, pensando que la golpearía, pero solo la husmeó como un perro que olfatea un objeto desconocido. De inmediato supo lo que percibiría sobre su ropa; el efluvio ligeramente dulce del sudor y la sangre del hombre herido. Cuando se acercó por segunda vez, le pegó. El golpe fue duro y ella se tambaleó hacia atrás, magullándose la cadera contra la mesa, manteniendo las manos levantadas en espera del próximo impacto. A pesar de protegerse, le dio en el rostro, partiéndole el labio y haciendo que un delgado hilo de sangre le corriera por la barbilla y el cuello. Por primera vez desde que había entrado a la casa, se dio cuenta de que la bebé lloraba en la habitación de arriba.

Omar la golpeó cuatro veces y Miriam quedó horrorizada de que él hubiese llegado a eso. Estaba apoyada contra el mostrador, con los brazos sobre la cara. Cuando al fin paró, no podía mirarlo. Él tampoco podía verla. En lugar de eso, apagó la lámpara y subió las escaleras sin decir nada.

Siempre temió que llegara ese momento; no por miedo físico, aunque sin duda se asustó. Más bien era porque sabía que sería algo terrible de descubrir acerca de un esposo, que de verdad la golpearía. Cuando era joven, siempre pensó que los golpes serían algo que nunca podría tolerar. Pero ahora había ocurrido y sabía que tendría que subir cuando él se hubiese calmado. ¿Qué otra cosa podría hacer, con los niños en sus camas y ningún otro lugar adonde ir? Ella lo conocía mejor de lo que él se conocía a sí mismo, y sabía que él odiaría lo que acababa de hacer. Podía imaginarlo en el baño de arriba, lavándose las manos como si pudiese eliminar la mancha de la violencia, peinándose el cabello sin verse a los ojos en el espejo. Sintió la sangre llenarle la boca. Su sabor era como el que pensaba tenía el metal, frío y ácido. Sangre como la del africano herido, allí en el camino.

Se enderezó, esperó hasta que se le pasó el mareo y fue a la bomba de agua para poner la cabeza debajo del chorro hasta lavar la sangre que se secaba. Estaba helada; tenía las extremidades rígidas y temblaba. Con las piernas pesadas como el plomo, subió las escaleras hacia el cuarto de la bebé, pero cuando abrió la puerta para ver, se percató de que el llanto había cesado. Cansada, caminó hasta la cuna y contempló a la niña durmiendo, con los puñitos regordetes y rosados levantados sobre la cabeza, en pose de pelea. Miriam quería llorar, pero no lo hizo. Se secó la mano distraídamente en la falda, luego estiró los dedos para acariciar con las puntas la pelusilla oscura y suave de la cabeza de la bebé. "Duerme" le dijo, la contempló por un rato y fue a hacerle frente a Omar.

16

Robert forcejeaba con el escotillón de madera que daba al sótano, a la vez que Miriam lo observaba.

—¿No bajaste la semana pasada?

—Sí, Señora. En ese momento estaba bien —confirmó—. Déjeme seguir intentando, Señora. Solo está trabado por la lluvia.

Miriam asintió y regresó a la tienda, donde Christina, la criada de la granja Weston, seguía mirando sin prisa la mercancía en oferta. Aunque vendían más que todo artículos básicos, Christina esperaba ansiosa sus visitas semanales a la tienda y siempre veía las cosas nuevas.

—¿Puedo ayudarte a encontrar algo? —preguntó Miriam antes de girar la cabeza para ver a Robert tirando de la puerta del sótano con todo su peso. La madera chirrió con fuerza y comenzó a subir poco a poco. Miriam sonrió.

—No, no se preocupe, Doña —respondió Christina—. Solo estoy mirando estas telas. Estoy pensando hacerme un vestido nuevo uno de estos días.

Miriam asintió, casi sin prestarle atención.

—Tómate tu tiempo, Christina —dijo, y regresó a ver cómo le iba a Robert.

En el cuadrado negro que se mostraba abierto en el piso, solo se percibían los travesaños más altos de una escalera de madera. Miró a Robert, que estaba parado con los pies en el borde de la oscuridad que yacía bajo ellos.

—Voy a bajar, Señora —anunció, preparándose para descender, pero la voz de Miriam lo detuvo.

—No —señaló—. Yo sé lo que estoy buscando. Yo bajaré.

—Pero hay muchas arañas, Señora —respondió Robert, con una ligera sonrisa.

Ella tomó en cuenta esta información por un momento y observó al muchacho, que ahora sonreía de oreja a oreja.

—A veces también hay serpientes —agregó.

—Busco una caja de libros —le dijo Miriam—. Los libros que tenía cuando era niña. Son novelas.

—Sé cómo son los libros —afirmó Robert—. Puedo encontrarlos.

Era pequeño y ágil, y en pocos segundos bajó apresurado por la escalera, parando en el último travesaño antes de caer en el piso del sótano con un ruido sordo. Esperó con paciencia por unos segundos, hasta que sus ojos se ajustaron a la profunda oscuridad que lo rodeaba. Entonces fue directo al fondo del sótano, a una pila de cajas que nadie había tocado desde que tenía memoria.

En la tienda, Christina tocaba la campana. Miriam regresó apurada y la contempló, aún con la campana en la mano.

—Pensé que todos se habían ido a casa —explicó Christina, riendo nerviosa.

—Nosotros vivimos aquí —indicó Miriam, levantando la vista hacia el techo, donde se oían las pisadas de su esposo. Sin duda, el insistente timbre lo había despertado de la siesta. Rápida, se movió hasta la mitad de las escaleras y vio a Omar regresando del baño.

—Lo siento —dijo—. Estaba afuera con Robert y Christina no dejaba de sonar la campana.

Él asintió, aún atontado de sueño.

—Regresa —le insistió Miriam en voz baja—. Duerme un rato. Te despertaré pronto.

—Ya estoy despierto —rezongó irritado.

Ella lo contempló, vencida.

—Está bien —asintió—. Pero no tienes que apurarte. Tómate tu tiempo.

Él la observó, desconfiado por su insistencia, pero ya ella bajaba las escaleras apurada.

Christina se había ido al fin y Miriam regresó de inmediato al escotillón del sótano. En pocos segundos apareció una caja de cartón, seguida de la cabeza de Robert. Con algo de esfuerzo, el muchacho la empujó sobre el piso, presentándosela con una venia de mano.

—Libros, Señora.

Ella se arrodilló para abrir la caja. En efecto, eran sus libros, los que había traído en barco desde la India y luego en camión desde Pretoria.

—Señora ¿se le habían olvidado? —le preguntó Robert, viendo cómo Miriam los sacaba de la caja uno por uno y los tocaba.

—Sí. Hasta que alguien me los recordó.

Los revisó con rapidez, sin tomarse el tiempo para abrirlos o pensar en la última vez que los leyó. Aquellos recuerdos y releídas se los guardaría para otro momento en que volviera a sentirse sola en la quietud de la noche. Los apiló en torno a ella —deben haber sido quince libros en total— y tomó *Lejos del mundanal ruido* y *Jane Eyre*, pero al final se decidió por *Mujercitas*, que recordaba bien de sus días en la escuela. Cuando era niña, siempre se imaginó como la fuerte e independiente Jo, pero si lo pensaba ahora, más bien veía a otra persona en ese papel.

Miriam llevó el libro a la tienda. Oía las pisadas de Omar arriba y también sabía que sus hijos regresarían de la escuela en cualquier minuto. Con suavidad, puso el libro sobre el mostrador y buscó en algunas gavetas hasta encontrar un pliego de papel de estraza y algo de cordón. Por un instante, contempló con anhelo los alegres papeles de envolver que yacían en pliegos al otro extremo del mostrador, pero sabía que Omar se daría cuenta si ella usaba un poco. Abrió la tapa del libro. Apareció una página blanca y limpia, ligeramente manchada por la humedad, pero limpia al fin y al cabo. Una página para escribir algo, para dejar una dedicatoria.

Miriam vaciló, pero fue a buscar una pluma. La sostuvo con aplomo encima de la hoja de guarda por lo menos durante tres minutos, a la vez que titubeaba sobre cuáles serían las mejores palabras hacia quien lo recibiría. La pluma bajó por fin:

"Para la amante"

Escribió Miriam, y se detuvo. Escudriñó los trazos que dejó la pluma en la página y pareció satisfecha de cómo quedaron las letras. Había sido buena en la escritura del inglés en la escuela, tantos años atrás. Se inclinó y escribió de nuevo, completando la frase:

"Para la amante de libros,
> *Cariños*
> *Miriam"*

Volvió a detenerse en la palabra 'cariños', insegura de que si no fuese mejor escribir 'saludos' o algo por el estilo. Pero entonces decidió que para cualquier otra persona no hubiese dudado en firmar con cariño, y no vio ningún motivo de ser tan tímida ahora. Esperó a que la tinta negra secara, soplando sobre ella con un tanto de ansiedad cuando se percató de las pisadas de Omar. Lo oyó decirle algo a Robert y escuchó a este bajar las escaleras.

Cerró el libro y lo envolvió con destreza. Luego, pasó el cordón dos veces alrededor del paquete, asegurándolo con un lazo. Veloz, escribió la dirección en Pretoria en letra de molde mayúscula.

—Robert —llamó, y el muchacho entró desde la cocina—. Ven —dijo, sosteniendo el paquete hacia él—. Toma esto —sacó de su monedero más dinero de lo que pensaba podía costar el franqueo, y se lo dio.

—Lleva esto al correo mañana, ¿sí?

—Sí, Señora —asintió, dándole vuelta al paquete con cuidado—. ¿Es un libro?

—Sí —respondió, y por primera vez se permitió sentir una cierta duda con respecto a esa idea suya. Oyó los pasos de Omar en las escaleras y extendió su mano hacia Robert, esperando de pronto que le devolviera el libro. Pero él lo sostuvo con firmeza y susurró de modo tranquilizador que lo llevaría al correo a la mañana siguiente. Entonces, con el libro bien guardado en el bolsillo, fue a ocuparse de los vegetales en el fregadero y Miriam regresó a las escaleras, justo a tiempo para saludar a su esposo.

El paquete pasó dos semanas en la oficina del correo antes de ser recogido con el resto de la correspondencia. La señorita Smith, jefa de la oficina de correos, se había visto obligada a dejarlo fuera del apartado de Amina debido a su tamaño, y lo puso a un lado. Así, se fue acostumbrando a verlo entre los sellos de goma y los libros de cupones, y después de un tiempo, dejó de reconocerlo como algo que esperaba ser entregado.

Lo volvió a ver de nuevo, por fin, cuando derramó un poco de tinta roja sobre él. Estaba envuelto de manera modesta en un papel de estraza liso, amarrado con un cordón sencillo. Cuando la señorita Smith derramó la tinta y vio cómo se extendía aquella mancha roja, tomó el paquete y refunfuñó consigo misma en afrikáans que a los sesenta y tres años ya estaba perdiendo la razón, y que qué esperanza le quedaba para el resto de su vejez. Le dio vuelta al paquete en sus manos, pecosas de la juventud, cuando pasaba al sol tanto tiempo como podía. Luego lo colocó frente a ella en la pequeña ventanilla desde donde atendía a los clientes,

213

porque sabía que Jacob Williams vendría ese día y que él podría dárselo, al fin, a Amina.

Eran apenas un poco más de las once cuando Jacob llegó a la oficina del correo para recoger la correspondencia del café. Iba dos veces a la semana, los martes y viernes. Amina le había dejado el recogido del correo a él, en parte porque a ella solía olvidársele por completo, y por otro lado porque una vez habían ido juntos y notó que él y la señorita Smith tenían una especie de flirteo.

—Buenos días, Señora —dijo Jacob, tocando su sombrero para saludar a la jefa de la oficina de correos. Ella sonrió y a él le pareció que tenía los ojos más azules que nunca. Eran como luces de neón chispeantes, decidió Jacob mientras la miraba; como ningún otro color que jamás hubiese visto en la naturaleza.

—Buenos días, Señor Williams —respondió, preguntándole también por su salud. Él hizo lo mismo, y charlaron por unos minutos en el mostrador antes de que entrara otro cliente. El hombre vio a Jacob inclinado sobre la ventanilla de Solo Blancos, sonriéndole a la jefa de la oficina de correos, y frunció el ceño. Jacob se dio vuelta y se movió veloz hacia la ventanilla por donde se suponía se atendiera a las personas de color y esperó, paciente, mientras la señorita Smith, quien era la única empleada del turno matutino en la oficina de correos, atendía al recién llegado. Con mucha eficiencia, la mujer arrancaba tiras de estampillas e ignoraba la mirada enojada de su cliente.

—Hace calor afuera, ¿no cree? —le comentó ella al hombre, viéndolo sobre la montura de acero de sus anteojos, percatándose del sudor que le bajaba por el lado de la cabeza. Dentro de la oficina de correos hacía fresco y había silencio; en la atmósfera solo se escuchaba el sonido tranquilizador de los sellos de goma de la señorita Smith y el eco de la caja registradora. Las ventanas altas de las paredes arrojaban amplios cuadrados de sol en la sala, pero el área

214

alrededor de los mostradores tenía sombra. En el techo había dos ventiladores que giraban con suavidad, produciendo suaves corrientes de aire que circulaban arriba.

El hombre usó la manga de su camisa para secarse la frente.

—¡Y que lo diga! —respondió entre dientes, y vio a Jacob que estudiaba los anuncios en la pared del fondo.

La señorita Smith empujó algunas estampillas por debajo del cristal divisorio en el centro del mostrador y le dijo el precio al hombre. Esperó con la mano sobre la caja, pero él seguía observando a Jacob. La mujer sintió pinchazos en las puntas de los dedos a causa de los nervios.

—Eh, chico —el sujeto llamó hacia el otro lado de la sala.

Por un momento, a pesar de ser el único otro cliente en la oficina de correos, Jacob no entendió que las palabras estaban dirigidas a él.

—¡Eh! —el hombre lo volvió a llamar. Jacob miró y levantó las cejas—. Tráeme agua, chico —ordenó, indicando con la cabeza el bebedero, que estaba en la esquina del fondo.

Jacob lo contempló y se pasó la mano por la coronilla. Por su naturaleza, no era un hombre que tomara decisiones precipitadas, y en esta circunstancia en particular, de pronto se dio cuenta de que tenía mucho que pensar. Jacob caminaría una milla con gusto para llevarle un vaso de agua a alguien que se lo pidiera de manera educada, pero de ninguna forma respondería al reclamo irrespetuoso que le acababan de hacer. Que un hombre veinte años menor que él lo llamara 'chico' era demasiado. Pero, por otro lado, tampoco le gustaba ocasionar problemas. Y odiaría que sucediera algo delante de la señorita Smith.

—¡Vamos! —gritó el hombre—. Tú entiendes inglés, ¿no?

Jacob ardía de rabia y vergüenza, pero su cuerpo permaneció relajado y quieto. Parecía completamente tranquilo, a pesar de que no lograba mirar a la señorita Smith. Sin embargo, la jefa de la oficina de correos no lo veía. Ya había salido del mostrador.

—No hace falta —le contestó severa al cliente—. Yo soy la empleada aquí y yo le traeré el agua si usted es incapaz de servírsela.

La señorita Smith pasó veinte años de su vida enseñando matemáticas en una escuela secundaria y seguía acostumbrada a tratar a las personas más jóvenes que ella como alumnos mayores, que debían ser guiados, elogiados o reprendidos, según la situación. Se movió presta hacia el bebedero, llenó un vaso de vidrio con agua tibia y se lo ofreció al sujeto.

—Aquí tiene —dijo.

El hombre no podía creerlo.

—¿Qué le pasa a usted, Señora? ¿Acaso no ha oído del apartheid?

Por un instante, mientras lo miraba a la cara, la señorita Smith vio el rostro de su único hijo, que ahora vivía en Inglaterra. Aunque no había un verdadero parecido entre este hombre y el muchacho de quien ella estaba tan orgullosa, podían tener la misma edad, y la jefa de la oficina de correos sintió escalofríos cuando vio la sorpresa en aquellos ojos que tenía enfrente. Con profundo pesar, percibió con qué facilidad se podía educar a una mente joven para ser ignorante. Parpadeó, percatándose de que el hombre seguía observándola y recordó la pregunta, el final de aquellas palabras que hacían eco en las esquinas altas de la sala.

—Sí, he oído del apartheid —respondió—. Y no me importa mucho, gracias.

El sujeto no se movió para tomar el vaso, así que ella lo volvió a poner junto a la fuente y de nuevo le pidió el dinero que le debía por las estampillas. Con brusquedad, pescó las monedas en su bolsillo, ignoró la palma extendida de la señorita Smith y las lanzó sobre el mostrador. Al caer, el tintineo rompió el tenso silencio de la sala y una moneda saltó al suelo, donde rodó debajo de una silla. El hombre salió, deteniéndose para mascullarle un insulto a Jacob, que estaba arrodillado, recogiendo la moneda antes de que la señorita Smith tuviera que hacer eso también. La puerta se cerró con un estruendo.

Jacob se levantó despacio y le dio el dinero a la señorita Smith.

—Gracias —le dijo con suavidad, sosteniendo su mano por un momento más largo de lo necesario—. Todos estamos perdiendo la dignidad como seres humanos en este lugar, ¿cierto? —aseveró.

—Algunos de nosotros más rápido que otros —afirmó Jacob, mirando el suelo.

—No lo crea ni por un segundo —su tono era fuerte—. Es gente como él la que pierde más...

—Tal vez.

La señorita Smith regresó con rapidez detrás del mostrador y se sintió aliviada al reconocer el paquete que tenía al frente.

—Señor Williams —llamó—. Tengo algo para usted. Más bien, para la señorita Harjan —levantó la vista como excusándose—. Me temo que ha estado aquí por bastante tiempo. Un par de semanas. Siempre se me olvida dárselo. Tome.

Le ofreció el paquete. Jacob agradeció en silencio su tono formal y el gesto de darle algo que mirar para no tener que verla a ella. Lo tomó y le dio vuelta.

—No tiene remitente —comentó en vano.

—No —coincidió la señorita Smith—. Quizás es de un enamorado secreto —agregó, pero entonces recordó todos los rumores que había escuchado acerca de la vida privada de Amina y se ruborizó, insultándose de nuevo para sus adentros, por ser despistada y falta de tacto.

—Debo regresar. Tengo trabajo —dijo Jacob, intuyendo que lo mejor para los dos era hacer que la visita llegara a su fin. Se levantó el sombrero y fue hasta la puerta—. Buenos días.

—¡Señor Williams!

Jacob se dio vuelta y esperó. La señorita Smith vaciló por un momento, indecisa entre disculparse o no por el incidente.

—La veo pronto —le respondió, leyéndole la mirada.

Ella lo observó por encima del marco de los anteojos y sonrió de pronto. Sus ojos azules se arrugaron en las comisuras.

—No deje de hacerlo —asintió ella, y Jacob le sonrió de vuelta antes de cerrar la puerta.

Jacob entró al café y encontró que se había llenado considerablemente en su ausencia. Los ojos de Amina se encontraron con los suyos, saludándose, y él levantó el envío que llevaba en la mano derecha antes de dejarlo encima del mostrador. Ella hablaba con algunos clientes, y mientras esperaba para tomar su orden, le lanzó una mirada al paquete. Estaba envuelto de manera sencilla en papel de estraza y cordón, y se preguntó si sería de su madre.

—¿El *breedie* está fresco? —le preguntó alguien sobre el guiso de cordero y vegetales, y ella le clavó la vista con una sonrisa que tenía un dejo de sorpresa.

—Toda nuestra comida siempre es fresca —dijo. Terminó de tomar la orden y recogió el atado camino a la cocina. Puso la orden a través del pasaplatos rectangular y esperó por un grito en respuesta que confirmaba que se había entendido. Notó que la letra al frente no era de su madre ni de su padre. Mientras buscaba un cuchillo para cortar el cordón, un vaso cayó al suelo, quebrándose ruidoso sobre el piso de madera detrás del mostrador. Hubo un momento de silencio antes de que la gente comenzara a hablar de nuevo.

Jacob estaba de pie contemplando el vaso roto, preguntándose cómo se le había resbalado de las manos. Amina lo veía y se dio cuenta de que nunca antes se le había roto nada, ni siquiera un plato. También notó que le temblaban un poco las manos. Una de las meseras ya se encontraba a los pies de Jacob, con un cepillo de cerdas cortas y un recogedor, y en pocos segundos se había desvanecido toda la evidencia del vaso roto. Ya no le interesaba a nadie. Solo Jacob seguía viendo el suelo.

Amina apareció a su lado.

—¿Qué pasa?

—Se resbaló. Lo estaba puliendo. Lo lamento.

—No me refiero al vaso —dijo Amina con suavidad—. ¿Qué sucede?

Jacob usó el paño que aún tenía en la mano para limpiar encima del mostrador brillante.

—Nada —respondió.

Ella lo dejó trabajar por unos instantes, esperando con paciencia hasta que volvió a hablar.

—Un afrikáner en el correo —explicó al fin, evitando su mirada—. Me llamó 'chico' y me ordenó que le trajera agua. Un tipo joven.

Amina suspiró irritada.

—¿Pero qué está pasando en el mundo en estos días?

Jacob se encogió de hombros.

—No sé.

—Ven y siéntate conmigo —le indicó.

Jacob puso el paño en el mostrador y la siguió.

—Hay gente esperando. Deberíamos ayudar.

—Doris y Mary se encargarán —insistió, viendo cómo las camareras se movían de mesa en mesa.

Amina fue por una taza de café y la puso frente a Jacob, sentándose después.

—¿Qué habrá aquí dentro? —preguntó, poniendo el paquete entre los dos. Quería darle a Jacob tiempo para calmarse, para disponerse. Cortó el delgado cordón con el cuchillo y quitó el envoltorio de papel. Ante ella había un libro. Era viejo, tenía una sobrecubierta azul pastel y letras finas.

—*Mujercitas* —Jacob leyó el título de cabeza—. ¿Quién lo envía?

—No lo sé —respondió Amina un poco rápido. Cuando levantó la vista para mirarlo, él sonreía.

—¿Tiene una carta? —preguntó Jacob.

—No tiene carta.

—Tal vez haya algo escrito adentro —le sugirió amablemente.

Amina creyó esto poco probable y parecía renuente a abrir la tapa del libro. Jacob notó que le brillaban los ojos; casi no podía quedarse quieta.

—Jacob, no dejes que esos idiotas te depriman. Son ignorantes.

—Lo sé. No vale la pena molestarse, pero me dio vergüenza.

Ella asintió.

—¿La señorita Smith?

—Sí.

Él se levantó de la mesa y le sonrió.

—Gracias por tranquilizarme —dijo—. Disfruta tu libro.

Jacob se alejó, caminando hacia un grupo de personas que esperaba en la puerta. Cuando los llevó a sus mesas, se dio vuelta y vio que Amina todavía estaba sentada a la mesa, leyendo el interior del libro, sonriendo para sí.

17

Amina aún disfrutaba el libro que había recibido, cuando su madre la llamó por teléfono. En medio de su felicidad no se imaginó que pudiesen ser malas noticias, y le tomó algunos minutos percatarse de que el tono apagado de la madre sonaba más deprimido que de costumbre. Cuando al fin la señora Harjan, tartamudeando, le dio la noticia de que la abuela de Amina había fallecido, parecía tan irreal que la chica le hizo repetirlo.

—¿Cómo pasó?

—Un ataque al corazón.

—¿Así como así?

Hubo una larga pausa.

—Creo que fue la impresión —dijo la voz temblorosa de su madre—. Aquella gente vino de nuevo, y ella se enteró de...

—¿Cuál gente?

No hubo respuesta, y Amina volvió a intentar:

—¿Se enteró de qué, Mamá?

Hubo un ruido en la línea y un sonido de llanto, pensó Amina, y la llamada se cortó. Miró a Jacob, que la había visto hablando por teléfono.

—Mi abuela murió.

Cuando Amina entró, los padres estaban sentados a la mesa de la cocina. Se había tardado afuera, caminando deliberadamente despacio y con mesura desde el camión hasta la casa, insegura de cómo saludar al padre tras la muerte de su madre. El señor Harjan siempre había sido un hombre que expresaba muy poco sus emociones, y ella no tenía idea de cómo se comportaría, ahora que su madre yacía en una de las habitaciones de arriba para no volver a levantarse más. Por su parte, Amina se sintió un tanto culpable de haber tenido tan poco pesar en las horas que siguieron a la muerte de la abuela. Sus vidas no se habían cruzado mucho hasta esta visita reciente. El abuelo murió tres años antes y los dos vivían en su propio apartamento, nunca con los hijos. Amina creció conociendo a su abuela solo como una visita; una que nunca le gustó demasiado.

Se detuvo justo fuera de la puerta trasera y puso en el suelo los dos sacos de harina que había traído para su madre. No los llevaría adentro donde el padre pudiera verlos, para que no se diera cuenta de que todas las provisiones no venían del escaso dinero que le daba a su esposa para los gastos de la casa.

Cuando Amina le dio vuelta a la manilla de la puerta, los señores Harjan levantaron la vista. Se inclinó para recibir el beso indeciso que la madre le dio en la frente, y miró al padre. Sus ojos se encontraron por un instante antes de que él volviera a concentrarse en la taza de té que tenía delante, enfriándose. No se acercó a él para saludarlo —no era la costumbre entre ellos— sino que trajo otra silla a la mesa y se sentó.

—¿Quieres té? —preguntó la señora Harjan.

Amina negó con la cabeza. Vio a su madre levantarse e ir a la estufa, donde había una gran olla de *daal* hirviendo a fuego lento. Sirvió las lentejas en tres platos y Amina se levantó para llevarlas, una por una, a la mesa. Le siguió una bandeja de *rotlis*.

Amina volvió a sentarse y observó su plato.

—¿Cómo pasó? —preguntó al fin.

Su madre la contempló con un aire trágico y, por alguna razón que no pudo precisar, Amina inmediatamente se sintió culpable.

—Tuvo un ataque al corazón —dijo el padre, cansado. Levantó la taza de té y sorbió el líquido, con el aire de un hombre que ha dicho todo lo que tenía en mente.

—Oh —comentó Amina, aunque ya lo sabía. Esperó unos segundos, pero nadie parecía tener deseos de continuar la discusión—. ¿Qué lo causó? —preguntó con timidez.

Su madre la vio de nuevo, con la misma mirada indefinible, y Amina tragó. Aun así, nadie hablaba, y la chica esperó con creciente inquietud y algo de impaciencia.

—Tuvimos visita —respondió la madre, intentando no llorar; como si esa frase de alguna manera fuese fácil de entender.

—¿Visita? —repitió Amina.

La señora Harjan asintió.

—Los Ali.

La familia del chico apropiado. Amina observó a su madre, ya que los había olvidado hacía mucho tiempo, y se preguntaba de qué manera pudiesen ellos estar relacionados con el fallecimiento de su abuela.

—Vinieron ayer por la tarde, para dar su respuesta.

—¿Respuesta? —repitió Amina, antes de comprender lo que quería decir la madre.

—Sobre ti —los ojos de la señora Harjan estaban llenos de lágrimas—. Ellos te rechazaron para su hijo.

Amina se hubiese sentido aliviada si de alguna manera le hubiera preocupado la posibilidad de casarse con el chico, pero como no era así, la noticia de que al parecer no era suficientemente buena para aquel joven, no le resultó ni una sorpresa ni tampoco una molestia.

Shamim Sarif

—¿Por qué se tardaron en responder?

Su madre se sorbió la nariz.

—Creo que nos estaban evitando. Porque te habían rechazado. Pero tu abuela seguía llamándolos, hasta que tuvieron que venir.

La señora Harjan tragó las últimas palabras en medio de un sollozo. En su desesperación, Amina miró al padre, que seguía comiendo sin inmutarse, escuchando a su esposa hablar. Amina tenía hambre y observó el plato, preguntándose si podría comenzar a comer, a pesar de que la madre aún no había terminado su historia. La chica sacó un pañuelo grande y limpio del bolsillo.

—¿Le impresionó que ellos me rechazaran?

La señora Harjan negó con la cabeza, secándose los ojos, al parecer, incapaz de hablar. Se sorbió la nariz con fuerza, y por fin vio el pañuelo que Amina le tendía. Lo tomó y se sonó la nariz.

—Ellos le contaron de tu negocio. Con el hombre de color. Con Jacob —agregó, más cortés, cuando se percató de la mirada fiera que salía de los ojos de su hija.

—Y luego le dijeron que no eras... suficientemente femenina.

Esta última frase estuvo interrumpida por sollozos, y terminó con la señora Harjan enterrando su cara por completo en el pañuelo.

—¿Ves? —gritó de pronto, levantando la cabeza—. ¡Son cosas como esta las que les hacen decir eso! —dijo, sosteniendo de manera acusadora el generoso cuadrado de algodón blanco—. ¿Qué chica lleva un pañuelo como este? Este es un pañuelo de hombre. No está bien.

Amina alejó su plato y por un instante miró a su padre. Había dejado de comer y ahora la contemplaba, pero sin reproche, y su expresión impasible la calmó por un momento. Sin mostrar señal de sentir nada, vio a su esposa que sollozaba y luego sus ojos regresaron hacia la hija.

—Tu abuela siempre comía demasiado —comentó en un tono soso—. Y nunca hizo ejercicio. Para su corazón. Amina estaba agradecida y bajó la vista hacia la mesa.

—Vamos —le indicó—. Come.

Al principio, nadie se percató de que la abuela de Amina estaba muerta. Había escuchado cada vez con más horror cómo la familia Ali enumeraba las razones de su rechazo y pareció atragantarse con su té. Después, se agarró el amplio pecho y gritó que le trajeran un poco de agua. Para entonces, la visita había decidido retirarse y una vez que se fueron, la anciana llamó a su hijo para decirle que llamara a Amina de inmediato, porque la chica necesitaba una dosis de disciplina. Luego cambió de idea y decidió que mejor llamara al doctor porque se estaba muriendo de la impresión.

El señor Harjan estaba acostumbrado a las insistencias dramáticas de su madre; durante los últimos treinta años había venido asegurándole a la familia inmediata que su muerte era inminente. Era una manera de atraer la atención en momentos de presión, enojo y enfermedad, y había funcionado en los primeros años, pero no en los últimos veintiocho. Por eso, el señor Harjan la escuchó y salió de la sala, deteniéndose en la cocina solo para pedirle a su esposa que le llevara algo de té y un vaso con agua en cuanto pudiese.

Cuando la señora Harjan envió a Rosemary con el té, la anciana parecía dormida, así que la chica sirvió una taza de la infusión lechosa y la dejó descansar. Unos minutos después, la señora Harjan fue a verla y encontró que la anciana, en efecto, estaba dormida en su sillón, sin duda exhausta por toda aquella recriminación dramática. Enderezó la taza de té sobre la bandeja que tenía delante y se fue. Una hora después, regresó para llamarla a cenar. No se había movido para nada de su posición anterior, y la señora Harjan notó que se veía más bien pálida. Se acercó a tocarle el hombro, y la anciana se desplomó hacia delante, para caer de frente en el té y las galletitas. La señora Harjan dio un pequeño grito, y luego se percató de que no podía emitir sonido alguno. En su mente, comenzó a rezar con fervor, pidiendo ayuda. En cuestión de segundos, Dios le envió a Rosemary, que había estado pelando papas en la cocina. Pero Rosemary solo se detuvo en la puerta un instante, justo lo suficiente para darse cuenta de que la anciana no bebía directo de su taza, sino que había muerto y caído dentro de ella. De inmediato, salió gritando al jardín.

—No tengo tiempo para conducir por todo el campo por una vieja que ni siquiera conocimos —dijo Omar, entrando a la tienda a zancadas.

Miriam lo siguió.

—No es por la señora. Ella ya está muerta. Es por la familia. Tú conoces al señor Harjan.

—Casi no —replicó, dando vueltas como buscando un escape físico de la conversación.

—Tú eres quien siempre nos hablas a mí y a los niños de nuestras responsabilidades y nuestras tradiciones, ¿y ahora no quieres ir a dar tus condolencias?

—No me grites.

A pesar de que Miriam no había levantado la voz, él le lanzó una mirada acusadora y ella se quedó en silencio. Omar se puso a pasar las páginas de un libro de pedidos, volteándolas con un restallido.

—Esa familia no se mezcla con ninguno de nosotros, y sin embargo, cuando les conviene, esperan que todos vayan corriendo.

Miriam respiró e hizo un último intento.

—Ellos no esperan nada. Pero es lo menos que podemos hacer.

—¡Yo no le debo nada a esa gente! —le gritó.

—Sí les debes —refutó en voz baja—. Sí les debes. Amina Harjan salvó a tu hermana, ¿recuerdas?

Omar tiró el libro al otro lado de la sala, estrellándolo contra la pared, a varios pies de Miriam. Ella lo vio por un momento. Luego lo recogió, alisó las páginas dobladas y lo puso sobre el mostrador. Sin volver a mirar a Omar, regresó a su cocina.

Todos los pisos de las habitaciones de abajo en la casa de los Harjan estaban cubiertos con sábanas blancas. Sobre ellas se sentaban varias personas de la comunidad, que habían llegado para expresar sus condolencias y servir de apoyo a la familia doliente. La mayoría de los presentes eran mujeres, y la mayoría de ellas eran viejas, para quienes una muerte, en particular una que no las afligía, era una oportunidad que no debía perderse. Era una ocasión para reunirse, para alborotarse, para cocinar y para recordar a la persona fallecida, incluso si no la habían conocido de verdad.

El señor Harjan estaba sumamente descontento. Su reacción instintiva inmediata al encontrar a aquellos extraños invadiendo su casa era darse la vuelta y regresar al negocio, pero pronto se dio cuenta de que no podía hacer eso, y que se esperaba que él, el hijo que acababa de perder a su madre, estuviese en casa todo el tiempo.

Así que se sentó resignado en una de las sillas del comedor —había cedido su sillón preferido a una sucesión de visitantes ancianos— y aceptó los continuos murmullos de condolencia. La gente le decía que debería estar contento de que su madre haya ido a un lugar donde podía descansar en paz, y él asentía mientras sus ojos se movían hacia el techo y se imaginaba el cuerpo macizo de la anciana descansando al fin en la cama del piso de arriba.

De la cocina emergía un incesante murmullo de voces femeninas que borboteaba de vez en cuando, como una olla sin vigilar, para volver a calmarse de pronto. En medio de estas mujeres estaba la señora Harjan, muy ocupada evaluando los platillos que sus nuevas amigas le habían traído, ya que según la tradición, no se cocinaba en el hogar del finado. De vez en vez sacudía la cabeza y recitaba una vez más, al pedido de sus amigas y conocidas, las circunstancias de la muerte de su suegra. Omitía los detalles del rechazo hacia Amina por parte de la familia del chico apropiado, pero poco a poco la escena de la muerte en sí quedaba más adornada; cada versión nueva y dramática resultaba más pulida, como un objeto de plata. Luego había que discutir los presagios; casi todos los que habían visto o hablado con la anciana en la semana anterior a su muerte, ahora se daban cuenta de que dijo algo que les pareció extraño.

"Sabes, apenas la semana pasada, me comentó que estaba cansada de vivir".

"Tan solo el otro día me dijo que cuando Dios decidiese llamarla, estaría lista. Fue como si lo supiera".

Así continuó. Cuando Omar y Miriam llegaron al anochecer del segundo día, él fue a darle la mano y mascullar sus condolencias al señor Harjan antes de retirarse a una esquina con los demás hombres que hablaban en voz baja. Pudo oír que discutían sobre el Malan, su gobierno, y las leyes de votación. Al menos podría ponerse al día con las últimas noticias del Partido Nacional y enterarse de qué manera las nuevas leyes del apartheid pudieran afectar su negocio. Su interés en la política del país siempre se había centrado en el lado práctico más que en el ético.

Mientras tanto, Miriam se dirigió a la cocina, donde fue absorbida de inmediato por las mujeres arremolinadas que se preparaban para servir la cena, y puso en la mesa la bandeja de *samosas* que había traído como contribución. Las mujeres se abalanzaron sobre ellas, poniéndolas en el horno, y continuaron probando, comparando, preparando. Miriam notó enseguida que Amina no estaba entre ellas. Esperó un poco y ayudó a comenzar a servir las bandejas de comida que llevaban adonde estaban sentados los hombres, y después habló en voz baja con la señora Harjan, preguntándole si Amina no estaba, porque le gustaría darle sus condolencias. La señora Harjan dejó lo que hacía y la contempló. No la conocía, pero parecía contenta de que esta mujer joven, de apariencia conservadora, pudiese ser una de las amigas de su hija.

—Está arriba —indicó la señora Harjan, casi susurrando—. Sube, si quieres. Y por favor, intenta hacer que baje.

Miriam vio aquellos ojos suplicantes e intentó asentir de modo tranquilizador. Salió de la cocina y caminó en silencio por el pasillo. No había ninguna luz eléctrica encendida, y solo los últimos rayos del crepúsculo alumbraban las sombrías paredes. Se estremeció y observó las escaleras, cuyo final desaparecía en la oscuridad. Subió despacio, esperando encontrar a Amina antes de toparse con el cuerpo de su abuela.

Cuando llegó al final de las escaleras, vio un resplandor que salía de un pequeño cuarto a la derecha. Miriam asomó la cabeza por la puerta. Había un cojín en el suelo y un libro al lado, pero aparte de eso, la habitación estaba vacía. Algo en el silencio y la oscuridad que invadían las habitaciones de arriba —quizás el estar consciente de que el cadáver estaba en algún lugar cercano— impidió que llamase a Amina. Más bien, regresó al pasillo y esperó vacilante por un momento.

Todas las otras puertas permanecían cerradas, excepto por la de la habitación a su izquierda, que estaba entreabierta, aunque el cuarto se encontraba a oscuras. Con pasos silenciosos, Miriam caminó hacia el umbral y miró dentro. Por unos segundos no pudo ver nada; tenía la vista nublada por la luz del otro cuarto. Sin embargo, había un olor cáustico, dulce, que no podía identificar, pero que le parecía vagamente conocido. Parpadeó de nuevo y esta vez encontró un par de ojos: intensos, penetrantes. Fue lo único que al principio definió de la chica sentada en el suelo, lo que la hizo saltar antes de distinguir el contorno de un *shalwaar kameez*. A pesar del vestido tradicional y el cabello poco recogido, se dio cuenta de inmediato de que la chica en realidad era Amina. Miriam recordó la oscura intensidad de su mirada, como también la lenta sonrisa que se le dibujó en el rostro, cuando Amina también reconoció a la intrusa que tenía al frente. Saltó de su asiento recostada contra la pared y se dirigió hacia la puerta.

—Me asustaste. Por un instante pensé que mi abuela había regresado para vigilarme —con la mano hizo una seña hacia un lado, y Miriam descubrió el cuerpo de la anciana que yacía en la cama junto a ella.

—Que Dios nos perdone —dijo Miriam de manera instintiva y salió del cuarto tan rápido como pudo. Amina la siguió, cerrando la puerta tras de sí, antes de dirigirse a ella con una expresión divertida en la mirada.

—Pensé que la habías visto ahí.

Miriam negó con la cabeza y supo entonces que había reconocido aquel olor de su infancia en Bombay, y que ese era el olor de la muerte. Dos de sus tías habían muerto en un corto intervalo cuando ella tenía catorce años, y sobre sus cuerpos se había quedado el mismo olor acre. Se sintió mareada y estiró la mano para apoyarse en la pared, pero antes de alcanzarla, sintió una mano fuerte en el codo y otra en la espalda, que la sostenían con energía.

—¿Estás bien? —preguntó Amina.

Miriam asintió y sonrió, avergonzada por su debilidad, y Amina la llevó rápido hacia la habitación iluminada.

—No esperaba verte aquí hoy. No sabía que conocías a mis padres.

—No los conozco —explicó Miriam—. Vinimos a verte a ti. A ofrecerte nuestras condolencias.

—Qué amables. Nadie más vino especialmente a verme a mí. De seguro porque todos ellos piensan que maté a mi propia abuela con mis pantalones y mi estilo de vida —añadió con un tono irónico.

Miriam la contempló. Amina se veía linda con su atuendo, alta y derecha, con una elegancia que iba muy bien con el traje largo y suelto, pero también se veía como una extraña. La chica observó el movimiento de sus ojos y sonrió.

—No sé si apruebas mi ropa o no. Por tu expresión.

Miriam se ruborizó.

—Ninguna de las dos cosas. No soy yo quien deba aprobar o desaprobar...

—No, dime. ¿Qué piensas?

—Se ve muy lindo.

—Es un traje bonito —dijo Amina, malentendiendo a propósito el comentario.

—Quiero decir —tartamudeó Miriam—, que te ves muy linda con él.

—Ah. Eso es distinto.

Miriam rio nerviosa y vio alrededor, evitando los ojos de la chica.

—Entonces —continuó Amina—, ¿tú me prefieres en ropas tradicionales?

Miriam frunció el ceño. El tono de la chica era difícil de descifrar; a veces sentía que le tomaba el pelo, y otras, como si la estuviese poniendo a prueba.

—No —respondió Miriam, y Amina se volvió a verla—. Te ves linda con esa ropa, pero eres alta y delgada... y bonita, y te verías bien con cualquier cosa. Pero —respiró, evitando la mirada penetrante de Amina—, pero no pareces tú.

La risa de Amina pareció calentar el frío silencio de la habitación.

—Me alegra que digas eso, porque no me siento yo misma —arrepentida, bajó la vista hacia el bordado dorado y la tela de color—. Pero tengo que complacer a una persona que, Dios la tenga en su gloria, no puede verme.

—Suena ridículo, si lo dices así.

—Lo sé —Amina le ofreció asiento a Miriam, pero ella negó con la cabeza y permaneció de pie, mientras Amina seguía sentada con las piernas cruzadas sobre su cojín—. Sigo viendo las convenciones aceptadas desde el ángulo equivocado; y una vez que lo haces, no puedes volver a ver las cosas como lo hacías antes.

—Quizás no lo estás viendo desde el ángulo equivocado —sugirió Miriam, insegura de su razonamiento, pero determinada a mantener su parte de la conversación.

—Todos los demás creen que lo hago.

Miriam no dijo nada y Amina la observaba, divertida.

—¿Tú piensas que yo tengo razón y todos los demás están equivocados? —insistió Amina.

—Tal vez. No sé de qué estás hablando en particular. Pero solo porque todos crean algo, no tiene que ser cierto.

—Pero lo que piensa la gente te presiona a aceptar cosas, ¿no? Quiero decir, ¿por qué te casaste?

Miriam se sorprendió.

—¿Qué quieres decir?

—¿Viste a tu esposo y te enamoraste, y supiste que querías estar con él por el resto de tu vida?

En la habitación había una pequeña ventana, que contra la luz de la lámpara se convertía simplemente en un rectángulo negro, sin nada que ver al otro lado. Aun así,

Miriam se acercó unos pasos y estudió la oscuridad como si fuese el paisaje que había esperado ver toda su vida. Amina estaba callada, contemplando el piso y los zapatos de Miriam.

—No —Miriam respondió en voz baja.

—¿Entonces por qué te casaste?

Miriam giró hacia ella con una ligera sonrisa mientras se encogía de hombros, como reconociendo su derrota en una discusión que apenas comenzaba.

—Él me vio unas cuantas veces y me propuso matrimonio, y mi familia aceptó por mí. Es eso lo que quieres oír, ¿cierto? Me casé con él porque me dijeron que debía hacerlo. Pero Amina, nunca se me ocurrió ponerlo en duda. Me casé porque todos esperaban que lo hiciera.

Al pronunciar el nombre de Amina, Miriam se sintió cohibida y se volvió de nuevo a ver por la ventana opaca.

—Bueno, pues a mí se me ocurrió cuestionarlo — dijo Amina.

—Lo sé.

La chica bajó la vista, insatisfecha, y sus ojos se posaron sobre el libro abierto que estaba a su lado.

—No te di las gracias por el libro. Me gustó mucho la dedicatoria.

Miriam se ruborizó, pero intentó sonar casual.

—No tienes que darme las gracias. Soy yo quien debería agradecerte. Me hiciste recordar todos los libros que traje de Bombay.

—¿De Bombay?

—Sí. Yo sé, es un largo camino para arrastrar una caja de libros, pero mi esposo no lo supo; él pensó que eran parte de mis posesiones esenciales. De cierta manera, lo eran. De niña, adoraba esos libros, y traerlos conmigo me hizo sentir menos añoranza. Sentí como si trajera conmigo algunos amigos, aunque solo fuesen personajes de las novelas.

Cuando se apartó de la ventana, Miriam se dio cuenta de que Amina la escuchaba con mucho cuidado, y su mirada la hizo sentirse nerviosa de nuevo.

—Mírame, hablando tanto —afirmó, con una ligera risita—. Estoy aquí para darte mis condolencias, no para contarte la historia de mi vida.

—Me gustaría escucharla —dijo Amina.

Pero hablar de las condolencias le recordó a Miriam lo que la señora Harjan le había dicho.

—Tu madre quiere que bajes.

Amina suspiró.

—Vamos —la persuadió Miriam—. Mi esposo también quisiera verte.

Amina intentó no parecer demasiado dudosa acerca de ese último comentario.

—Así es —repitió Miriam—. Para darte las gracias.

—¿Por qué?

—Tú sabes por qué. Por Rehmat. Lo que hiciste fue...

—Nada —la interrumpió Amina, levantándose—. No fue nada. Cualquiera hubiese hecho lo mismo.

—Yo no lo hice —dijo Miriam, viendo de nuevo por la ventana, para que Amina no pudiese ver sus ojos.

—Tú le avisaste que iban a buscarla —explicó Amina—, y por eso, ella tuvo tiempo de venir a mí. Tú hiciste tu parte y luego la pasaste. Hicimos como aquellos corredores en una carrera de relevos —rio, contenta con su analogía, pero Miriam negó con la cabeza.

—Yo no hice mi parte. Lo que hice fue traicionarla y luego esperar a que tú la salvaras.

—¿Vienes conmigo? Quiero volver a ponerme mi ropa de siempre antes de bajar.

Miriam siguió a Amina a la habitación contigua y esperó a que la chica se quitara la larga blusa desde arriba y tomara una camisa de la cama.

—¿Crees que traicionaste a Rehmat? ¿Porque le dijiste a la policía que ella estaba en Pretoria?

—Sí.

—¿Te hicieron daño?

—No. No me tocaron. Estaban llevándose a mis hijos. A la estación.

En la oscuridad, Miriam podía ver el brillo de la piel de Amina y el destello de sus ojos. La chica ya se ponía los pantalones.

—Entonces hiciste lo correcto —afirmó Amina—. Rehmat sabía que se estaba arriesgando al regresar aquí. No hay razón para que tus hijos sufran a causa de eso.

Miriam asintió, como concediéndole la razón.

—Pero entonces, tampoco había razón para que tú te arriesgaras.

—Yo soy adulta. A diferencia de Sam y Alisha, puedo tomar mis propias decisiones. Y mis razones para arriesgarme fueron que odio el apartheid y sus leyes estúpidas, y odio ver cómo la policía se sale con la suya al intimidar a la gente.

Amina levantó la vista y empezó a abotonarse la camisa. Miriam se dio vuelta rápido, consciente de que había estado observando a la chica.

—Creo que deberíamos bajar ahora.

Amina asintió y pasó al lado de Miriam para mostrarle el camino.

—Sabes, Amina —comentó Miriam de pronto—. Quisiera ser más como tú.

Amina ya estaba en el umbral de la puerta, pero al oír esto, se detuvo y regresó, hasta estar parada tan cerca que, incluso en aquella oscuridad, Miriam podía ver la diversión en sus ojos.

—Ten cuidado con lo que deseas —dijo, y sonrió.

18

—Jacob —dijo Amina—. Tengo una idea.

—¿Cuál?

—Comida india.

Jacob sonrió para sí y suspiró, ambas cosas a la vez. Los dos estaban sentados en el local, bebiendo café. Era temprano por la mañana y estaba tranquilo; aquellos cortos minutos de calma antes de que llegaran los clientes del desayuno, aunque hoy esperaban menos gente por la fuerte lluvia. Había estado lloviendo sin cesar por tres días y ahora el agua caía en los grandes charcos que se habían formado en el suelo, esparciéndose como vidrio líquido sobre caminos y aceras. La lluvia era cálida y curiosamente olía a pasto, pensó Jacob; un olor que recordaba de una niñez que había pasado cincuenta años atrás. Le gustaba el sonido metálico que hacía el agua al gotear desde el techo y golpear los charcos en el suelo. También oía el tamborileo que hacía sobre el techo, y se sintió reconfortado por la calidez y la luz que había en el café.

Amina esperó, tarareando una melodía entre dientes. Observaba su lenta sonrisa, la mano que subía para pasársela por el corto cabello; un indicio seguro de que pensaba en lo que ella acababa de decir. Jacob era un hombre de rutinas, y en general le molestaba cuando las cosas cambiaban demasiado. Las ideas de Amina casi siempre significaban un cambio de alguna clase, pero por otro lado, casi siempre eran brillantes. Estaba sentado en su sitio preferido, la silla de madera junto al gramófono que Amina mantenía funcionando todo el día. Cuando estuvo listo, miró de nuevo a su socia.

—¿Curry?

—Sí, y todo lo demás. *Samosas*, arroz *pilaus*, *biryani*. Deberíamos servir eso. Es decir, además de lo que ya servimos.

Jacob estiró el brazo para alcanzar su taza de café, que se encontraba más alta, sobre el mostrador de madera. Bebió un sorbo de la infusión negra y lo consideró. Sabía que su papel era pensar en los posibles problemas siempre que Amina tenía una idea. El optimismo natural de la chica rara vez permitía que le cruzara por la mente cualquier noción de contratiempo o fracaso, y a pesar de que a él le agradaba esta cualidad de ella, a veces también lo exasperaba.

—La mayoría de nuestros clientes son indios —dijo—. ¿Por qué querrían la misma comida que pueden comer en casa?

—A la gente le gusta lo que conoce. Igual, no digo que sea cualquier comida; tiene que ser buena. De primera.

—No sé...

—Tal vez un solo especial cada día. ¿Qué te parece? ¿Un plato indio diario? —frunció el ceño, pensando—. ¿O quizás varios platos una vez a la semana?

Él miró sus ojos, encendidos de entusiasmo.

—Jacob, escucha. Los hombres que trabajan por aquí, que no pueden regresar a casa para almorzar. Incluso las mujeres, que quieren un descanso de cocinar dos veces al día. Todos ellos vendrían.

Jacob parecía menos escéptico frente a la idea, pero de pronto un pensamiento hizo que volviera a fruncir el entrecejo.

—Nuestras chicas —afirmó, moviendo la cabeza en dirección a la cocina—, no tienen ni la menor idea de cómo preparar un verdadero curry indio. ¿Quién va a cocinar?

Amina lo vio y sonrió de tal manera, que de pronto volvieron sus dudas.

—No te preocupes —le respondió—. Ya pensé en eso.

La lluvia tibia seguía cayendo y Amina maldecía en voz baja, al tiempo que las ruedas del camión golpeaban y giraban con dificultad por el ancho camino de tierra que servía de calle principal de Delhof. Miraba atenta a través del parabrisas empapado, deteniéndose de vez en cuando para limpiar la condensación con un trapo viejo.

—Qué lugar —mascullaba para sí. Se sentía inusitadamente nerviosa ese día, mientras salía en el auto a intentar conseguir un cocinero nuevo. Era martes, y esperaba que la lluvia no le hubiese impedido a Omar hacer su viaje habitual a Pretoria, ya que si estaba en la tienda, se le haría muy difícil persuadir a Miriam de cocinar para el café. Había oído unos chismes en el café sobre Omar y Farah —le resultaba interesante ver que su propia comunidad a menudo era descuidada en su presencia, como si supieran que un afuereño como ella no conocería o no le interesaría la gente de la que hablaban. El chisme concordaba con lo que ella ya sospechaba sobre las noches que Omar pasaba fuera. Así, antes de partir esa mañana, Amina había pasado por la casa de Farah, pero no había visto su auto allí. Quizás la gente estaba siendo demasiado dura con él. Y sin embargo, lo dudaba.

En pocos minutos apareció la tienda por el vidrio empañado. La chica guió despacio por el sendero y estacionó tan cerca del *stoep* como pudo. A pesar de ello, los pocos pasos que tuvo que dar por la espesa lluvia fueron demasiado; llegó a la entrada con el cabello mojado, los rizos pegados a la cabeza, gotas de lluvia en la cara y en los hombros de la chaqueta. Se dio cuenta de que ella era la única persona en la tienda. En esa sombría tarde, el negocio estaba alumbrado solo por una lámpara de kerosene, la cual proyectaba un pálido brillo amarillo que se reflejaba en los mostradores. Amina se limpió la cara con los puños de las mangas y se echó el cabello hacia atrás.

—¡Hola! —llamó.

Hubo un ligero golpeteo de zapatos en las escaleras y Miriam entró apurada en el local. Tenía un biberón en la mano, lleno a la mitad con leche, y veía a la chica, sorprendida y sin saber qué decir.

—Le estás dando de comer —dijo Amina, al ver la leche—. Adelante. Puedo esperar.

Miriam solo asintió y desapareció de nuevo en la cocina, donde se sentó a seguir alimentando a la bebé. Se preguntaba por qué ver a Amina de manera inesperada la había turbado tanto para quedarse parada delante de ella como una tonta, incapaz de hablar.

Mientras aguardaba, Amina caminaba por la tienda, viendo los artículos en venta. Se sentía más tranquila, aliviada de que Omar no estaba. Se percató de que había una fuente suave de música en el lugar, y al buscar, encontró una radio a baterías en la esquina. Subió un poco el volumen y tarareó una canción con Doris Day. "*Once I had a secret love...*" cantaba en la radio, y Amina sonrió al escuchar la letra. Tomó una cinta de colores para el pelo que colgaba junto a otras en un cartón junto a la caja registradora y se amarró el cabello mojado. Miró la parte trasera de la tarjeta, se fijó en el precio y pescó en su bolsillo para dejar una pila de monedas junto a la caja en caso de que se le olvidase pagar después. Entonces reclinó la espalda contra el

mostrador y leyó tres veces los titulares de las revistas que
estaban en el estante frente a ella, hasta que de pronto
Miriam apareció de nuevo, con la bebé en brazos.

—Hola —la saludó. Parecía más serena ahora que se
entretenía con la niña—. Lamento haberte hecho esperar.
Estaba sorprendida. No esperaba que pasaras por aquí.

—No pasaba. Vine expresamente a verte.

—Oh.

—Es preciosa —comentó Amina, sonriéndole a la
bebé—. ¿Puedo cargarla?

—Por supuesto —respondió Miriam, y le ofreció a
la niña.

Salma se fue con Amina, como lo hacía con todos,
sin quejarse, a pesar de que la chica la cargó con un tanto de
torpeza al principio. Se quedó de pie, viendo a Miriam y a la
bebé, y comenzó a caminar por la tienda, señalándole a la
niña varios artículos interesantes.

—Mira los dulces —dijo—. Y mira aquí, hay un
martillo y clavos, y aquí hay una taza con su platillo, mira...
—sin embargo, la niña solo veía a Amina, con una
expresión seria en la carita, y luego se inclinó hacia ella para
agarrar entre sus deditos un bucle del cabello rizado que se
había escapado. Amina rio y giró con ella. El olor de la bebé
era limpio y fragante. La estrechó por unos momentos, para
al fin darle un beso en la frente—. Es bella —le repitió a
Miriam.

Miriam le sonreía.

—Lo sé.

Amina se sintió cohibida ante la vista de Miriam y
llevó a la niña hacia la puerta del frente, que estaba abierta.
Allí se quedaron viendo la lluvia, contemplando el agua
mientras escarbaba en su mente para encontrar algo que
decirle a Miriam.

—Qué tiempo terrible es este que estamos teniendo —pronunció al fin, con tanta formalidad que hizo reír a Miriam.

Amina se sonrojó.

—Tienes razón —opinó Miriam, conteniendo la sonrisa—. Ha sido terrible.

Fue al mostrador, y al tomar el delantal, quedó dentro de la luz que emitía la lámpara. Amina le daba palmaditas a la bebé en la espalda mientras veía a Miriam, con el ceño ligeramente fruncido. Nunca en su vida se había sentido tan desconcertada por nadie, y desde la penumbra junto a la puerta abierta, la examinó como si fuese un cuadro colgado en la pared. Observaba las finas manos poner el delantal alrededor de la cintura, veía los delgados músculos bailando como pececillos bajo la piel del antebrazo. Contemplaba el rostro iluminado mientras intentaba hacer el lazo, atenta a los ángulos sombreados de los pómulos, y las pestañas largas que rozaban la parte superior de las mejillas cuando parpadeaba. Miriam sintió los ojos sobre ella y levantó la vista. La tienda estaba a oscuras más allá del círculo de la lámpara, y caminando se alejó de la luz, hacia la puerta.

—No puedo creer que hayas manejado en esta lluvia —comentó. La bebé estaba inquieta, y Amina se la devolvió. Al pasarse a la niña, Miriam sintió las manos de la chica rozar las suyas y por un instante se preguntó por qué estaba tan consciente de aquellas pequeñas cosas que tenían que ver con Amina.

—Estoy acostumbrada a manejar en la lluvia.

—Ah, sí. Olvidé que solías trabajar de taxista.

—Aún lo hago —la corrigió Amina—. De hecho, la semana que viene me voy de nuevo. A Ciudad del Cabo.

—Ciudad del Cabo —repitió Miriam, y el tono maravillado que había en su voz hizo que Amina volteara a verla—. ¿Cómo es Ciudad del Cabo?

—Es bella —respondió Amina—. Pueblitos encantadores. Y las montañas, y las playas. Hay algunas playas bellas para ir; sobre todo si eres blanca —hizo una pausa y volvió a mirar afuera—. No me quedo mucho tiempo allá —dijo—. Lo que más me gusta es el trayecto; aunque no es pintoresco como la Ruta Jardín, siempre hay cosas que ver. Incluso al pasar por los distritos segregados, ves a toda esa gente que tiene vidas muy distintas de la tuya.

Miriam estrechó a la bebé y pensó que la propia Amina tenía una vida muy distinta a la suya.

—¿Fuiste a la Ruta Jardín? —preguntó, con tono nostálgico.

Amina asintió.

—Dos veces.

Miriam se dio vuelta y sentó a la bebé en medio de los juguetes que estaban en el suelo detrás del mostrador, deteniéndose a tocar su suave cabello.

—Nunca he ido a ninguna parte —afirmó, enderezándose—. Solo a Pretoria.

Miriam casi no notó que la chica se había movido, y de pronto Amina estaba parada delante de ella. Solo las separaba el mostrador.

—Ven conmigo a Ciudad del Cabo —le ofreció, en el mismo tono que Miriam reconoció de antes, coqueto y risueño. La chica veía a Miriam directo a los ojos, y después contempló, inconscientemente, su boca. Miriam retrocedió, ya que Amina estaba parada tan cerca que sentía su aroma fresco; un aroma que aún recordaba bien de la noche que la chica había pasado en su casa. Miriam no dijo nada, pero salió de detrás del mostrador y regresó a su lugar junto a la puerta abierta.

—Ven conmigo —repitió Amina, más seria esta vez—. Me harías compañía. Y podríamos turnarnos para manejar.

—No sé manejar.

Amina lo consideró.

—Bueno, en realidad no necesito ayuda para manejar...

—No puedo ir contigo —le respondió Miriam con brusquedad—. Tengo un esposo y tres hijos y una tienda que atender —apartó la mirada y ambas quedaron en silencio, oyendo la lluvia y la melodía de blues que flotaba desde la radio.

—Está bien —pronunció Amina en voz baja, para apaciguar la repentina irritación, y sentándose sobre el alféizar de la ventana, observó a Miriam—. Está bien. De cualquier manera, no es eso lo que vine a pedirte.

—Entiendo —dijo Miriam, aunque no era cierto. No quería que Amina pensara mal de ella, y se avergonzaba por ese momento de mal humor, producto de su frustración. Deseaba tanto ver Ciudad del Cabo, pero estaba atrapada por siempre en ese cuadrado de campo, limitado y vasto a la vez.

—No te he ofrecido té. ¿O una bebida fría...?

Amina negó con la cabeza.

—Estoy bien. Pero hay algo que quiero preguntarte. Acerca del café. Nos está yendo bien, pero últimamente el negocio se ha vuelto un poco lento y estamos planeando comenzar algo nuevo.

Hizo una pausa para tomar aliento, ya que ver los ojos de Miriam fijos sobre ella siempre parecía perturbarla.

—Como te decía —continuó—, vamos a comenzar a servir comida india. Sabes, tal vez una o dos veces a la semana, solo un par de especiales para el almuerzo y la cena.

—Es una buena idea. A los hombres indios les gusta comer su comida, y si no pueden regresar a sus casas para almorzar, pueden ir a tu café.

—Eso es justo lo que le decía a Jacob.

—¿Y...?

—Y... necesitamos un cocinero. Pero no cualquiera; necesitamos a alguien que cocine muy bien, mejor de lo normal.

Miriam la contemplaba, aún incapaz de ver la relación.

—Quiero que cocines para el café —dijo Amina.

—¿Yo?

Amina sonrió.

—Sí.

—Pero tú ni sabes cómo cocino...

—Sí, sí lo sé. Yo almorcé y cené aquí, ¿recuerdas?

—¡*Daal*! ¡Curry de papa! —exclamó Miriam, horrorizada—. Comida de campesinos.

Amina levantó una ceja y Miriam sonrió.

—No era mi intención que sonara así. Es lo que solemos comer. Es solo que...

—¿Qué?

—El curry de papa no es nada.

—No es nada, y sabe delicioso —respondió Amina. Su incomodidad anterior se había disipado y hablaba con decisión. Por su parte, Miriam se sentía entusiasmada frente a la idea de trabajar en el café, de no estar en la tienda, y de hacer algo nuevo y útil, pero de inmediato la invadió la certeza de que no podría aceptar el trabajo.

—Debo trabajar en la tienda...

—Te pagaríamos bien. Por supuesto.

—Mis hijos...

—Solo estarías en el café por la mañana, para cocinar.

—A mi esposo no le gustaría...

—Te estoy ofreciendo el trabajo a ti, no a tu esposo.

Miriam se movió inquieta al escuchar este último comentario. Volvió la cabeza hacia el umbral que llevaba a la casa, y Amina comprendió que no estaban solas después de todo.

—¿Dónde está él?

—Durmiendo. Bajará pronto. Puedo oírlo —señaló un tanto al techo y Amina levantó la vista, consciente ahora de los sonidos apagados que venían de arriba y que ella supuso eran de Robert. Apartó la vista, y Miriam la vio por el rabillo del ojo, sin saber qué decir.

—Tú me sorprendes —afirmó Amina un momento después. Se había dado la vuelta y observaba de nuevo la lluvia—. Yo pensaba que tú tenías una veta de valentía dentro. Yo pensaba que tenías el instinto de luchar contra el mundo si fuese necesario.

Miriam la contemplaba.

—¿De qué hablas? ¿Cómo puedes saber si soy valiente o no?

—Yo escuché —dijo Amina simplemente.

—¿Qué escuchaste? —Miriam caminó directo hacia la chica, intentando captar en sus palabras alguna idea de lo que intentaba decir.

—¿No fuiste tú quien salió en medio de la noche para ayudar a un africano que había sido atropellado por un auto?

Miriam estaba sorprendida. Amina la miró y no pudo evitar sonreír frente a su expresión de asombro. Miriam vio de nuevo la puerta interna de la tienda y luego se volvió otra vez hacia Amina, hablando en voz baja.

—¿Cómo pudiste haberte enterado? Solo hay dos personas que lo saben: mi esposo y yo.

—Tres.

—¿Qué?

—Tres personas —respondió sonriendo—. Sé que este gobierno quiere que pensemos que son salvajes, pero los africanos saben hablar igual que nosotros.

Amina esperaba que volviera a sorprenderse, pero esta vez, Miriam rio. Aún no comprendía cómo las palabras de ese africano en particular pudieron haber llegado a

Amina Harjan, pero lo aceptó de inmediato como un hecho y se dio cuenta de que mientras más conocía a esta chica, menos le sorprendía nada que ella dijera o hiciera.

En pocos minutos, dos clientes entraron huyendo de la lluvia, sobresaltando a las dos mujeres. Eran trabajadores africanos de la granja Weston, a los que habían enviado por unos sacos de maíz molido *mealies*, así que cuando Omar entró a la tienda un instante después, encontró a su esposa atendiendo a los dos trabajadores desde el mostrador y a Amina Harjan sentada en el alféizar de la ventana, contemplando la lluvia. Su esposa no lo miró, pero parecía un poco nerviosa, y sus ojos regresaron a Amina, a quien él saludó secamente con la cabeza. Se dirigió hacia donde estaba parada Miriam y se hizo cargo de la caja. Una vez que registró las compras y los hombres se habían ido, observó a su esposa con expectación.

—¿Quieres té? —Miriam le preguntó a Omar.

—Ahora no —respondió él—. ¿Hubo mucho movimiento?

—No, no mucho.

—¿Dónde está Robert?

—Limpiando arriba —dijo ella—. ¿No lo viste?

—Sí. Lo olvidé —vio a Amina—. ¿Cómo estás? —le preguntó, pero lo que en realidad quería era saber qué hacía allí. Ella se dio cuenta de inmediato y decidió prescindir de cualquier charla trivial.

—Vine a ver si Miriam quisiera cocinar para el café. Solo de vez en cuando —añadió, ya que sabía que no tenía muchas posibilidades frente a un hombre como él. A Omar probablemente no le importaba si su esposa quería trabajar o no, y de seguro no quería que la gente pensara que su esposa tenía que trabajar para ganarse la vida. En ese aspecto, era como tantos otros hombres que ella conocía.

En efecto, Omar se veía disgustado, pero se abstuvo de negarse en nombre de su esposa.

246

—¿Y qué dijiste tú? —le preguntó a Miriam.

—Dije que estaba la tienda, y que tenía que cuidar a los niños, y que... —hizo una pausa y lo vio, pero evitó la mirada de Amina—. Que tal vez no te gustaría.

Omar asintió, satisfecho.

—Mi esposa me entiende —comentó, casi sonriéndole a Amina—. Ella no necesita trabajar. La tienda va bien y tiene mucho que hacer aquí.

Amina se levantó.

—No es un asunto de necesidad —dijo, en un tono educado pero frío—. Se trata de que yo encuentre una excelente cocinera.

Nadie respondió. Omar caminó hacia la radio y la apagó. Amina lo miraba, pensando si hacía un último intento.

—Solo sería una o dos mañanas a la semana —observó la chica, reorganizando rápida el menú semanal en su mente—. Y desde aquí, el viaje a Pretoria es corto.

—No —respondió él con brusquedad, y Miriam se murió de vergüenza. Omar se arrepintió de su torpeza y de inmediato intentó disfrazar la manera autoritaria de su negativa—. Por desgracia, mi mujer no maneja. Le he dicho una y otra vez que tome clases, pero nunca ha querido. Si tan solo lo hubiese hecho... —pronunció, encogiéndose de hombros con un aire casual.

Miriam escuchó sus pobres excusas y sintió asco. Contempló el suelo, deseando que Amina se fuera para no tener que verla más a la cara.

—Oh, excelente —dijo Amina con alegría—. Yo enseño a manejar.

—¿Desde cuándo? —preguntó Omar, frunciendo el entrecejo.

Amina le quitó importancia con un ademán.

—Años. Le he enseñado a varias personas. Escuchen —explicó, resolviéndolo rápido, ya que sabía cuándo debía cortar por lo sano—: olviden el trabajo de cocinera; si no se puede, no se puede. Pero si quieres aprender a manejar, con gusto puedo venir una vez a la semana para enseñarte un par de horas —contempló a Miriam con amabilidad.

Miriam se quedó atónita, y por dentro, contenta por la manera en que Amina había cercado a Omar para llegar a ese compromiso. Pero el estar consciente de la actitud rígida de su esposo le impedía sonreír. Por otra parte, no quería volver a parecer tan débil frente a Amina.

—Está bien —opinó Miriam de pronto, viendo a Amina directamente por primera vez desde que Omar había llegado a la tienda—. Está bien, gracias —vaciló solo por unos segundos antes de dar la estocada final—. Mi esposo me ha dicho, por siglos, que aprenda —afirmó.

Omar carraspeó, pero no se le ocurría nada que decir. Sus ojos permanecían fijos en los papeles que tenía enfrente. Miriam sintió el silencio que venía de él y supo que su ira era muy profunda. Sin embargo, en ese momento no se permitió pensar en las posibles consecuencias, sino que esperó paciente a que Amina se preparara para irse.

—Entonces está decidido —dijo Amina, al tiempo que se levantaba y comenzaba a abotonarse la chaqueta—. Voy a trabajar de taxista la próxima semana —comentó—, ¿pero nos vemos después?

Miriam asintió y Amina se despidió de los dos, antes de volver a ver la lluvia.

—¿Quieres esperar a que pare de llover? —preguntó Miriam con cortesía.

Amina sonrió de oreja a oreja y miró el cielo.

—Creo que tendría que mudarme aquí por un buen tiempo —opinó.

Corriendo, bajó los escalones y entró al camión. Limpió la condensación en el parabrisas y pensó en lo que acababa de hacer; hasta dónde había llegado solo para ver a

Miriam de manera regular. Con el pretexto de limpiar el vidrio, de manera disimulada observó a la mujer parada en el umbral de la puerta, deseando que no tuviesen que pasar casi dos semanas antes de volver a verse. También sabía que no debía permitirse sentir lo que sentía. La euforia que experimentó al sortear la astuta intimidación de Omar fue dando paso a una sensación de duda, y hasta de desesperación. Encendió el motor, con el ceño fruncido por los pensamientos que tenía, y con el pronto girar de las ruedas, se alejó lentamente.

19

Amina había pasado una larga hora intentando corregir el traqueteo en el tubo de escape del auto que iba a llevar a Ciudad del Cabo, y nada de lo que intentaba parecía funcionar. Se hundió en el asiento del conductor para encender el motor una vez más, y pisó el acelerador, solo para oír un ruido metálico conocido que venía de la parte trasera del auto.

—Sin duda suena menos —le dijo Jacob para animarla. La observaba desde donde estaba parado, apoyado en la puerta abierta del café. Amina lo oyó, pero siguió estudiando el escape. Se limpió la frente con el dorso de la mano y caminó despacio hacia la parte delantera del auto, donde se inclinó a través de la ventana y apagó el motor. Había pocos vehículos en la calle un domingo por la mañana a esa hora, y se escuchaba a los pájaros trinar en los laburnos detrás del café. Amina suspiró y contempló el tubo de escape fijamente y con odio. Entonces tomó impulso con la pierna y lo pateó. Lo golpeó con muchísima fuerza, como si las frustraciones del mundo entero estuviesen contenidas en su pie, y Jacob se estremeció con el sonido. Ella no dio señal de tener dolor, pero su labio temblaba un poco, y no levantó la mirada.

Llevaba tres días de un humor raro. Jacob sentía que conocía a Amina mejor que la mayoría de la gente, y podía afirmar que su socia no era la misma. La había visto inquieta antes, pero sus rachas de pena o enojo nunca habían durado tanto. Lo que más le preocupaba a él, era el hecho de que este último malhumor comenzó sin ninguna causa obvia. Intentó levantarle el ánimo hablando del nuevo menú indio, pero esas conversaciones tampoco ayudaban. De hecho, ella parecía haber perdido el entusiasmo por la idea, al mismo tiempo que Jacob decidía que era justo lo que necesitaban. Él se quedó en los escalones del café; no quería dejarla sola y regresar adentro, y sin embargo, no era capaz de pensar en nada útil que decir. Aun así, ella contemplaba el auto y no quería mirarlo a él. Levantó el brazo para echarse el cabello atrás, pero la mano se detuvo ligeramente de bajada. Ese movimiento de su mano por el enredo de rizos, era un gesto tan característico y frecuente que Jacob notaba el más ligero cambio en el ángulo de su brazo, y se dio cuenta por el temblor inusual de la mano y el tiempo que la mantuvo junto a la cara, que lloraba e intentaba secarse las lágrimas con disimulo.

Jacob bajó y caminó hacia ella, mientras saludaba con la cabeza a un cliente que llegaba.

—Oye —dijo él con suavidad, poniéndole la mano en el hombro—. Tal vez deberías aplazar este viaje. Toma el próximo trabajo que venga...

Ella no alzó la vista, solo carraspeó.

—Un viaje es justo lo que necesito ahora —replicó bruscamente. Jacob esperó una explicación más elaborada, pero no la hubo. En lugar de eso, ella le tocó el brazo reconociendo su preocupación y luego se dio la vuelta para regresar a su cuarto.

Las personas que ella llevaría a Ciudad del Cabo eran dos empresarios afrikáneres. Parecieron sorprendidos e intrigados por el hecho de que una joven india fuese su chofer, pero desde el comienzo, Amina no los animó a conversar mucho con ella. Era cortés, pero nada más. Al principio hacía estos trabajos en los que llevaba gente a otras partes porque a menudo se volvía inquieta en un lugar, porque le gustaba ver el campo y porque le agradaba conocer gente nueva. Sin embargo, esta vez no le importaba mucho el trayecto, ni el trabajo, ni los empresarios sentados de manera pasiva en el asiento trasero. Los recibió con el mismo poco interés que había marcado su comportamiento frente a todo lo que constituía su mundo en los últimos días. Era una forma de letargo mental y emocional que nunca antes había experimentado, pero que sintió caer sobre ella como lluvia de verano, suave y sin avisar. Muy en el fondo estaba completamente consciente de que había otra persona, aparte de ella, que influyó en su humor. Durante las horas que pasaron, se permitió pensar más y más en las futuras opciones que pudiera tener, pero esa introspección solo empeoró su genio, porque mientras más consideraba la situación, más se percataba de la imposibilidad del camino que su corazón escogía para ella.

Comenzaron el trayecto un lunes por la mañana temprano, y a pesar de que el día estaba despejado y fresco, avanzaban más lento de lo normal porque los caminos más pequeños habían resultado afectados por las fuertes lluvias recientes. Amina no miraba con frecuencia por las ventanas laterales y cuando lo hacía, se fijaba muy poco. A veces reducía la marcha y señalaba a sus pasajeros algún punto de referencia, considerado importante por otros mucho antes que ella. Los hombres veían y le agradecían, y quizás hacían una o dos preguntas, que ella contestaba tan bien como podía. El resto del tiempo manejaba en silencio, ensimismada y retraída.

Llegada la noche del primer día, se percató de que habían pasado varias horas sin ella darse cuenta. Estuvo tan inmersa en sus pensamientos que no notó el camino mientras rodaban, ni siquiera la ruta que tomaron. Cada vez más se mantenía en la realidad física solo por los pocos movimientos mecánicos que tenía que hacer como conductora. Cambiaba las velocidades, miraba los espejos, evitaba algún bache que había aparecido después de la lluvia. Y siempre que los hombres se lo indicaban, paraba en un café o restaurante para almorzar o cenar. En esas ocasiones, los pasajeros no le decían que los acompañara, ni siquiera para comprar un emparedado, ya que su semblante no era abierto y sus ojos no se encontraban con los de ellos. En cualquier caso, un almuerzo así, donde los tres se hubiesen sentado juntos a la misma mesa no hubiese sido posible en esa era de segregación. Amina no tenía nada de apetito, pero comía a intervalos irregulares porque sabía que debía hacerlo. Entonces se veía obligada a encontrar en qué parte del salón podía sentarse a comer, o en cuál mostrador se le serviría como no blanca. En el almuerzo se sentó por error en una mesa marcada para 'Solo Blancos' y la mesonera le pidió que se cambiara. Amina observó la expresión de la mujer, educada y algo avergonzada, y le tomó un momento comprender lo que quería decir. La mesera decía algo que Amina no escuchaba, pero con la mirada siguió la mano de la mujer y vio un letrero nuevo colgado sobre el nicho donde estaba sentada. Estaba escrito cuidadosamente tanto en afrikáans como en inglés, y la excluía de esa área del restaurante. Amina asintió, se levantó y salió, y no se molestó más en buscar algo que almorzar.

Cuando volvieron a parar al anochecer, se encontraban a solo unas cuatro horas de la ciudad. Los pasajeros le indicaron a Amina que se detuviera en un pequeño restaurante pálido y luminoso, erigido en un pueblito que solo tenía una calle polvorienta. El restaurante estaba construido en el estilo holandés de la región del Cabo, con el techo de paja, y anunciaba cocina tradicional:

HAY BREEDIES Y BOBOTIES HECHOS EN CASA. Al ver el café encalado y los exuberantes y verdes paisajes que lo rodeaban, a Amina le pareció estar en otro país; una tierra muy alejada de los alrededores pardos y polvorientos de Pretoria. Se sintió aliviada y nostálgica al mismo tiempo. Los hombres entraron para cenar y Amina se quedó sentada por un minuto en el auto. Luego fue a la puerta lateral del restaurante, donde algunos africanos, que parecían empleados de la cocina, estaban sentados en los escalones, hablando entre sí. Saludó asintiendo con la cabeza y les preguntó si podía conseguir comida.

—Puede entrar, Señora —le ofreció uno de los africanos mirándola de arriba abajo—. Ellos sirven a indios.

—No quiero comer dentro —dijo Amina—. Solo quiero un emparedado o algo.

El hombre se encogió de hombros.

—¿Quisiera un plato de *breedie*, Señora?

—Sí, gracias.

El hombre se levantó y entró, y Amina esperó, quedándose cerca de los demás. Una mujer blanca, evidentemente la propietaria, apareció en el umbral de la puerta.

—Vamos —azuzó a los trabajadores—. ¿Qué creen que es esto? Adentro hay clientes esperando.

Todos se levantaron de un salto y regresaron por la puerta, pasando junto a la mujer. Ella se quedó en el umbral y miró a Amina por un momento.

—¿Buscas trabajo? —tanteó en tono agradable.

—No —respondió Amina y se dio la vuelta.

Se preguntaba si el trabajador africano se habría olvidado de ella, ahora que había dos clientes blancos en el restaurante. Un par de minutos después, el hombre apareció en la puerta de la cocina y le entregó un gran plato de comida.

—Gracias —dijo, y al sentir el aroma del guiso, se dio cuenta del hambre que tenía—. ¿Cuánto le debo?

Después de pagar, se alejó con el plato y buscó un lugar tranquilo donde sentarse. Era una noche tibia, pero el calor del final de la tarde se agitaba de vez en vez por alguna brisa que pasaba. Había un porche amplio del lado opuesto del camino, que pertenecía a una tienda ya cerrada por varias horas. Allí se sentó, balanceando el plato sobre las rodillas y mirando alrededor, haciendo el esfuerzo de evitar que su mente viajara de nuevo hasta la señora de la única tienda en Delhof. Unos niños que jugaban en la calle se detuvieron brevemente para dejarla pasar, pero enseguida continuaron lanzándose la pelota, a pesar de que la penumbra se hacía más espesa y de seguro ya casi no podían distinguirla.

Amina comió rápido. Luego volvió sobre sus pasos, cruzando el camino hacia la puerta de la cocina, que ahora se veía como un rectángulo de luz anaranjada en la oscuridad. Miró adentro, pero los cocineros estaban ocupados y no la vieron. Dejó el plato en el escalón más alto y regresó a su asiento en el porche para observar la puerta del frente del restaurante y ver a los hombres cuando salieran.

Con la mirada buscó a los niños, pero ya se habían ido. Se los imaginó de vuelta en sus casas, donde los bañarían y les darían de cenar. Nunca pensó en tener hijos, pero ahora se preguntaba cómo sería su vida si los tuviera. "Totalmente distinta", decidió. "Más rutinaria, más asentada". No podría irse por unos días como hacía ahora. Asintió para sí misma, pero ese pensamiento no la consoló tanto como ella hubiese esperado.

En el bolsillo de la camisa tenía un paquete de cigarrillos. Sacudió la caja para sacar uno y lo rodó una y otra vez entre sus largos dedos. No había fumado en dos años y rara vez antes de eso. Sostuvo el cigarrillo entre los labios, reconfortándose con aquella sensación, mientras buscaba los fósforos. A su alrededor, la noche se tornaba más oscura, el cielo era tinta azul. En el camino principal donde estaba sentada podía oír a lo lejos el sonido de los insectos. Un auto se acercó; sus ruedas crujían con suavidad en la carretera de gravilla. Al siseo del cerillo contra la madera rústica del porche siguió un estallido de luz, y Amina vio la llama retorciéndose en la penumbra. Se le pareció a un demonio burlón que bailaba y se estiraba frente a sus ojos. Rápida, lo acercó al cigarrillo y lo sacudió para apagarlo.

Mientras fumaba, se concentraba mucho en Miriam y en no pensar en ella. Después de un rato comenzó a darse cuenta de que, como estrategia, eso era un tanto contraproducente.

—Eres una idiota, Amina —dijo en voz alta. Se permitió sonreír—. Y ahora estás hablando contigo misma —frunció el ceño—. Tienes que ser lógica —continuó, de cierta manera tranquila de oír una voz humana en la oscuridad, aunque fuese solo la suya—. Sé lógica. Haz una lista: A favor y En contra. Los pros y los contras —asintió, feliz de haber tomado una decisión práctica, y se levantó a buscar una pluma y un papel en el auto. Sin embargo, cuando se acercó, salieron los hombres, así que caminó alrededor del vehículo, revisando las llantas y echándole una mirada somera al tubo de escape mientras ellos se subían para el último trecho del viaje.

—¿Listos para partir? —les preguntó, y ellos asintieron.

—¿Qué tan lejos es? —quiso saber uno de ellos.

—Unas cuatro horas —respondió—. No mucho.

—¿Comiste algo? —inquirió el otro hombre.

—Sí. Gracias.

Quedaron en silencio y Amina regresó a sus listas. Miriam: A favor y En contra. La noche ahora estaba como boca de lobo. El camino resultaba alumbrado solo por los túneles de luz que arrojaban hacia delante los faros del auto. Conducía con un dedo sobre el control de las luces, lista para bajarlas en cuanto alguien viniera de frente. Pero la carretera que había escogido no era una vía principal, y los demás autos eran pocos y venían muy espaciados. Miró a sus pasajeros por el espejo. Uno ya dormía, mientras que el otro veía por la ventana de su puerta.

Quería comenzar de manera positiva, con la lista de 'A favor', pero nada le vino de inmediato a la mente. En cualquier caso, nada práctico. Era un hecho que se había enamorado de Miriam con una fuerza mucho mayor que nunca antes y que pasaba los días deseando que llegara el momento de verla de nuevo. Pero las consideraciones prácticas la eludían. Pasó a la lista de 'En contra'. La mente se le llenó de pronto. El punto más obvio era que Miriam era una mujer, pero esto dejó de tener mucha importancia para Amina desde hacía algún tiempo. Decidió saltárselo y continuar. 'Casada' fue la siguiente palabra que se le ocurrió. Esta era menos fácil de descartar, así como 'hijos' (tres), 'india', 'familia', 'escándalo' y la cuestión de qué derecho tenía ella de esperar que alguien más quisiera vivir en contra de las convenciones aceptadas por el mundo entero.

Dejó de hacer la lista y solo manejó, escuchando el sonido del camino que rugía bajo ellos, bloqueando todo pensamiento y sentimiento hasta que oyó el sonido inesperado de la voz de Miriam. Lo más sorprendente era que sonara tan verdadero y tan real en la mente de Amina. Durante la semana anterior intentó con fuerza recordar cada gesto, expresión y tono de Miriam, y cada vez los matices se volvían más y más escurridizos. Y sin embargo allí estaba; aquella voz suave y baja, tan real como si estuviese en el asiento contiguo.

"Mi esposo me ha dicho, por siglos, que aprenda", dijo la voz, suavemente pero llena de una nueva fuerza, y

Amina sonrió al recordarla. Aquellas palabras de Miriam la llenaron de alegría y tuvo que hacer un gran esfuerzo ese día para no sonreír hasta después de que se había ido de la tienda.

"Ven conmigo", recordaba haber dicho. "Ven a Ciudad del Cabo...".

"Tengo un esposo y tres hijos y una tienda que atender; no puedo ir...". El tono abrupto de la oración deprimió a Amina de inmediato.

Observaba el camino que la negrura de la noche tragaba delante de ella y pisó el acelerador con un poco más de fuerza, como si de alguna manera pudiese alcanzar la oscuridad que tenía enfrente y quedar cubierta por ella. Encendió la radio, con el volumen bajo, concentrándose en escuchar la música llena de interferencias que salía de ella. Entonces agarró el volante firmemente con las dos manos y decidió más nunca volver a hacer listas, porque justo en ese momento no podía pensar en alguna razón para no hacer lo que se había prometido a sí misma un tiempo atrás: olvidarse de Miriam por completo.

20

Hacía tiempo que Miriam no contaba los días; ahora contaba las horas. Después de mucha incertidumbre y de pensarlo más, decidió que el mediodía de los martes sería la hora que debía esperar, ya que Amina conocía la rutina de Omar y seguramente aguardaría hasta el martes, cuando él fuese a Pretoria, para venir a darle la lección de manejo que le había prometido.

Despertó en la delgada oscuridad que hay antes del amanecer. Permaneció algún tiempo recostada sin moverse, deseando que hubiese suficiente luz afuera que justificara levantarse. Cuando vio el filo de los tonos del día debajo de las cortinas, se sintió aliviada. Abajo, se ocupó de los preparativos cotidianos; le hizo un gesto con la mano a John, al tiempo que este regresaba a su casa después de haber cuidado la tienda otra noche; charló con Robert y luego con sus hijos, mientras los ayudaba a lavarse y vestirse; alimentó a la bebé y le dio el desayuno a Omar, observándolo en silencio mientras comía un tazón de avena.

—¿Qué pasa? ¿Por qué no comes? —preguntó él.

Ella miró el plato.

—No lo sé. Mi estómago está raro —comentó. Era cierto, pero aunque no quería admitirlo, ni siquiera para sí misma, no era ninguna enfermedad, sino solo un revoloteo nervioso que la invadía, dejándola al mismo tiempo con un vigor tenso. De alguna manera, sus hijos estaban aseados y desayunados, y ya iban camino a la escuela sin siquiera darse cuenta del tiempo, y Omar también sentía una inquietud que le contagiaba la mujer sentada al frente.

—¿Estás enferma? —le preguntó antes de irse.

—Estoy bien —respondió Miriam. Y se veía bien, notó su esposo frunciendo el ceño. Ella sonrió al darle la chaqueta. Sus ojos también parecían sonreír—. Buen viaje —dijo, y se dio cuenta de que hacía mucho tiempo que ella no le decía esas palabras cuando él se iba los martes. Omar estaba ligeramente consciente de que ella sospechaba algo de sus noches afuera; hasta era probable que supiera la verdad. Sin embargo, nunca se mencionaría nada; incluso si ella pensara o hablara de eso, él no permitiría que se diera una conversación como esa.

Él entrecerraba un tanto los ojos al mirarla, se tocaba el cuello de la camisa, luego revisaba la corbata. Era un gesto que Miriam le vio hacer mil veces; tenía un modo particular de agarrarse el nudo de la corbata con el pulgar y el índice, un movimiento delicado. Era muy exigente en lo que se refería a los pequeños detalles; algo que siempre le gustó a ella. Las uñas las mantenía cortadas derechas, y cuando bajaba su pluma al hacer la contabilidad, se aseguraba de que estuviera alineada exactamente con el libro.

Miriam siguió a su esposo afuera. Sabía que se saltaría el escalón superior cuando bajase al auto; que encendería el motor y enderezaría el espejo sin verla; que solo lo haría por un breve instante al alejarse, porque en algún lugar dentro de él, se sentía mal por irse. Conocía cada detalle de todos sus gestos, pero hoy le parecía que veía a un extraño. "Debo ser yo", pensó; "él no ha cambiado en nada".

Mientras Omar se alejaba despacio en el auto, ella le dijo adiós con la mano, y por el rabillo del ojo vio a dos trabajadores de la granja Weston caminar por el pasto lleno de maleza hacia la tienda. Se alegró de que vinieran, ya que percibió que esa mañana en particular pasaría aún más lenta que todas las anteriores.

Como siempre, esa mañana, Farah se levantó a las cuatro para despedirse de su esposo, que se iba de viaje por dos días a los mercados. No se molestaría en levantarse si no fuese porque Sadru caminaba de un modo tan pesado, que le hacía imposible dormir durante sus rituales de aseo y vestido. A él también le gustaba que ella se levantara a prepararle algo de desayunar, lo cual Farah hacía a regañadientes cada semana. Igual, a una parte desconfiada de ella le gustaba verlo alejarse en su camión y saber que de verdad se había ido antes de que su hermano llegase más tarde el mismo día. Esa mañana, bostezó abiertamente en la ventana al verlo partir, se dio vuelta y regresó arriba a dormir dos horas más, antes de volver a levantarse para alistar a sus hijos para la escuela, darle de comer a su cuñada loca y prepararse para Omar.

Ya a las diez de la mañana había terminado con las cosas de todos en la casa y calentaba el agua para darse un baño, cuando oyó una llave girar en el cerrojo, abajo. Se echó una bata encima, una prenda de seda pálida que Rehmat dejó, y bajó las escaleras despacio, con una sonrisa juguetona en los labios.

—Llegas temprano... —pronunció, y paró de golpe.

Sadru la observaba atento, con la boca entreabierta.

—¡Llegas muy temprano! —continuó tan natural como pudo—. ¿Qué pasó? —se amarró la bata con más fuerza y lo contempló desde las escaleras.

Sadru meneó la cabeza y siguió mirando.

—Ellos... ellos están cerrados.

—¿Cerrados?

Él asintió.

—¿El mercado?

Sadru asintió de nuevo.

Farah comenzaba a irritarse.

—¿Por qué están cerrados?

—Alguna manifestación. Día de acción de los negros.

—Malditos *kaffires* —comentó Farah y regresó arriba.

Se quitó la bata y entró a la bañera. Las ideas se le agolpaban en la cabeza. Le era imposible localizar a Omar. Se habría ido de la tienda hacía más de dos horas y ya estaría en Pretoria, reuniéndose con quienquiera que hacía sus negocios semanales. Durante unos minutos pensó en su aprieto, luego se encogió de hombros y se hundió como pudo en la escasa agua tibia. Alguien tocó a la puerta del baño. Su esposo. Ya lo había olvidado.

—¿Qué? —gritó. No hubo respuesta. Ella sonrió; sabía que él deseaba que lo invitase a entrar. Podía oírlo arrastrando los pies al otro lado de la puerta.

—Quiero más desayuno —dijo él de pronto, en un tono petulante.

—Entonces espera un minuto —respondió. Cerró los ojos y se reclinó de nuevo en la bañera.

Al mediodía, Miriam salió una vez más al *stoep* y contempló el camino vacío. Escuchó y aguardó. Los pájaros trinaban sobre ella, y luego oyó el lento retumbar del único tren del día. Era un sonido familiar, aquel lejano zumbido de la máquina. Ella se llevó la mano hasta los ojos, viendo en dirección al este, donde sabía que el tren aparecería en cualquier momento.

Con un largo y distante traqueteo, pasó tranquilo a lo largo del horizonte. Recordó haberse reído con Amina, imaginando a sus hijos corriendo a verlo, y sonrió un tanto mientras levantaba la mano para saludarlo antes de regresar adentro y revolver una vez más la comida en las ollas que estaban en el fuego.

El café, para descontento de Amina, estuvo vacío toda la mañana. Irritada, caminaba de un lado a otro sobre el piso pulido, divisando por el rabillo del ojo la única mesa ocupada, intentando no pensar.

—Si tienes que ir a algún lado, ve —le indicó Jacob—. Puedo arreglármelas aquí.

Amina hizo un gesto con la mano, impaciente.

—No quiero ir a ninguna parte.

"Sí, sí quieres", pensó Jacob, y continuó la carta que estaba escribiendo. No era un hombre que se comunicara bien por escrito; su estilo al escribir era incluso menos efusivo que su comunicación oral, pero sabía que debía escribirles a sus hermanas y a su tío. Además, se había dado cuenta de que tener una carta recién escrita le daba una excelente razón para visitar la oficina del correo, donde la señorita Smith le vendería las estampillas requeridas. Él nunca pedía más estampillas de las que necesitaba y ella nunca le ofrecía venderle varias. Por su parte, la señorita Smith sonrió para sí cuando notó que Jacob comenzó a enviar cartas casi a diario, aunque nunca tenía una carta que echar el mismo día que venía a recoger el correo. Sin embargo, siempre le vendía esa estampilla individual con mucha seriedad, y nunca se le ocurrió decirle a Jacob que sospechaba la razón de ese repentino vuelco literario. Ella también estaba contenta de poder verlo y hablar con él cada día.

El largo arañazo de un disco colocado con rudeza en el gramófono hizo que Jacob se estremeciera por dentro. Se dio la vuelta.

—Lo siento —dijo Amina.

Una melodía de Cole Porter salió resollando, las notas gorjearon un tanto hasta que el disco se asentó. Amina lo escuchó por dos segundos y se aburrió. Entró en la cocina, donde husmeó y revisó lo que hacía el cocinero, antes de entrar de nuevo al café.

—Tengo que salir —le anunció a Jacob, en un tono que de pronto era más bien demasiado casual, luego de la energía nerviosa de la mañana—. ¿Está bien?

Jacob levantó la mirada, con el rostro imperturbable.

—Es lo que te he estado diciendo.

Tomó el sombrero y pasó unos minutos buscando sus llaves, antes de encontrar que ya las tenía agarradas en la mano.

—Regreso en unas horas —anunció, pero esta vez Jacob ni siquiera alzó la vista y solo levantó una mano en señal de haberla oído.

Amina experimentó una sensación liberadora por haber decidido hacer algo, aunque aún no se había convencido a sí misma de qué. Manejaba despacio, observando exhaustivamente cierta calle transversal que se avecinaba. De pronto, agarró el volante con fuerza, dio vuelta a la esquina y estacionó. Desde allí podía ver el auto de Omar a la entrada de la casa de su hermano. Acababa de llegar. El instinto la llevó a hacerse pequeña en el asiento cuando lo vio salir del auto y quitarse la chaqueta, que tendió en el asiento trasero. Ella estaba demasiado lejos en la calle como para que la viera, pero lo detalló aflojándose la corbata y caminando rápido por la corta entrada antes de meter su propia llave en la cerradura. Amina se echó atrás un rizo escapado y se miró en el espejo retrovisor. Tenía los ojos tristes y sus pómulos mostraban sombras oscuras. Había perdido peso en las dos últimas semanas.

—Eres un mal hombre —dijo entre dientes, clavando de nuevo los ojos en la puerta por la que Omar desapareció—. Me das muchas ideas de cómo pasar un martes por la tarde.

Por primera vez en varios días, Amina sonrió para sí. Volvió a cambiar las duras velocidades y dio la vuelta con el camión, virando hacia la carretera principal, donde pudo manejar a su acostumbrada alta velocidad, hasta llegar a la pequeña carretera que salía hacia Delhof.

Miriam mecía a la bebé y solo hasta que oyó la respiración rápida y cortada de su hija dormida se permitió ver de nuevo el reloj. Era la una y treinta, y bajó a quitar la comida del fuego.

Cuando Omar entró por la puerta y vio a su hermano estirado en el sofá, semidormido, dio un paso atrás. Con los ojos abiertos y alertas por la impresión, observó a Sadru desde el umbral de la puerta. Por segunda vez esa mañana, a Sadru le pareció estar soñando. Recién se recuperaba de la sorpresa de llegar a casa para encontrar a su esposa vestida como si trabajara en un burdel. Ahora lo enfrentaba la imagen de su propio hermano entrando por la puerta del frente a medio día. Una oscura idea comenzó a formarse cual voluta de humo en la mente de Sadru, pero antes de poder formular algo con claridad, oyó el eco estridente de la voz de Farah desde las escaleras.

—¡Dios mío, *bhai*! ¿Querías sorprendernos? ¡Qué bueno verte! ¿Qué te hizo venir aquí hoy? ¿Sabías que Sadru estaba de vuelta?

—No, no lo sabía —respondió Omar, sincero. Evitó los ojos de Farah y sonrió hacia Sadru—. Terminé temprano hoy —continuó—, así que pensé en pasar y saludar...

Sadru bajó las piernas del sofá y se frotó los ojos con sueño.

—Yo también terminé temprano. Día de acción de los negros.

—Ah —asintió Omar. Entró y se sentó. De nuevo sentía que tenía el control, y agradeció a Farah con su usual cortesía fría por haberle traído un vaso con Coca-Cola.

—Ella preparará el almuerzo —dijo Sadru—. Te quedarás, ¿no?

Omar sorbió su bebida y pensó unos segundos.

—No, gracias. Debo regresar a la tienda.

—¿Cómo anda el negocio, *bhai*? ¿Muchos clientes?

—No está mal —comentó Omar.

Sadru se movió hacia delante en el sillón y escuchó con atención a su hermano más joven. Se avergonzó del pensamiento que le cruzó por la mente de manera fugaz unos momentos antes. Al mirar ahora a Omar, tuvo un arrebato de afecto por su bien vestido hermano y resolvió siempre hacer lo que pudiera para que se sintiese en casa.

21

Robert tenía que limpiar el herraje de la reja que se cerraba cada noche sobre la puerta del frente. El betún era grueso y negro, y el chico se concentraba mucho en su trabajo, de manera que aquella sustancia no le manchara la ropa. Por eso, casi no notó el camión que rugía por el sendero y pasaba la tienda, antes de detenerse unas diez yardas más arriba. Solo levantó la vista cuando oyó pasos enérgicos en dirección a él. Los ojos de Amina enfocaban más allá, en la tienda, y al tiempo que él abría la boca para saludarla, ella se llevó los dedos a los labios.

—Quiero sorprenderlos —susurró—. ¿Dónde están?

—El señor se fue a Pretoria —susurró de vuelta, y Amina fingió sorpresa y hasta una pequeña desilusión—. La señora está en la tienda —añadió Robert de manera alentadora.

En efecto, la señora estaba en la tienda, sentada en un taburete detrás del mostrador, con la cabeza gacha e inmóvil. Amina entró sigilosamente y la contempló, suponiendo que leía.

—¿Son poemas de amor o las normas de tránsito? —preguntó Amina.

Miriam saltó, y luego con una sonrisa, levantó la mano para mostrarle el libro de poemas que Amina le había regalado.

—No pensé que vendrías —dijo.

—Hubo algo de movimiento en el café esta mañana...

—¿Sí? —preguntó Miriam con verdadero interés, pero Amina apartó la vista.

—Bueno, no. No hubo. No tanto. Es que... No estaba segura de si debía venir.

Miriam salió de detrás del mostrador y besó a Amina en la mejilla; un gesto que hizo sin prestarle mucha atención, como recalcando su función de saludo.

—Por supuesto que debías venir. ¿Quién más me va a enseñar a manejar? Te he estado esperando todo el día.

—¿Es cierto eso? —la idea pareció agradar a Amina.

—Sí.

—Bien, entonces comencemos. Antes de que regrese tu esposo —el último comentario lo pronunció en tono interrogativo, y Miriam lo supo de inmediato.

—Él no regresará hasta mañana —dijo, y para tapar el rubor que subió a su rostro, caminó ligera fuera de la tienda, donde las esperaba el camión de Amina.

Robert aún no terminaba de engrasar la puerta, cuando la señora le pidió que empezara a preparar una sopa para la cena. A pesar de que solo eran las tres de la tarde, y aunque ya había tres ollas de comida en la estufa, él pensó que era mejor no decir nada. La voz de ella era firme y su actitud, directa. Él asintió y entró para lavarse las manos y comenzar a preparar los vegetales.

Miriam esperó pacientemente junto al camión mientras Amina jalaba el asiento, intentando arrimarlo hacia delante. La chica logró moverlo unas dos pulgadas y se hizo a un lado para que Miriam entrara.

—Disculpa; los asientos son viejos y ya no se mueven mucho.

Miriam subió y se sentó con las piernas estiradas casi por completo; los pies sobre los pedales. Colocó las dos manos en el volante y lo movió con suavidad de lado a lado, viendo al frente, como si ya rodara por el camino. Amina la contemplaba con un aire divertido.

—Funciona mejor si el motor está encendido —afirmó Amina, mientras daba la vuelta hacia el asiento del pasajero.

El camión era viejo pero estaba impecable, confirmó Miriam. El tablero de mandos no tenía polvo e incluso el piso mostraba marcas de haber sido fregado hacía poco tiempo. Por un momento se preguntó si la chica había hecho aquel esfuerzo especialmente por ella, pero entonces vio la pequeña pila de mapas y papeles muy bien doblados debajo del tablero y observó la ropa de Amina, que subía al asiento del pasajero. Estaba un poco desgastada pero impecable, como siempre, y se dio cuenta de que ella prestaba una atención innata a lo que la rodeaba y a su persona; una cualidad que le recordaba un poco a Omar.

—Para comenzar, te enseñaré lo básico de los pedales —dijo Amina, con un tono un poco formal en la voz, al haber asumido el papel de instructora de manejo. Tendió la mano frente a Miriam señalando el piso del auto. Miriam percibió de nuevo aquel aroma familiar de su piel y su ropa—. Este —prosiguió— es el pedal de la gasolina. El acelerador.

Miriam asintió.

—Este —mostró, moviendo el dedo índice—, es el...

—¿Freno? —sugirió Miriam. Amina la contempló.

—Sí. ¿Y esto...?

—El embrague.

Amina se reclinó en su asiento y sonrió.

—¿Sabes manejar y lo mantienes en secreto?

—¿Por qué pediría lecciones si supiera?

Amina se encogió de hombros. Sus ojos bailaban.

—No lo sé. Tal vez solo querías verme.

Miriam bajó la vista.

—No sé manejar, pero mi esposo me mostró los pedales una vez que trató de enseñarme. Solo son tres. No es difícil de recordar.

—¡Qué seguridad! —comentó Amina—. Esperemos que no sea difícil de recordar a cuarenta millas por hora.

Luego de un breve recorrido por las velocidades, las luces y el encendido, echaron a andar el motor, y el camión temblaba bajo ellas. El sol había bajado y golpeaba el vidrio, de manera que cuando Miriam intentaba ver a Amina, sus ojos quedaban inundados de luz y color.

—Ahora. ¿Sabes cómo usar las velocidades?

Miriam no sabía.

—Está bien. Por aquí está la primera velocidad, que es la que necesitas para arrancar. Trata de encontrarla.

Miriam intentó.

—Tienes que pisar el embrague primero —dijo Amina—. Mantén el embrague pisado mientras encuentras la velocidad.

Miriam lo hizo y puso la velocidad. El camión se estremeció.

—No. Esa es la tercera. Esa es difícil de encontrar... —Miriam movía y empujaba, sin éxito.

—No puedo —expresó al fin, reclinándose en el asiento.

—Sí puedes. Déjame enseñarte —la mano de Amina se cerró sobre la de Miriam y juntas maniobraron la palanca de cambios, encontrando sin problema la primera velocidad.

—¿Ves? —dijo Amina.

Miriam asintió, aunque de hecho no veía. Su corazón casi se detuvo en el instante que la mano de Amina tocó la suya, y de lo único que tuvo consciencia después de eso fue la manera en que aquellos largos dedos ejercieron el control de los suyos con tanta facilidad.

—Ya puedes soltar el embrague —indicó Amina, muy suave, y Miriam quitó el pie. El camión se sacudió un tanto hacia delante y se detuvo.

—Lo siento —pronunció Miriam y vio a su lado para encontrar que Amina la observaba fijamente. Tragó y apartó la vista.

Los siguientes segundos parecieron expandirse en la mente de Miriam, llenando todos los sentidos hasta que solo oyó un rugir y latir, que luego se dio cuenta de que venían de su propia sangre y sus propios oídos. El aroma de la chica que estaba junto a ella ya no era algo efímero que pudiera reconocer en ciertos momentos; se había convertido en el mismo aire que la rodeaba. Era todo de lo que estaba consciente, y la razón era que Amina se inclinaba sobre ella; cerca, tanto que por un instante, Miriam percibió cómo los suaves pliegues de su camisa de algodón le rozaban la barbilla y luego la frente. Solo que no era la camisa lo que la tocaba, sino los labios de Amina. Miriam ya no respiraba y esperó en total quietud a que los labios se movieran despacio hacia abajo, apenas tocando las mejillas, antes de posarse al fin sobre su boca.

Miriam sintió el sol abrasador sobre los párpados cerrados y el suave tacto de los labios de Amina sobre los suyos. Sacudió la cabeza de repente y se apartó como si algo la hubiese pinchado. Se cubrió la boca con la mano y contempló a Amina.

—¿Qué haces?

Amina abrió las manos indicando que Miriam ya conocía la respuesta a esa pregunta.

—No podemos hacer esto.

—Sí podemos —respondió Amina, suspirando—. Pero probablemente no deberíamos.

Miriam tragó y bajó la vista. Sentía que lloraría en cualquier instante.

—Tú querías que lo hiciera —afirmó Amina con dulzura.

Miriam no dijo nada. Amina extendió la mano para tocarle el hombro y tranquilizarla cuando algo —un sonido, o quizás solo su instinto— la hizo atisbar por la ventana trasera del camión hacia la tienda.

Robert se sorprendió al ver a su jefe regresar tan temprano de su viaje a la ciudad. Le sonrió y le ofreció té. Omar solo le lanzó una mirada iracunda y le preguntó dónde estaba la señora. Robert apenas había pronunciado las palabras 'lección de manejo' cuando sintió el golpe ardiente de una palma abierta en el rostro, seguido de una dura patada en las piernas con una bota. Cayó y se quedó en el suelo por unos minutos, más por miedo y por la impresión que por dolor, repasando una y otra vez en su cabeza el corto intercambio de palabras que acababa de tener con el señor, tratando de comprender qué pudo haber hecho mal.

Para el momento en que Omar salió dando zancadas hacia el camión, las mujeres adentro estaban sentadas lo más lejos posible y parecían muy interesadas en el funcionamiento del tablero de mandos.

—Quédate tranquila —indicó Amina en el instante que él tocó la ventana.

Miriam buscó a tientas la manilla y comenzaba a bajarla, cuando Omar abrió la puerta de un tirón. Las observaba con el rostro enrojecido, pero no dijo nada, ya que luchaba por controlar la ira que estalló dentro de sí. Al ver a las dos mujeres, estuvo vagamente consciente de que luego recordaría su comportamiento de la última hora, el regreso de Pretoria manejando a toda velocidad y la violencia que usó con Robert, y su lógica no podía establecer con exactitud la causa de aquella ira. No le era fácil darse cuenta de que su enojo no era tal, sino la suma de la tensión que experimentó cuando casi lo atrapan con Farah, el sentimiento de culpa hacia su hermano amable y confiado, y el temor de que poco a poco perdía el control de su esposa.

—Hola —les dijo en un tono cortés, tan alejado de aquel que ellas esperaban al ver sus ojos y actitud, que las dos lo contemplaron sorprendidas.

—Hola —respondió Amina—. Le estaba dando una lección de manejo.

Omar asintió, pero no le dio la posibilidad de continuar. Mantuvo abierta la puerta y esperó a que Miriam saliera. Amina bajó de un salto del asiento del pasajero y luego notó que Miriam no había hecho el más mínimo movimiento. Seguía sentada allí, con la mano derecha en el volante.

—Miriam... —Amina le habló con suavidad, advirtiendo la actitud desafiante del cuerpo inmóvil junto a ella—. Vamos...

—Aún no hemos terminado la lección —anunció Miriam, viendo a su esposo.

—¡Sal del auto! —gritó él.

—Vamos —dijo Amina en voz baja.

Miriam salió del auto.

Omar mantuvo abierta la puerta del conductor mientras Amina daba la vuelta al auto. Los ojos de la chica se posaron sobre la mano de él, que sujetaba a Miriam por el brazo, donde distinguió un moretón. Era la primera vez que lo veía. Volvió a ver a Miriam antes de subir al camión, ya que no quería dejarla en las manos de un hombre lleno de ira, y sin embargo no sabía qué hacer para quedarse. Aun así, Miriam contemplaba el suelo y Amina no se pudo comunicar con ella.

La chica puso la mano en el volante y un pie en el estribo, y dirigió su atención a Omar.

—¿Cómo estuvo tu día? —le preguntó Amina.

La pregunta fue tan inesperada y estuvo tan fuera de lugar en aquella atmósfera tensa, que Omar y Miriam la observaron. La expresión de Omar al estudiar a la chica era extraña, pensó ella, y Amina tuvo la certeza de distinguir un filo de alivio en sus ojos, como si de alguna manera le hubiese ofrecido una vía para deshacerse de su ira.

—Estuvo bien. No fue el mejor día que he tenido —agregó.

Ella le sostuvo la mirada por un momento y se medio encogió de hombros en una señal de camaradería que de nuevo lo agarró desprevenido. Luego volvió a ver a Miriam, y esta vez, ella asintió levemente y le agradeció haber venido. Amina se montó de un salto en el asiento del conductor y giró la llave del encendido. Se tomó su tiempo para dar la vuelta con el camión, deseando tener la certeza de haber tomado la decisión correcta al irse. Cuando al fin se alejaba despacio por el sendero, estuvo al mismo tiempo aliviada y celosa al ver que Omar, en efecto, apoyaba su brazo de manera protectora sobre los hombros de Miriam.

La primera reacción de Miriam fue apartarse del brazo de su esposo. Estaba cansada de su ira y su frialdad. En todo caso, cualquier muestra de afecto, incluso una tan vacilante, era algo tan raro que solo la hacía desconfiar.

Él percibió su rechazo y quitó el brazo.

—Quiero hablar contigo —se escuchó a sí mismo decir con un esfuerzo enorme, pero ella siguió caminando delante de él. Al verla desaparecer del sol abrasador hacia las frescas profundidades de la tienda, se dio cuenta de que había hablado tan bajo que ella no pudo haberlo oído. Se tocó la frente con un suspiro, miró su reloj y luego el paisaje vacío que lo rodeaba. Sus hijos —los de ambos—

regresarían de la escuela en cualquier momento, y en la pequeña ventana de tiempo que le quedaba, tenía que encontrar la manera de romper el hábito de toda una vida y hablar con su esposa.

En la cocina vacía, una olla con sopa de vegetales cocía a fuego lento en la estufa.

—¿Dónde está ese chico? —preguntó Miriam, algo irritada.

Omar colgó su chaqueta en el espaldar de una silla y se sentó.

—De seguro me está evitando. Estuve enojado con él antes.

La desacostumbrada franqueza de esta respuesta hizo que Miriam viera a su esposo a la cara por primera vez desde esa mañana. Recordó cómo lo despidió; la emoción que la invadía al pensar que Amina pudiera venir; la manera en que ella le deseó de verdad que tuviera un buen día. ¿Por qué le había deseado eso, cuando muy en el fondo ella sabía el motivo por el cual se iba? Tal vez porque ese día, por primera vez desde que se casaron, sintió que su vida no tenía que depender de la de él.

Ella lo miraba y se ruborizó al recordar cómo Amina la besó en el auto. Carraspeó, intentando borrar su vergüenza, y fue a revolver la sopa mientras hablaba con él.

—¿Por qué estabas enojado con él?

Omar no dijo nada.

Ella terminó de revolver y él contó en su mente los tres toques que ella daba con la cuchara a un lado de la olla, como hacía siempre. Luego giró hacia él y le volvió a preguntar, sin verlo a los ojos, contemplando en su lugar las patas de la silla en la cual él se sentaba.

—¿Por qué estabas enojado con él? —su voz era baja y estaba llena de la tensión que trae aguantarse las lágrimas—. ¿Por qué siempre estás enojado con todos nosotros?

Aún no decía nada.

—Soy yo quien debería estar enojada contigo.

Era la primera vez que ella casi mencionaba la aventura amorosa de Omar. Sabía que entraba en terreno peligroso, pero siguió hacia delante porque ya no le importaba lo que él pudiera hacerle.

—¿Cómo puedes hacerme esto? ¡Con ella!

—Se acabó.

—¿Qué?

—Se acabó. No voy a volver a verla.

Ella lo miró impresionada y solo unos segundos después se percató del sonido del transporte escolar que se detenía al final del sendero. Omar también lo oyó y se levantó, tomando la chaqueta para cubrirse las temblorosas manos.

—No me odies —le dijo él, tan bajo que ella ni estuvo segura de haberlo oído bien. Se dio la vuelta y se dirigió rápido hacia las escaleras. Ella no tuvo tiempo de decirle que no lo odiaba antes de que los niños entraran corriendo, ansiosos de contarle a su madre sobre el día en la escuela.

22

—Invité a la señorita Smith a cenar —dijo Jacob, sonriendo.

Amina lo observó con un aire confuso. Era temprano por la mañana y había estado despierta durante gran parte de la noche, con un solo intervalo de sueño tan lleno de pesadillas que se alegró de volver a despertar. A las 5 a.m. se levantó, se bañó y se preparó un té fuerte en la cocina. Estaba sentada a una mesa en el restaurante vacío, sorbiendo despacio su té mientras trataba de leer algo en el diario local. Hubo más arrestos de manifestantes la semana anterior y notó que un hombre negro fue detenido en prisión bajo la sospecha de tener trato con una mujer blanca.

—¿La invitaste a cenar?

—Sí —Jacob parecía extraordinariamente satisfecho consigo mismo.

—¿Qué dijo ella? —preguntó Amina.

—Dijo que sí.

Jacob tenía una sonrisa tan amplia que Amina no pudo hacer otra cosa sino felicitarlo. Sin embargo, su rostro se volvió serio de nuevo cuando escuchó a Jacob describir la conversación que había tenido con la jefa de la oficina de correos.

—Jacob... —se detuvo, suspiró y miró por la ventana. Sus mesoneras venían por el camino, listas para el primer turno del desayuno.

—¿Qué pasa?

—¿Tú sabes en qué te estás metiendo?

Jacob frunció el ceño y luego asintió.

—Sí, creo que lo sé.

—Justo ahora leía acerca de estas cosas en el diario —continuó—. No es una manera segura de vivir, por buena persona que sea.

Jacob se levantó de la mesa.

—¿Estas cosas? —dijo él, y Amina se estremeció por la implicación que le había dado a sus palabras.

—Solo digo que debes tener mucho cuidado —respondió ella—. No vivimos en un lugar donde se acepten ciertas relaciones humanas normales.

—¿Tú crees que yo no sé eso? —se alejó, pero ella lo llamó por su nombre en tono de disculpa y él regresó para encontrar que ella solo lo miraba—. Nunca pensé que tendría que escucharte decir algo así —pronunció él simplemente.

—¿Algo como qué?

—¿No es una manera segura de vivir? —repitió él—. ¿No es 'aceptable'? ¿Desde cuándo sabes tú algo acerca de la manera aceptable de vivir? Si tú vivieses de la manera en que se supone y solo estuvieras con la gente que se supone, ya estarías casada con un buen chico indio.

Jacob había levantado la voz y las mesoneras que acababan de llegar se detuvieron incómodas en la puerta.

—No, Jacob —dijo Amina en voz muy baja—. Siéntate. ¿Por favor?

Jacob se sentó y Amina notó que sus dedos temblaban al alcanzar la taza de café.

—Sé que ella es una buena señora, y que a ti te gusta, Jacob. Pero en el mundo real, pueden meterse los dos en muchos problemas. Eso es todo.

—No está bien —declaró él.

—Lo sé.

—Ellos no tienen derecho de impedirnos ver a quien deseemos.

—Lo sé, Jacob.

Él sorbió su café sin decir nada hasta que las mesoneras se pusieron los delantales y regresaron a la cocina a desayunar. Entonces volvió a mirarla. Para sorpresa y alivio de Amina, de nuevo sus ojos contenían algo del brillo usual.

—Amina, sé que tienes buenas intenciones y tendré cuidado. No soy estúpido. Pero la vida es corta y no quiero terminarla solo e infeliz porque tuve que vivir según las reglas de otros y no las mías propias. De toda la gente, eres tú quien debería entender eso.

Amina suspiró y se echó el cabello hacia atrás. Jacob distinguió con claridad las sombras bajo sus ojos.

—Claro que entiendo —dijo—. Pero hasta yo me he preguntado últimamente si siempre vale la pena hacer lo que uno quiere... —se detuvo como queriendo tragarse su opinión y luego añadió las palabras finales, en voz baja— ...persiguiendo gente a la que no deberías. Por muy fuerte que sea lo que sientas por ellos.

Pensativo, Jacob se pasó la mano sobre la cabeza y trató de decidir qué decirle, porque ella lo contemplaba con ojos tan inquisitivos, que sabía con certeza que ya no hablaba de él.

—Vale la pena —afirmó al fin—. Tú más que nadie, mi joven amiga, me has enseñado eso. Y te diré algo más.

Amina esperó.

—Si comienzas a cambiar ahora, nunca te perdonaré —habiendo dicho eso, se levantó y fue a abrir las puertas para los primeros clientes de la mañana.

Así fue que más tarde esa mañana, Amina se encontró a sí misma en su camión, al extremo de la calle donde vivían Sadru y Farah, esperando por algún indicio de Omar. Era probable que él viniese a Pretoria de todas formas por asuntos de negocios, pero no tenía manera de comprobarlo a menos que lo viera llegar a la casa de su hermano. Se quedó sentada impaciente, tarareando para sí misma y observando la calle. Vio a algunas mujeres salir de sus casas para ir de compras, pero en general, la calle estaba tranquila. Los niños habían ido a la escuela; los esposos, al trabajo. Solo quedaban las esposas y madres, limpiando o cocinando o, pensó Amina, aguardando la visita de sus cuñados.

Omar llegó mucho más temprano de lo que ella esperaba. Al verlo, bajó los hombros instintivamente, intentando hacerse más pequeña detrás del volante. Pero se encontraba lejos calle arriba y él no la buscaba. Lo vio salir del auto, pero esta vez no dejó su chaqueta en el asiento trasero. A pesar de que hacía calor, se inclinó adentro y se puso la chaqueta, abotonándosela, y revisó su corbata.

—Oh no —pronunció Amina entre dientes—. ¿Por qué estás tan elegante, caballero? ¿Estás planeando romper con ella? ¿Significa esto que no te vas a tardar? —lo miró con los ojos entrecerrados, como si esperara que él le respondiera.

—Maldición —tamborileó el volante con los dedos. Sabía que podía manejar rápido, pero aunque fuese a Delhof a toda carrera, Omar seguro llegaría poco después de ella y no habría suficiente tiempo para decirle a Miriam las cosas que quería.

Amina encendió el motor y puso el camión en reversa.

—Es hora de poner en marcha el plan número dos —dijo, y viendo sobre su hombro, manejó en reversa todo el camino hasta el final de la calle, dio la vuelta a la esquina a toda velocidad y paró junto a un grupo de chicos de color que jugaban cricket en la calle.

—Eh —llamó, al tiempo que saltaba del camión.

Un chico pequeño de brazos flacos y nariz chata y pequeña se levantó de su postura de bateo y la miró con indiferencia.

—¿Quieres ganarte algo de dinero? —ella le preguntó.

—¿Cuánto?

Amina rio.

—Dios —expresó—. Llegarás lejos.

Se metió la mano en el bolsillo del pantalón, sacó una moneda brillante y la sostuvo. El chico dejó caer el bate y fue hacia ella, solo para ver sus largos dedos cerrarse sobre la moneda cuando él la quiso tomar.

—¿Qué quiere, Señora? —le preguntó en un tono educado. Su voz era aguda, con el fuerte acento cantarín que tenía Jacob la primera vez que lo vio. La familia del chico probablemente había venido de Ciudad del Cabo. Se puso en cuclillas y lo miró.

—¿Sabes sacar el aire de las llantas? —le preguntó.

El chico parecía insultado.

—Claro.

—Quiero decir, bien. Para que no se puedan volver a inflar.

—Por supuesto, Señora.

—Bien —dijo ella—. Quiero que se lo saques a dos llantas, las que están en la calle.

Él vio alrededor.

—¿Cuál auto?

Amina lo agarró por el hombro y lo llevó a la vuelta de la esquina. Se detuvo para decirles a sus amigos, que la seguían con los ojos muy abiertos, que se quedaran donde estaban.

—Ahí —indicó, señalando a lo lejos—. El verde. El que está frente a la bicicleta.

—Lo veo.

—Bien. Ahora. Ve derecho allí, quita las tapas y por el amor de Dios, corre como loco de regreso. Seguro que hay alguna señora vieja y aburrida viendo la calle. ¿Está bien? Regresa corriendo.

—Sí —respondió, algo impaciente—. ¿Dónde está el dinero?

—Cuando regreses —dijo ella, sonriendo—. Estaré en mi camión a la vuelta de la esquina.

La miró desconfiado, pero el dinero brillaba en la palma de su mano, y asintió. Luego de comprobar que estaba listo, Amina le dio una palmada en el hombro para animarlo antes de enviarlo a su misión y retroceder hasta la esquina. El chico corrió cual liebre; sus delgadas piernas volaban y enseguida se agachó junto a las llantas para aflojar las tapas. Unos momentos después volaba de vuelta, con los previstos gritos de una vecina tras él, y Amina se subía al camión y encendía el motor. Dobló la esquina como un pequeño galgo y se dio cuenta de que la señora desconocida ya se iba. Amina sacó la mano del camión justo al pasarlo; sus palmas se tocaron un segundo al darle el dinero y el niño se quedó viendo con sorpresa y gusto dos monedas de plata en su pequeña mano. Cuando volvió a levantar la vista, lo único que alcanzó a ver fue el polvo que oscurecía el lejano camión que se alejaba veloz hacia Delhof.

Esa mañana, Sam despertó con fiebre y dolor de garganta, y a su madre le bastó verlo para saber que no podría ir a la escuela. Lo regresó a la cama con dulzura, le dio de comer unas cuantas cucharadas de avena y habló un rato con él. Desde la pasada semana, Miriam estuvo contando los días con la sola idea de que llegara el martes otra vez, para volver a vivir el tormento de esperar y preguntarse si Amina vendría. Ahora, en la mañana señalada, su hijo estaba enfermo y su atención estaba casi, pero no del todo, desviada hacia él, pendiente de su cuerpecito delgado y huesudo.

Omar se asomó a la puerta del cuarto del niño antes de salir a Pretoria.

—No parece tan enfermo —comentó él.

Miriam estaba sentada junto a la cama de Sam y le había puesto la mano en la frente por décima vez esa mañana.

—Está ardiendo —dijo ella. En los últimos siete días se acostumbró a usar solo las palabras necesarias para comunicarse mínimamente con su esposo. Ya decir "El niño tiene fiebre" o "Tiene la frente caliente" le parecía demasiado largo.

Omar no hizo nada malo en los pasados siete días. Por el contrario, parecía demasiado pendiente de ella; tan atento como ella lo imaginaba capaz. Intentó mostrarle algo de afecto, no perdió los estribos más de una o dos veces y hasta se contuvo de darle órdenes, pero la verdad era que el cambio en su conducta ahora le daba igual a Miriam porque ya no le importaba mucho.

Ella nunca antes había oscilado entre tales extremos de alegría y desesperación en el espacio de una semana, un día, o incluso una hora. En una semana de confusión por tantos pensamientos que le inundaban la mente, buscó algo que pudiera hacer con regularidad; algo que le diera una estructura de rutina aparte de aquella que construyó alrededor de su esposo e hijos. Adoptó el hábito de leer un capítulo o dos de los libros que tenía en su vieja caja. Los leía a manera de escapismo, igual que en sus días en la escuela, pero también con mucho cuidado y atención; como si la métrica y las mismas palabras de alguna forma pudiesen encerrar un mensaje para ella.

Antes de que Omar se fuera, Miriam ya estaba absorta en su lectura de la mañana mientras vigilaba la tienda. Él se detuvo a la salida y contempló a su esposa, no acostumbrado a verla sentada a esa hora del día, deseando para sus adentros la tranquilidad que le daba su diligencia y continuo movimiento.

—Me voy —dijo él, y debajo del tono grave, su voz mantenía el conocido ruego de atención que ahora la irritaba porque tenía que levantar la vista del libro.

—Está bien —contestó ella. Y entonces recordó que era martes y volvió a mirarlo—. Te veré mañana —afirmó, demasiado indiferente, pero él parecía contento, como si hubiese aguardado esa oportunidad para sorprenderla.

—No —pronunció, con una media sonrisa—. Regresaré esta tarde.

Ella no respondió con la gratitud que él esperaba, así que solo se dio la vuelta y se fue. Ella lo vio irse, anhelando que por una vez no regresara rápido.

Alrededor de las dos de la tarde, justo cuando comenzaba a llover, Amina Harjan pasó con un estruendo por la calle principal de Delhof, con la idea fugaz de que cada vez que pasaba por ahí, parecía menos un pueblo y más unas cuantas edificaciones unidas por una línea de tierra. El rápido movimiento de su camión les traía a las pocas tiendas y casas destartaladas una emoción que no sintieron en un tiempo, probablemente desde su última visita. Tocó la bocina a un grupo de niños andrajosos parados en fila, un tanto solemnes, que le hicieron adiós con la mano al ella pasar. Sonrió, pero solo por un instante, ya que tenía el estómago revuelto. No había comido, excepto por una galleta con su té en el desayuno. Respiró hondo y empezó a tararear para sí misma una melodía que la hiciese dejar de pensar. Seguía tarareando con la boca cerrada mientras estacionaba cerca de la tienda.

Miriam la estuvo esperando, pero en el momento crítico, resultó que sus pensamientos no giraban alrededor de Amina. Cuando entró la chica, tres personas aguardaban en turno para ser atendidas en la tienda, y se encontró teniendo que contener las primeras frases ansiosas que quería pronunciar de inmediato, en caso de perder el valor después. Miriam la divisó enseguida; ella sonrió al percatarse de que se ruborizaba y evitaba observarla más mientras ayudaba a sus clientes. La habitación se había oscurecido por la lluvia y Amina vio a Miriam prender una lámpara para ver mejor el rollo de material que cortaba. Sus manos angulares agarraron las grandes tijeras con un poco de torpeza, pero la línea que cortó era derecha y suave, y el cliente que esperaba se veía satisfecho.

El retablo continuó. Amina contemplaba a cada persona mientras se le servía e intercambiaba dinero junto con algunos cumplidos y noticias. Robert ayudaba a un lado del mostrador; en diez minutos la tienda estuvo vacía de nuevo.

—Hola —dijo Miriam, carraspeando—. Te ves muy pensativa.

Amina sonrió y vio por la ventana.

—Solo pensaba que pareciera que siempre nos vemos cuando llueve. En todo caso, a menudo cuando llueve.

—Sí —afirmó Miriam. Titubeó—. Estas tardes oscuras y lluviosas ahora me recuerdan a ti.

Amina avistó a Robert y lo saludó. Miriam le leyó la intención en la mirada y se quitó el delantal.

—Robert, ocúpate de la tienda, por favor.

—Sí, Señora.

—Y de la bebé.

—Sí, Señora.

Amina no había visto la cuna metida detrás del mostrador; como si la bebé también estuviese cuidando la tienda junto a su madre.

—Amina, ¿quieres subir conmigo? Sam está en cama, enfermo. Quiero verlo.

Amina levantó las cejas; no esperaba encontrarse un niño enfermo en la casa. Le hubiese gustado traer un juguete o un libro, o algo para el niño. Le agradaba y había notado que a pesar de ser el mayor, siempre era eclipsado por su habladora hermana. Amina siguió los pasos ligeros de Miriam por las escaleras, con los ojos enfocados en sus delgados tobillos. Arriba, se detuvieron de manera abrupta en la puerta abierta de la habitación de su hijo. Aguardaron y escucharon, una detrás de la otra; el delgado cuerpo de Amina observaba sobre el hombro de Miriam. El niño estaba dormido; los ojos de Amina se dirigieron hacia el rostro de Miriam, que escudriñaba a su hijo. Luego la chica bajó la vista, frunciendo ligeramente el ceño. En silencio, se alejó un poco del umbral y Miriam se volvió hacia ella, cerrando la puerta del cuarto de Sam tras de sí.

El movimiento la llevó cerca de Amina y ella no se apartó. Más bien solo esperó, con los ojos clavados en los de Miriam. Unas tenues líneas de preocupación surcaban su frente, la mano se movió hacia el cabello y de vuelta. El gesto fue un tanto torpe y Miriam supo que la chica estaba en extremo nerviosa.

Miriam la contemplaba.

—Hoy no viniste a darme una lección de manejo, ¿o sí?

—No.

—Me lo imaginaba. ¿A qué viniste?

Por un instante breve, los ojos de Amina, al encontrarse con los de Miriam, mostraron ese destello pícaro y sugestivo que Miriam reconoció de sus primeros intercambios con la chica.

—Vine a verte —respondió, con la vista penetrante de nuevo—. Y a hablar contigo. Tengo que decirte algo.

Miriam sintió que el corazón se le caía dentro del cuerpo, hasta detenerse en alguna parte cerca de la base del estómago. "Entonces", pensó, "¿es así que termina, antes de comenzar siquiera?". Señaló la puerta abierta de su propio dormitorio y Amina entró, aguardando incómoda que Miriam la siguiera. Ella pasó después y se sentó en su cama, esperando.

Amina carraspeó y se subió las mangas de la camisa, como preparándose para tomar parte en una lucha. Miriam contempló los brazos delgados y morenos que se mostraban despacio, y luego observó con expectación a Amina. La chica tomó aliento.

—Cuando te besé el otro día —comenzó—, lo hice porque ya no podía controlarme más.

Miriam sintió que se ruborizaba y Amina volvió a sonreír un poco; aquella sonrisa pícara que de alguna manera tranquilizaba a Miriam, porque era conocida. Luego se mordió el labio y se fijó con detenimiento en sus zapatos, y después se apoyó en el tocador junto a ella con una tranquilidad tan ostentosa, que la mostraba completamente incómoda. Miriam tocó el cubrecama.

—¿Quieres sentarte?

Amina se veía aliviada y tomó asiento junto a Miriam. Dijo algo más, pero Miriam no la oyó. No estaba consciente de más nada sino del brazo desnudo de la chica, que reposaba tan cerca del suyo. No se tocaban, excepto por el pliego externo de la camisa de Amina, que rozaba sutil el hombro de Miriam. Aun así, podía percibir el calor de la piel de Amina, y al moverse un poco la chica, sintió su propio brazo estremecerse al toque de los vellos del brazo de Amina.

—¿Me escuchaste?

Miriam levantó la vista, sobresaltada, esperando.

—Yo te amo —repitió Amina.

Miriam se percató de que no podía respirar, pero su rostro debe haber quedado expectante, porque Amina continuó en un tono serio y urgente.

—Lo he intentado muchas veces, Miriam. De verdad he tratado de olvidarte y no pensar en ti, y no estar enamorada de ti, pero no puedo evitarlo. No puedo. Y sé que tú sientes lo mismo. O parecido —agregó, matizando su osadía.

—No —expresó Miriam, en voz baja—. ¿Cómo podría? No está bien. Yo estoy casada y tú eres una chica.

—Sí lo sientes. Lo sé. De otro modo no estaría aquí.

Miriam no dijo nada, solo veía sus manos. Percibía el golpeteo de la lluvia y la voz de Amina, esa voz que ahora pasaba los días queriendo oír, hablando suave sobre aquel rumor. Sentía el calor de su cuerpo y olía el aroma fresco de su cuello y cabello. Quería mirarla, pero no lograba alzar la vista. No podía levantar la cara para encontrar esos ojos y esa boca a solo una pulgada de los suyos.

—Nunca debí haber dejado que vinieras —pronunció Miriam, tan bajo que Amina tuvo que inclinarse aún más para escucharla.

—Miriam —dijo Amina, ignorando el último comentario.

No hubo respuesta de la cabeza gacha junto a ella.

—¿Miriam?

—Sí.

—Miriam, mírame.

Miriam la vio.

—Tengo que preguntarte algo.

Miriam dejó caer la cabeza otra vez, pero ahora, Amina la atrapó con un dedo bajo la barbilla y dirigió el rostro reacio de nuevo hacia el suyo. La chica alejó la cabeza un poco y contempló a Miriam desde una pequeña distancia, con los ojos un tanto entrecerrados e interesados.

—Vamos. Déjame preguntarte algo. ¿Tú me amas?

No hubo respuesta.

—¿Cuál es el primer rostro que ves antes de despertar por la mañana?

—El de Amina.

—¿Quién es la última persona en que piensas antes de quedarte dormida por la noche?

—Amina.

—Miriam, ¿me amas?

—Sí.

—Cómo quisiera que dijeras algo —suspiró Amina, y Miriam comprendió que su respuesta fue tan suave que la chica ni la había oído—. Cualquier cosa. Incluso que me vaya —se pasó la mano por los ojos, que le arrugaban la frente.

—Dije... sí —repitió Miriam.

Amina la vio fijamente y Miriam notó cómo los meses de tensión y miedo contenidos se juntaron dentro de ella, y sintió lágrimas calientes corriendo por su rostro. Amina la estrechó y la recostó junto a ella sobre la cama, abrazándola, acariciándole la cabeza, esperando, percibiendo cómo las lágrimas le mojaban el cuello.

—Está bien, está bien. Va a estar bien. Todo estará bien —se quedaron así por unos pocos minutos, hasta que Miriam rio.

Amina volvió la cabeza y sonrió.

—¿Qué pasa?

—Nada. Solo... Estoy feliz aquí contigo.

—Entonces quédate conmigo todo el tiempo.

Miriam vio a la chica a los ojos, esperanzados y sinceros, y tan jóvenes, y sintió regresar su pensamiento lógico. De pronto se irguió y se deslizó hacia delante, quedando sentada en la esquina de la cama.

—No puedo, Amina. No puedo siquiera quedarme contigo por un día. O una hora.

—¿Por qué?

—¿De verdad me tienes que preguntar eso? —dijo Miriam, con la voz llena de desesperación.

Amina se levantó y la miró. Se dio vuelta a propósito y caminó de un lado a otro de la habitación, contemplando a Miriam y la cama en la que estaba sentada. La cama de su esposo. Sobre el tocador había una foto nueva de toda la familia, evidentemente tomada justo después de haber nacido Salma. Se obligó a detenerse y examinarla. Omar estaba parado detrás de la silla en la que su esposa descansaba con la bebé. Se veía guapo, aunque frío, y su chaqueta y corbata estaban perfectas y derechas. Miriam no observaba la cámara sino a su nueva bebé, y Sam y Alisha estaban de pie a un lado de ella, con la mano del padre descansando firme sobre el hombro de su hijo.

Amina apartó la mirada, luego se obligó a volver a verla. Se sintió mareada de nuevo y saltó al sentir la mano de Miriam sobre el brazo.

—No puedo. Tengo un esposo. Tres hijos, a quienes nunca dejaré.

—No quiero que los dejes —pronunció Amina en tono desafiante.

Miriam casi rio.

—¿Y qué debo hacer, llevarlos conmigo?

—Sí.

—Lo que quieres hacer es una locura. Seríamos marginadas. ¿Dónde viviríamos? ¿Cómo viviríamos?

—Yo tengo dinero. Gano mucho con el negocio. Nos mudaríamos, lejos de aquí —se llevó la mano a los rizos, revolviéndolos aún más—. Tú siempre has querido conocer Ciudad del Cabo —le dijo a Miriam, con una corta risa. Sus ojos titilaban por toda la habitación, como si ahora viese la celda de una prisión, y continuó hablando, explicándole cómo pudieran ser las cosas, en una voz que tomaba aire hasta durante oraciones cortas—. Cuidaría de ti y de los niños. Estaría bien...

—Para, por favor.

—No, hablo en serio. Sé que piensas que no sé de lo que hablo, pero he vivido así, a mi manera, toda mi vida. Se puede hacer, Miriam, se puede...

—Amina, para, por favor...

La chica la contemplaba con los ojos desesperados y aquellos hombros fuertes y derechos, caídos. Miriam sintió una oleada de amor y pena.

—Ven aquí —dijo, trayendo a Amina hacia sí. Abrazó la cabeza sobre su hombro y escuchó la respiración errática de la chica, cerró los ojos y besó la frente que estaba a la altura de su boca. Sus labios tocaron la cabeza de Amina, luego los planos angulosos de los pómulos y los ojos cerrados. Allí percibió el sabor de la sal y supo que la chica lloraba. La besó buscando algo, la boca, y cuando la encontró, la volvió a besar; un poco indecisa al principio, pero luego con delicada decisión. Se apartó rápido, antes de permitirse a sí misma dejarse llevar, y estrechó la cabeza de la chica junto a su cuello. Por un largo momento estuvieron paradas así, hasta que Miriam volvió la cabeza para ver el reloj.

—Alisha —comentó—. Llegará en cualquier instante.

Amina asintió y estiró la mano para tocar la mejilla de Miriam, pero ella se alejó.

—No puedo. Esto está mal.

—¿Porque somos mujeres? —dijo Amina entre dientes.

—Porque estoy casada.

—Con un hombre al que no amas.

Miriam se estiró y la besó suavemente en la mejilla y luego en el cuello, respirando aquel aroma limpio que ahora se preguntaba si alguna vez volvería a sentir. No podía permitirse mirar a Amina a los ojos y hacer lo que pensaba, así que se quedó de pie frente a ella y contempló su barbilla, su boca y los huesos que iban desde el largo cuello hasta los hombros. Tocó el cuello abierto de la camisa de Amina y los botones transparentes que sujetaban los puños de la camisa.

—No puedo —volvió a decir. Cerró los ojos, volvió la cabeza, salió del cuarto y bajó las escaleras, pasó la cocina y salió por la puerta trasera, donde caminó de un lado al otro con la vista clavada en el pasto debajo de sus pies, viendo borroso a través de las lágrimas.

Para el momento en que se recuperó lo suficiente para volver a entrar a la casa, su hija esperaba por ella en la mesa de la cocina, su hijo bajaba las escaleras lleno de energía después de su siesta y Amina se había ido sin dejar ningún indicio de haber estado allí.

23

Jacob se estaba poniendo nervioso. Vio de nuevo su reloj, se alisó la corbata y por tercera vez revisó que sus zapatos estuvieran pulidos. Acompañó a tres clientes más que entraban al restaurante, luego caminó a la puerta del frente y miró hacia la calle. No la veía por ningún lado, pero eso no quería decir que no vendría. Había pocos faroles más allá de la esquina del café y podría llegar en cualquier momento a través de la oscuridad del anochecer temprano.

Regresó adentro y relevó a Doris de encender las lámparas de vela que colgaban en todas las paredes del café. Se detuvo a saludar a los ocupantes de una mesa, y justo cuando decidió arriesgarse e irse, escuchó el sonido familiar del camión que se detenía. El precipitado portazo lo hizo sospechar de inmediato. Volteó para verla entrar y ella también lo miró, como hacía siempre. Él asintió y vio que se detenía un tanto para notar su ropa formal; el traje, la corbata y el cabello recién cortado.

Amina no vio ni oyó a las personas que la saludaron al pasar por el café. Se detuvo al final de la sala y se sentó a la mesa más cercana a la cocina, donde Jacob la acompañó.

—Lamento llegar tan tarde. Tuve un problema.

Su tono no invitaba a preguntarle más. Jacob entendió sus ojeras y la ligera pendiente de sus hombros generalmente erguidos.

—Está bien. Solo iba a...

—¿Adónde?

Jacob la miró sorprendido por su tono brusco.

—A cenar —respondió—. Con Madeleine Smith. ¿Recuerdas?

—Ah, sí. —Amina se pasó la mano por los ojos y luego lo contempló desde donde estaba caída en su silla—. ¿Adónde la llevarás a cenar? —le preguntó. Su voz era neutra, pero Jacob sabía que ella había pensado en el mismo problema que él deseaba que pasara por alto.

Jacob vaciló.

—No estaba seguro de qué hacer. Supongo que a mi casa.

Amina no respondió por unos segundos. Lo observaba con gran seriedad.

—¿Adónde más podemos ir?

—No lo sé. ¿Y si tus vecinos los ven?

—Ellos no dirán nada...

—¿Y si lo hacen?

—No lo harán.

—Podrían hacerlo. ¿Y si los atrapan? ¿Y si la atrapan a ella? ¿Es eso lo que quieres?

—Amina, si tú tienes problemas, siempre puedes hablarme de ellos; pero no te desquites conmigo —Jacob se levantó y tiró de su chaqueta—. Estoy retrasado para recogerla —dijo.

—No me estoy desquitando contigo —agregó Amina, tratando de no ser brusca—. Pero vives en un mundo de fantasía, Jacob, y odio tener que decirte esto y arruinarte todo, pero alguien tiene que ver las cosas como son.

—¿Estarás bien si me voy ahora? —le preguntó Jacob.

Amina suspiró y lo miró.

—Por supuesto. Ve. Y espero que lo pases bien con ella. De verdad.

—Gracias —respondió Jacob. Y sin voltear a verla, se fue.

La señorita Smith no había terminado de cerrar por completo la oficina del correo. Aguardaba escuchar la llegada de Jacob, y cuando percibió sus pisadas y su voz al frente, lo saludó desde la parte de atrás. Él la saludó de vuelta y permaneció en las sombras del salón alto y oscuro, sombrero en mano, preguntándose cómo un lugar tan familiar podía verse tan distinto de noche. La luz ámbar de un farol caía en el salón por las ventanas altas, iluminando a medias un letrero de metal que indicaba el área de los no blancos. Sin pensarlo, Jacob dio un paso atrás, de manera de estar completamente dentro de su propia área. El rostro de la señorita Smith apareció detrás del mostrador.

—Lo siento, Jacob. Parece que estoy muy retrasada esta noche. Tuvimos una serie de entregas esta tarde que nos atrasaron.

—No hay problema —aseguró Jacob.

Ella desapareció de nuevo y él la oyó cerrar algunas puertas al fondo antes de que los sonidos cesaran. Jacob miró en la oscuridad.

—¿Está bien, Señorita Smith?

La risa de ella retumbó hasta donde estaba él.

—Creo que a estas alturas deberíamos dejar eso de 'Señorita Smith' y comenzar a usar 'Madeleine' —dijo ella—. ¿Jacob?

—¿Sí, Madeleine?

—¿Puedes ayudarme con este candado, por favor?

Jacob se dirigió rápido detrás del mostrador, hacia donde la figura de Madeleine Smith se inclinaba sobre el candado. Abrió la mano, esperando por el candado. Al arrodillarse para ponerlo en la puerta, se detuvo y miró a la jefa de la oficina de correos.

—¿Qué pasa? —le preguntó ella.

—Creo que cometí un gran error, Madeleine.

Ella no parecía sorprendida o preocupada, solo aguardó calmada a que él continuara.

—No pensé bien las cosas. Sobre dónde podíamos ir, quién pudiera vernos, lo que la gente pudiese pensar... Solo creí que sería agradable, y ahora, recién viniendo hacia acá, me doy cuenta de lo que estoy haciendo.

—Lo que estamos haciendo —lo corrigió.

Jacob estaba agradecido por esa respuesta, pero la desechó rápido de su mente. Volvió a mirar a aquella mujer pequeña y determinada, parada delante de él con expectación.

—¿Por qué lo haces? —Jacob le preguntó—. Tienes que haberlo pensado, antes de mí...

—Me agradas —dijo con total naturalidad—. Me agradas mucho. Y no me gustan las reglas. En todo caso, no aquellas que quieren imponernos ahora.

No tuvo tiempo de responder, al oír ambos cómo se abría y cerraba la puerta principal.

—¡Hola! —el saludo venía del frente de la oficina del correo.

—¿Hola? —ella respondió.

—Aquí el oficial David, Señora.

—¡Aquí la jefa de la oficina de correos Smith, Señor! —contestó, parodiando su tono oficioso.

El policía carraspeó.

—¿Está usted bien, Señora? Pasaba por aquí y vi la puerta entreabierta.

—Estoy bien —respondió, acercándose al mostrador. El círculo luminoso de una linterna jugueteó brevemente sobre su rostro.

—Lamento molestarla —dijo el policía, pero el barrido de luz dio con algo, y la dirigió hacia la oscuridad detrás de la señorita Smith. La silueta de Jacob se iluminó y el policía frunció el entrecejo.

—¿Quién está aquí?

La señorita Smith titubeó por un momento; no estaba segura de las intenciones del joven que tenía delante.

—Este es Jacob —pronunció ella.

El policía no parecía interesado en presentaciones.

—La sección en la que está es solo para blancos —le dijo.

—Me estaba ayudando a cerrar —explicó la señorita Smith con brusquedad, mientras Jacob salía de detrás del mostrador.

—Bueno, él no debería estar aquí. ¿Y quién es? —preguntó el policía, ahora arrogante, bajando la luz para iluminar la ropa formal del hombre de color que estaba delante de él. El haz saltó hacia la jefa de la oficina de correos y su elegante traje de falda, y frunció el ceño.

La señorita Smith miró a Jacob, que estaba de pie, sin moverse, en el resplandor de la linterna que oscilaba sobre las barras del mostrador. Por su mente pasó una imagen de él parado de la misma manera detrás de los barrotes de la prisión. Se volvió de nuevo hacia el policía.

—Es mi chofer —respondió.

En el café, dos clientes comenzaron a discutir sobre un punto de su cuenta, y Doris, a pesar de trabajar ahí más de un año, no estaba muy segura de qué hacer al respecto porque, inusitadamente, ni Jacob ni Amina estaban allí. Envió a una de las chicas más jóvenes a tocar la puerta del cuarto de Amina, pero la muchacha regresó al restaurante en dos minutos con el mensaje de que Doris restara de la cuenta lo que se disputase y que nadie volviese a molestar a Amina.

—Me pareces conocido —dijo el policía, observando a Jacob con detenimiento.

La señorita Smith suspiró algo irritada.

—Oficial, ¿vamos a estar aquí parados toda la noche? Tuve un día largo y quisiera irme a casa.

El policía se apartó y bajó la linterna.

—Venga entonces. La acompaño afuera —mantuvo abierta la puerta del frente para la señorita Smith y luego para Jacob, y sostuvo la linterna sobre la cerradura al tiempo que ella la aseguraba. Después caminó con ella por la calle, mientras Jacob los seguía unos pasos atrás. La señorita Smith se detuvo junto a su auto y hurgó en el bolso buscando las llaves.

—¿Por qué su chofer no tiene las llaves? — preguntó el oficial.

—Prefiero guardarlas yo —respondió ella.

—Sé lo que quiere decir —afirmó con una sonrisa—. Es mejor prevenir que lamentar, ¿ja?

—Definitivamente.

Ella le dio las llaves a Jacob, que abrió la puerta trasera y esperó a que la señorita Smith entrara. Caminó un tanto rígido hacia el lado del conductor y se sentó. Las piernas le quedaron apretujadas —después de todo, era mucho más alto que la señorita Smith— pero encendió el motor y dio marcha atrás, listo para irse de allí. Ni una vez apartó los ojos del parabrisas.

—¡Muy bien, Señora! —exclamó el policía, y la señorita Smith le hizo una seña con la mano antes de que Jacob partiera.

Cuando el padre de Amina entró al café esa noche, tuvo la extraña sensación de que una ola de tristeza flotaba en dirección a él. Era un hombre tan ecuánime, que cualquier extremo de emoción tendía a confundirlo, y miró alrededor en caso de que el mismo café revelara un motivo del pesar que invadió su corazón. Todo parecía normal. La espesa oscuridad que inundaba la calle había sido desterrada adentro con velas y lámparas. El brillo era atractivo desde afuera, sin embargo... Sintió un cambio; un vacío. Notó que esa noche faltaba la música y divisó el gramófono que le regaló a Amina hacía tanto tiempo. Por un instante recordó la alegría que le iluminó la cara el día que se lo regaló y cómo él quedó tan abrumado por esa expresión, que ásperamente no le hizo caso a su agradecimiento y se fue a su sillón a leer el diario, mientras por dentro sonreía por el gusto de su hija.

Miró buscando a Amina, pero no la pudo ver. Tampoco veía a Jacob; entonces se dio cuenta de lo que le faltaba a la atmósfera del lugar esa noche. Caminó rumbo a la cocina, queriendo salir hacia el cuarto de Amina, pero Doris lo detuvo y le preguntó si quería tomar asiento. Él se presentó y la mesera lo contempló sorprendida.

—Su padre, ¿ah? Se parece a ella —dijo.

—Ella se parece a mí —la corrigió. Sin más palabras, señaló inquisitivo hacia el fondo con su sombrero y Doris se apartó para dejarlo pasar.

Bajo la vibración del motor del auto, Jacob suspiró. Miró en el espejo retrovisor, donde sus ojos se encontraron con los de la señorita Smith. Ella lo vio de vuelta con un gesto raro, mezcla de frente fruncida y sonrisa tranquilizadora.

—Sigue detrás de nosotros, en alguna parte —afirmó Jacob.

—No vi su auto —respondió.

—Tiene una moto.

—Ya veo.

Jacob manejó hacia la zona donde él sabía que debía vivir Madeleine Smith. No habló, ya que no sabía qué decir.

Hacía mucho tiempo que no sentía una tristeza tan profunda.

Unos pocos minutos después, ella volvió a hablar.

—¿Adónde vamos?

No respondió de inmediato, sino que continuó pendiente del camino delante de él. Se pasó la mano por la cabeza.

—¿Dónde vives? —le preguntó él en un tono suave, intentando desagraviar la indirecta que ella pudiese entender de la pregunta.

—En el 512 de la Calle Cortell. Está saliendo de la avenida principal en...

—Creo que sé donde es —comentó.

—¿Todavía nos sigue? —ella le preguntó, con la voz apenas audible desde el asiento trasero. Jacob volvió a mirar el espejo y se encontró con sus ojos. Negó con la cabeza.

Cuando llegaron, Jacob condujo el auto suavemente hasta detenerlo afuera del pequeño edificio de apartamentos recién construidos. No hacía mucho tiempo esa área había albergado una comunidad india, pero se les obligó a mudarse.

—Mi hijo me lo compró —dijo la señorita Smith, viendo cómo Jacob miraba el edificio.

—Es muy bonito.

Él le abrió la puerta y le ofreció la mano. Una vez que ella estuvo fuera, frente a él, Jacob le devolvió las llaves.

—Me voy ahora —anunció, en un tono y actitud formales.

—Jacob, lamento tanto lo que pasó. Tuve miedo. Me da vergüenza, pero tenía miedo de aquel policía joven y de lo que podría hacerte si sospechaba.

—Lo sé —contestó Jacob, contemplándola comprensivo—. No te culpo, no. Pero no puedo...

Ella esperó, pero él fue incapaz de decir más nada.

—Está bien —respondió ella al fin—. Entiendo.
Pero lo lamento.

Él quería decirle que también lo lamentaba, pero no
podía hablar. Se volvió a abotonar la chaqueta y le tendió la
mano.

—Adiós, Señorita Smith.

—Jacob, tú sabes mi nombre.

Jacob asintió.

—Adiós Madeleine —pronunció.

—Adiós, Jacob. Adiós.

Ella aguardó afuera. Lo vio darse vuelta y comenzar
a caminar hacia la avenida principal. Abrió la boca para
preguntarle si pudiera llevarlo a su casa, pero sabía que él se
negaría, así que se quedó en silencio, observando la figura
derecha que desaparecía en la oscuridad. Ella levantó la
mano para decirle adiós, creyendo que al fin había volteado
a verla, solo para darse cuenta con cierto pesar de que, en
efecto, no lo hizo.

Amina intentaba decidir qué cosas llevarse con ella y
cuáles dejar, cuando tocaron a la puerta por segunda vez.
Levantó la vista, irritada.

—¡Ya les dije que no me molestaran!

Hubo una corta pausa antes de que la manilla girara,
muy despacio. Amina oyó el chasquido de la puerta y vio
incrédula cómo se abría a pesar de su grito de advertencia.
El rostro cetrino de su padre se asomó a la vuelta, seguido
de inmediato por el resto de su delgado cuerpo.

—No quiero molestarte —dijo él.

Amina le clavó la mirada por un instante, luego se
despabiló y habló.

—No me molestas —contestó. Le hizo señas de que
entrara y se movió veloz para bajar la maleta de la cama,
esperando inútilmente que él no se diera cuenta—. Pensé
que era Doris o una de las chicas.

Él no respondió y ella le ofreció su única silla. Encendió una lámpara para complementar el pobre parpadeo de luz de la vela que había preferido hasta ese momento.

—¿Puedo ofrecerte algo? ¿Algo de comer? ¿Té?

Él negó con la cabeza. No la miró de frente; rara vez veía a alguien a los ojos, incluso en las pocas ocasiones en que participaba en una conversación. A pesar de eso, notó que su hija tenía el rostro demacrado. Las sombras que arrojaban sus pómulos angulosos y los ojos abiertos y cansados le conferían a su expresión un carácter extraño y de otro mundo, que lo inquietó.

—¿Está todo bien, Papá?

—Todo está bien —carraspeó—. No hemos sabido de ti en tres semanas —agregó, sabiendo que ella debía estar preguntándose qué hacía él allí—. Tu madre estaba preocupada.

—Han pasado muchas cosas. Ni me doy cuenta de cómo pasa el tiempo.

—Sé que estás ocupada, pero sería bueno que llamaras a tu madre por teléfono.

—Sí —dijo ella en voz baja. De pronto tuvo ganas de llorar, de correr hacia su padre y pedirle que la cuidara y arreglara todo de nuevo. Pero no recordaba haberlo hecho antes, ni siquiera de niña. Buscaba algo que preguntarle para romper el silencio que se alzaba en el cuarto y esconder su aflicción—. ¿Por qué no me llamaron por teléfono? —la pregunta se le acababa de ocurrir.

El señor Harjan se veía incómodo.

—Quería verte. Asegurarme de que de verdad estabas bien.

—Estoy bien.

Ella vio cómo los ojos de él se movían hacia su maleta medio hecha.

—He tenido unas semanas raras, eso es todo. Las cosas no han estado muy bien.

—¿Con el negocio?

—No...

—Eso pensé —afirmó el señor Harjan, y se deslizó hacia delante en la silla, mirando el piso. Amina esperó sin moverse, viendo si explicaba ese último comentario. Él no lo hizo.

—Es difícil de explicar —comenzó ella, pero él levantó una mano para detenerla.

—No expliques. A la gente le gusta asegurarse de que tu madre y yo nos enteremos de todo lo que ellos creen que te pasa. No quieren que nos perdamos de nada.

Amina cerró los ojos frente a la súbita idea de que sus padres siempre supieron más de su vida de lo que ella se imaginaba. Claro que sabía que la gente hablaba de ella y que sus padres debían haber sospechado, pero jamás le mencionaron nada y ella nunca había pensado suficiente tiempo en el tema como para que le preocupase.

Miró con impotencia a su padre, pero él no la veía a ella. Él continuó contemplando sus zapatos. Unos segundos después, volvió a hablar.

—Esta vez, la gente está hablando de ella, no solo de ti. También la conocen a ella.

—¿Miriam? No tienen derecho a decir nada de ella. ¿Quién sabe siquiera que somos amigas? —hizo una pausa. Para empezar, a Farah le deleitaría propagar chismes. Omar pudo haberse quejado con ella—. Solo porque es mi amiga ellos suponen cosas —continuó—. ¿Acaso la gente no tiene nada mejor que hacer?

—No, no tienen —respondió el padre con una leve sonrisa—. Por eso los evito.

Se volvió a sentar para que Amina pudiese ver mejor su rostro.

—¿Amina?

—¿Sí, Papá?

—Nunca antes he interferido en tu vida, ¿o sí?

—No.

—Bueno, pues tengo que decirte esto.

Amina lo observó con expectación y él percibió el brillo de lágrimas en sus ojos.

—Está casada, Amina. No está bien.

—¡Él la golpea! —saltó enojada.

Su padre parecía disgustado. Amina no estaba segura si su respuesta fue por el tono de ella o por su acusación.

—Entonces ve a buscarla —dijo, con una firmeza que ella nunca había visto en él. Ella lo miró, asombrada.

—¿Qué?

—Ve y búscala. Si lo dices en serio, hazlo. No puedo ayudarte, pero no te voy a detener.

Amina sintió las lágrimas quemándole las mejillas y se maldijo a sí misma por llorar. Las palabras de su padre la conmovieron, pero también la hicieron más consciente de lo difícil de su situación.

—Ella no se quiere ir así...

—¿Así que huyes?

Amina se secó los ojos.

—Solo necesito algo de tiempo. Por favor, Papá, solo necesito un tiempo lejos de aquí, para pensar.

Él se levantó y caminó a todo lo largo de la habitación, que para él eran unos seis pasos.

—¿Necesitas dinero? —le preguntó, deteniéndose junto a ella.

Ella negó con la cabeza. No necesitaba dinero, y aunque le hiciera falta, no hubiera aceptado nada de su padre, ya que él tenía muy poco para sí mismo.

—¿Irás a ver a tu madre antes de irte?

Amina asintió.

—Bien —caminó hacia la pequeña ventana y miró afuera—. No deberías irte —comentó simplemente.

Ella dejó escapar una corta risa.

—¿Por qué no?

Él se rascó la frente.

—Por un lado, tu madre te extrañará.

Amina casi sonrió. "Tú también" pensó, "aunque no lo digas".

—Y por el otro... —se volvió de nuevo a contemplarla, y vio en sus ojos vivos y penetrantes una determinación y una fuerza que no reconocía en sí mismo, pero que igual admiraba.

—¿Qué, Papá?

Él volvió a ver el suelo y caminó hacia la puerta.

—Si ella entrara en razón y tú te has ido, ¿cómo sabría ella dónde encontrarte?

El señor Harjan le dio vuelta a la manilla de la puerta y pronunció algo más, una especie de despedida, que ella no oyó porque estaba pensando. Al regresar de su ensueño, se dio cuenta de que se había ido. Lo buscó con la mirada, preguntándose si pudo haberlo soñado todo, tan extraño le pareció. Sin embargo, él le dejó algo de dinero en el lavabo; un indicio que la hizo comprender que sí vino y dijo lo que ella le escuchó decir. Se recostó en su cama, cerró los ojos un rato y cuando se volvió a sentar, observó la maleta a medio llenar por uno o dos minutos. Después la volvió a empujar bajo la cama y se levantó para regresar al café.

24

Miriam no tuvo problema en llevar a los niños a dormir esa noche. Sam bajó a cenar y estaba agotado de la cháchara de su hermana. Incluso Alisha se fue tranquila a la cama, percibiendo en su madre una tristeza que no conocía, sin entender aquellos ojos enrojecidos. Miriam le leyó un cuento y luego fue a ver a la bebé, pero Salma ya dormía. Ella también los acompañó durante la cena, gorjeando en su sillita, y ahora parecía cansada. Miriam contemplaba a su hija menor; dormía de lado, con los bracitos extendidos hacia delante, las manos regordetas formaban puñitos sueltos, la respiración áspera pero uniforme. Se dobló hacia la cuna para oler su fragancia limpia y sintió lágrimas en los ojos. Cerró la puerta en silencio y bajó hacia la luz tenue de la cocina. Allende las ventanas, la noche ya estaba oscura. Por primera vez se permitió reconocer que su esposo no había regresado esa tarde, como dijo que haría.

Se acercó a la ventana y miró afuera, sabiendo que no le importaba mucho que él hubiese decidido pasar la noche con su cuñada. Estaba aliviada. Se sentía miserable y no quería tener que verlo, ocuparse de él y dormir junto a él en esas condiciones. Se inclinó hacia el vidrio para distinguir los carbones ardientes de John, que junto a él hacían guardia en el porche, y después observó la oscuridad que reinaba más allá. Vio una mancha desteñida de luz en algún lugar detrás de los árboles que se encontraban a la derecha de la vereda; una luz que se acercaba más y más. Ella miró y aguardó afligida al ver un par de faros de automóvil. Cuando al fin apareció el vehículo y ella se dio cuenta de que era su esposo, sintió el sabor metálico de sus propias lágrimas de decepción bajando por las mejillas.

Para el momento en que él llegó, se había secado todas las lágrimas. Omar entró y se paró delante de ella con algo de arrogancia, como si desease que ella estuviera agradecida por su llegada. Se le hizo difícil regresar a casa esa tarde, sabiendo que ella volvería a dudar de él, y se presentó casi con un floreo por haber terminado el viaje. Ella esperó a que él hablara.

—Quería regresar desde las cuatro de la tarde —le informó, con voz dramática.

Ella lo observó mientras se soltaba la corbata y se quitaba la chaqueta. Con ella cubrió, cuidadoso, el espaldar de la silla que siempre usaba al comer en la cocina. Omar se frotó los ojos con una mano y se sentó.

—¿Quieres algo de comer? —le preguntó.

Él asintió brevemente y continuó su historia.

—No vas a creer lo que me pasó. Cuando quise regresar, tenía dos llantas bajas. Dos de ellas.

—¿Ambas llantas estaban pinchadas? —preguntó en un tono que solo tenía un mínimo de incredulidad.

—No —dijo irritado—. Las dos estaban bajas. Un chico les sacó el aire. Claro que solo tenía una de repuesto y tuve que llamar al taller de Mackies y esperar dos horas hasta que me trajeron otra. Qué día.

Ella colocó la comida frente a él antes de ir por una Coca-Cola. La destapó y la dejó a su lado con un vaso. No se la sirvió, ya que prefería hacerlo él mismo. Se sentó e intentó pensar en algo que preguntarle; algo para pasar el tiempo hasta poder estar arriba en su cama, recostada en silencio con sus propios pensamientos.

—¿Dónde están los niños? ¿Ya en la cama?

Ella asintió.

—¿Quién le sacó el aire a las llantas?

Él levantó los ojos del plato con un aire de satisfacción.

—Un chico de color. Lo atrapé. Estaban jugando a la vuelta de la esquina.

—¿Por qué?

Omar se encogió de hombros.

—No quiso decirme. Me repetía que lo hizo solo por divertirse. El mocoso. Le di su merecido.

Miriam se estremeció.

—¿Cómo puedes...?

—No mucho —respondió, haciendo señas con el tenedor—. Solo lo suficiente para que se arrepintiera. En el trasero.

Miriam se levantó a por una botella de Coca-Cola para ella. Al regresar a la mesa, su actitud era otra. Él la contemplaba, frunciendo un tanto el entrecejo.

—¿Tuviste tu lección de manejo hoy? —preguntó, tomando otro bocado de forma casual.

—No —respondió, y por dentro se convencía a sí misma de que en efecto decía la verdad.

—¿Entonces se acabaron?

Ella no podía verlo porque le ardían los ojos, así que fue hasta la ventana y miró el sendero donde ahora estaba su auto; una forma oscura y voluminosa que se erguía en la noche. Detrás de ella, lo oía recogiendo otro bocado de comida con el tenedor. Su tono despreocupado, sumado al ruido que hacía al masticar, la irritaban.

—No —pronunció.

Él no comentó nada al respecto, pero ella escuchó que él había bajado el tenedor y ya no comía. Al darse la vuelta, vio primero su plato, todavía medio lleno. Omar la estudiaba con el rostro serio, entrecerrando los ojos.

—¿Qué quieres decir?

—Quiero decir que tengo que saber manejar para poder ir a trabajar.

Al igual que una ola, la ira aumentó visiblemente en su rostro. Sin preocuparse mucho, como si estuviese frente a un experimento científico, observó la manera lenta en que retrocedía. Notó que la boca de Omar temblaba para controlar las palabras que estarían luchando por salir.

—Tú trabajas aquí —fue lo que dijo al fin.

—Y lo seguiré haciendo. Solo quiero dos o tres mañanas a la semana para ir a cocinar... —no agregó 'en Pretoria' o 'en el café', ya que sabía que él estaba muy consciente de lo que quería decir.

Él arrastró la silla hacia atrás, haciendo un ruido que resonó en la gran oscuridad de la cocina. Caminó hacia el fregadero, donde casi lanzó su plato dentro y tiró enojado el tenedor sobre este, como queriendo recalcar que ella le había arruinado la cena. Cuando se volvió a ver a su mujer, ella no se refugiaba en una esquina y su rostro tampoco mostraba preocupación por su próximo movimiento. En lugar de esto, ella lo contempló con serenidad, interesada, aguardando.

Miriam vio las cejas de Omar juntándose y casi sonrió frente a la confusión que veía en aquel rostro. El tono de él fue duro al hablar.

—¿Por qué quieres trabajar allí?

—¿Por qué no? El horario es flexible y corto, y es un trabajo que sé hacer. No tengo otras destrezas —respondió con fiereza—. Tengo que hacer lo que pueda.

—Tú no necesitas trabajar —su puño cayó en el fregadero de hierro con tanta fuerza, que Miriam se estremeció por el dolor que debió haber sentido.

—Sí lo necesito.

Él se adelantó muy rápido e intentó pegarle con la palma abierta, pero ella debió habérselo esperado y se echó hacia un lado, de manera que la alcanzó solo con el filo de la mano, en el cuello. Ella casi no sintió dolor por el golpe, pero su corazón latía veloz. Se dio vuelta para enfrentarlo e instintivamente dio unos pasos atrás. Se encontraba allí, expectante, casi desafiándola a volver a hablar. Ella no lo hizo en ese momento, pero para su sorpresa, recuperó los pocos pasos que había cedido y ahora estaba parada casi frente a su cara. Afuera, John pasaba delante de la ventana, caminando a lo largo del patio. Se sentía perturbado de ver al señor y a su mujer enfrentados como dos boxeadores, resueltos y alertas, cada quien aguardando el primer golpe.

Omar la observaba con las extremidades tensas, los ojos apagados y encubiertos, de manera que ella no los podía leer. Ella no necesitaba dinero, no necesitaba alimentos. ¿Qué necesidad tenía de trabajar? Él quería preguntarle, pero no lo hizo, porque en algún lugar, muy dentro de sí mismo, hallaba que las razones de ella no eran válidas para él, incluso si alguna vez estuviese dispuesto a oírlas.

Miriam carraspeó y trató de hablar con calma. No quería levantar la voz para no despertar a los niños, pero tampoco le tendría miedo a él.

—Solo son dos mañanas a la semana. Eso es todo. Enséñame a manejar.

Impaciente, él la cortó con un gesto de la mano, como si no soportase oír nada más.

—No hay más nada que decir —levantó la voz—. No puedes ser mi esposa y trabajar.

—¿Quieres divorciarte de mí?

Omar la miró boquiabierto. Se sobrepuso a un instante de debilidad cuando casi cedió, pero ahora había pronunciado su decreto final y ella no escuchaba. De pronto hizo un movimiento brusco hacia delante y Miriam se echó atrás igual de rápido, esperando de nuevo la palma. Pero él pareció retroceder, quizás cansado de lanzar golpes al aire.

—¡No puedes ser mi esposa y trabajar! —gritó, esta vez golpeando la pared con la mano.

Ella podía ver cómo la ira se enroscaba en el cuerpo de Omar, volviendo sus movimientos violentos y abruptos, pero aún ignoraba el movimiento instintivo de sus propias piernas, que intentaban sacarla del peligro.

—¿Y qué hay de los niños? —continuó ella—. ¿Quieres que sufran? ¿Quieres mandarme de regreso a Bombay? ¿Todo porque no quieres perderme de vista dos mañanas a la semana?

Ella paró, consciente de pronto de que su voz era anormalmente fuerte, y lo observó volviéndose hacia la mesa, esta vez agarrando un vaso. Se lo lanzó. Miriam sintió el silbido y captó su borde refulgente al pasarle al lado del ojo, antes de chocar contra la pared detrás de ella, astillándose en muchas piezas que salpicaron el piso.

—¡Nunca te voy a enseñar a manejar! —gritó, y ella vio salir de su boca pequeñas gotas de saliva en forma de rocío. Estaba despeinado, ya que sacudió la cabeza con violencia al negarle lo que pedía, y tenía el rostro rojo y arrugado. Ella sabía que él odiaba sentir que no tenía el control. Otras veces, después de golpearla, siempre fue directo al baño a tranquilizarse y asearse. A arreglar su apariencia de nuevo.

—No tienes que hacerlo —dijo ella, y percibió que la cara de él se relajaba un poco. Notó cómo caía en las palabras que ella había dicho, desesperado por una excusa que detuviera su propia locura—. Tomaré el bus —añadió, casi riendo ante su propia audacia.

Miriam observó su rostro horrorizado y al mismo tiempo algo distante, ya que pasaba por muchas expresiones tan rápido, que ella sintió como si no fuese real. Él se volvió de nuevo y tomó una silla. Esta vez ella se movió hacia las escaleras, gritándole que parara o los niños despertarían. Él la tiró en dirección a ella, pero sin la intención de golpearla, y se estrelló contra el piso, llevándose por delante un plato que estaba en el borde de la mesa.

En el silencio que siguió, Miriam se quedó junto a las escaleras. Esperó sin sentir nada, deseando que él la mirara y viera que no tenía miedo, que seguiría viéndolo a los ojos. Pero él solo se quedó parado con las manos en la mesa y la cabeza gacha, exhausto. Se dio la vuelta y subió las escaleras suavemente. En la parte de arriba, Alisha escuchaba con los ojos muy abiertos.

—Todo está bien —le aseguró Miriam—. A tu papá se le cayó el vaso, es todo. Regresa a la cama —llevó a la niña a su habitación y aguardó a que estuviese acostada otra vez—. Duérmete. Luego subiré a verte. Duerme.

Por un momento se quedó sola en el descansillo, invadida de inmediato por el deseo de llorar. Pero en lugar de eso, bajó las escaleras. Omar estaba sentado con la cabeza entre las manos y no levantó la cara cuando ella entró. Miriam tomó la silla junto a él y se sentó a contemplarlo. Él se movió en su asiento, incómodo con su cercanía y sin embargo desarmado por ella, por la sensación de que su esposa estuviese tan cerca de él, a pesar de que debería temer que pudiera golpearla.

En uno o dos minutos, se volvió hacia ella, pero sin mirarla. Se alisó la corbata, mordiéndose un poco el labio inferior, como si estuviese literalmente mascando el problema.

—No me gusta —pronunció en voz baja, casi para sí mismo—. Debería ser suficiente que no me guste.

Ella se armó de valor para responderle una vez más.

—No es suficiente —le dijo—. Nunca ha sido suficiente, pero no te lo había dicho —estaba sonrojada, pero no por miedo o tensión, sino por vergüenza; como si ese instante de decirle a su esposo lo que pensaba fuese su revelación, parecida a que la descubrieran bailando desnuda en la calle. Él le clavaba la mirada y ella le sostenía la vista. "Por favor, no tengas miedo de mí", pensó ella para sí.

—¿Me enseñarás a manejar, por favor? —le pidió casi en un susurro.

Había comenzado a llover, podían oír el suave tamborileo en el techo. Omar se veía las uñas y consideraba sus opciones. Él sentía que ella le ofrecía un acuerdo mutuo, pero su orgullo no le permitiría aceptarlo con tanta facilidad.

—¿Para qué?

—Tú sabes para qué.

Él se levantó de manera abrupta, empujando su silla hacia atrás con tanta fuerza, que se volcó. ¿Por qué ella no querría abandonar la idea de trabajar y contentarse con aprender a manejar?

—No vas a manejar —expresó sin alterarse—. Y no vas a trabajar.

—Tomaré el bus —repitió.

Él rio, llenando la noche de un sonido áspero y rudo.

—Ese bus tardará dos horas en llegar allá.

—No me importa —hizo una pausa—. Soy tu esposa. ¿Por qué no quieres que esté contenta?

Él oyó las lágrimas en su voz, pero no la miraba. Ahora veía por la ventana, negra e irrigada por la lluvia, y no emitió respuesta. Los dos se quedaron quietos por unos segundos, en absoluto silencio. Después, ella fue a por el cepillo y el recogedor que estaban debajo del fregadero y los llevó hasta los vidrios rotos.

Él se dio vuelta.

—Déjalo —ordenó—. Déjalo —no soportaba verla limpiando los restos del vaso que estuvo dirigido a ella y que lo hacían sentir mal.

Miriam se arrodilló con cuidado y comenzó a cepillar.

Shamim Sarif

—¡DÉJALO! —gritó—. Robert lo hará.

Ella dejó caer el cepillo y el recogedor, y los dejó en el suelo. Notaba que la ira lo iba abandonando poco a poco y que ahora él se odiaría a sí mismo igual que a ella. Omar la observaba de una manera extraña, con una actitud casi derrotada. De hecho, por un momento ella pensó que él pudiera decir algo o extenderle la mano. Pero él se dio la vuelta, y sin decir más nada, subió las escaleras sin detenerse. Lo oyó llegar al descansillo, hubo una pausa y luego escuchó cómo se cerraba la puerta del baño.

Ella miró el cepillo y los añicos del vaso, esparcidos a sus pies como un campo de cristal brillante en miniatura. Pasó sobre ellos con cuidado y se dirigió a la tienda oscura. En la tenue luz de luna que se filtraba por las nubes de lluvia, fue detrás del mostrador y buscó a tientas una pluma y la libreta de papel que él siempre tenía allí. Al encontrarlos, los llevó a la cocina y se sentó a la mesa, deteniéndose a levantar la silla que él había tumbado. Su carta para Amina era breve y formal; "justo como debe ser la aceptación de un trabajo", pensó. Jugó con la idea de añadir un párrafo explicativo al final, pero decidió no hacerlo. Ya era tarde y quería levantarse temprano a la mañana siguiente para alcanzar el primer correo a Pretoria.